CLAUDIA WINTER
HEUL DOCH!

Die Bankangestellte Paulina Jacoby ist ein Pechvogel: Verschüttete Kaffeetassen, verlorene Geldbörsen und schmerzhafte Zusammenstöße gehören zu ihrem Alltag ... und ihren Freund erwischt sie inflagranti mit einer anderen. Doch nicht nur privat schlittert die tollpatschige, junge Frau von einem Missgeschick ins nächste: Ihre Kollegin Natalie nutzt Paulinas Gutmütigkeit schamlos für Bankbetrügereien aus.

Auch die resolute Edith von Dahlen steht an einem Wendepunkt in ihrem Leben: Das Testament ihres Gatten eröffnet den Bankrott des Familienunternehmens, demzufolge sie nicht nur pleite, sondern obendrein obdachlos ist.

Indes hadert die gelangweilte Tabea Hüsch-Schlemmer mit der Entscheidung, ihrem Mann, dem erfolgreichen Ingenieur, nach Dubai zu folgen. Mit Freuden nimmt sie Paulina auf, liefert ihr die Freundin doch eine willkommene Ausrede dafür, den längst fälligen Ticketkauf hinauszuzögern.

Aus einer zufälligen Begegnung auf dem Friedhof erwächst eine sehr spezielle Freundschaft zwischen dem ungleichen Damentrio mit haarsträubendem Ergebnis: Um dem Schicksal ein Schnippchen zu schlagen, planen die Freundinnen einen Banküberfall ... und bekommen es mit einem adeligen Mops, echten Bankräubern, den Grauzonen des Finanzgeschäfts und mit dem Gesetz zu tun: In Form eines sehr attraktiven Polizeikommissars ...

Claudia Winter
Heul doch!

Roman

© 2011
AAVAA Verlag UG (haftungsbeschränkt)
Quickborner Str. 78 – 80, 13439 Berlin

Alle Rechte vorbehalten

www.aavaa-verlag.de

1.Auflage 2011

Illustrationen:
Claudia Winter / Julia Kelm

Umschlaggestaltung:
Claudia Winter / Tatjana Meletzky

Printed in Germany
ISBN 978-3-86254-289-5

*Alle Personen und Namen sind frei erfunden.
Ähnlichkeiten mit lebenden Personen
sind zufällig und nicht beabsichtigt.*

1. Kapitel

*„Wenn etwas schief gehen kann,
wird es auch schiefgehen"*
Edward Murphy

„Ach Paulina! Was redest du da bloß?!"

„Psscht", wisperte sie erschrocken und vergaß, dass niemand die Stimme in der Leitung hören konnte. Schuldbewusst sah sie sich um, während sie die Sprechmuschel in die Handfläche drückte. Gleichzeitig schrumpfte ihr Körper auf dem Sitz zusammen. Zu spät wurde ihr klar, dass sie das falsche Ende zuhielt. In dem Versuch, den Irrtum zu korrigieren, fegte sie mit der Linken die halbvolle Kaffeetasse vom Schreibtisch. Natalies Kopf schnellte zu ihr herüber, eine gezupfte Augenbraue hob sich missbilligend. Ihr Hals war mindestens so biegsam wie der einer Giraffe, vor allem wenn es Paulina betraf. Die rutschte unwillkürlich tiefer in ihren Bürostuhl. Haltsuchend spreizte sie die Beine und verhakte ihre Ballerinas unter der Verstrebung der Rollen.

„Herrgott, du kannst ihm keine Designeruhr zum Geburtstag schenken! Ihr seid erst zwei Monate liiert!"

„Genau genommen sind es drei ... "

„Na dann eben drei!"

Tabea kümmerte es nicht, dass private Gespräche in der Bank nicht gestattet waren. In Paulinas Vorstellung verformte sich die durchlöcherte Sprechscheibe zu einem Paar wulstiger, zeternder Lippen. War wohl doch keine gute Idee gewesen, ihre Freundin um Rat zu fragen ...

„Ich ruf'dich später zurück."

Das Gefühl der Erleichterung dauerte nur eine zehntel Sekunde. Zeitgleich verlor Paulina die Kontrolle über den ergonomischen Gleitsitz und das Gleichgewicht. Leider verkeilten sich ihre Füße noch immer im Fahrgestell ihres Stuhls. Sie ruderte mit den Armen, kippte vornüber und landete auf den Knien, direkt auf den Porzellanscherben.

„Aua!"

Die zweite Augenbraue flog in die Höhe, begleitet von einem Kopfschütteln. Sich an der Tischkante abzustützen, wäre unter normalen Umständen eine naheliegende Lösung. Befände sie sich nicht derart im Hintertreffen mit den Akten. Bis an den Rand ihres Arbeitsplatzes stapelten sie sich. Sie fasste auf eine Fläche aus Papier. Lose gestapeltem Papier, wohlgemerkt. Und das gab auf der Schreibtischunterlage nach. Es machte „Wussch!", Paulina verlor erneut den Halt. Ein Blätterregen fegte über ihren Kopf, segelte in ihren Schoß und in die Kaffeepfütze auf dem Linoleum. Von der Fensterseite des Raums wehte ein abfälliges Schnauben herüber, in das zögerliche Mitlacher einfielen. Wieder konnte sie es nicht verhindern. Ihr schossen die Tränen in die Augen. Dicke Kummertränen. Solche der peinlichen Art, von denen sie geschworen hatte, sie nie, nie wieder in Gegenwart anderer zu vergießen. Schon gar nicht in der Natalie Soltaus. Pustekuchen. Sie weinte. Die brennende Salzspur rann ihre Wangen entlang bis in ihren Halsausschnitt hinein. Völlig davon abgesehen, dass sie blutete.

Noch viel später, im Licht der Leuchtstoffröhre im Waschraum, betrachtete sie die Blutstropfen, die aus dem Schnitt an ihrem Handballen quollen. Sie vermischten sich mit dem Wasserstrahl, tönten das Nass hellrot und plätscherten in einem Sprudelkreisel fort. Nach einer Weile versiegte der rote Strom. Ihr verzerrtes Abbild spiegelte sich in dem Porzellanbecken. Übrig blieb ein scharfer Schmerz zwischen den auseinanderklaffenden Hautfetzen, der allmählich der Kältetaubheit wich. Nachdem sie mindestens zehn Minuten dort im Waschbecken hing, über beide Hände eiskaltes Wasser laufen ließ und unentwegt das Gesicht damit benetzte, überkam es sie. Sie steckte kurzerhand den Kopf unter den Strahl. Das Rauschen in ihren Ohren wirkte merkwürdig beruhigend. Änderte jedoch nichts daran, dass sie nicht den restlichen Tag hier stehen bleiben konnte. Trotz ihrer Tränen. Also schöpfte Paulina noch mal eine ordentliche Portion Selbstmitleid und ließ es mit dem nächsten Atemzug entweichen.

Sie griff nach dem Papierspender. Der war leer. Natürlich. Das Wasser biss in ihre Augen, sie blinzelte und tastete nach ihrer Brille. Indes bahnte sich das vorlaute Nass seinen Weg über Ohrmuscheln, Hals und Nacken, um über ihren Rücken zu kriechen. Perlte ihren Ausschnitt hinunter und folgte der Vertiefung Richtung Bauchnabel. Die verschwommene Frau im Spiegel schüttelte tadelnd den Kopf. Endlich spürte sie Metall an den Fingerkuppen. Die Sehhilfe gab ihr sofort Sicherheit. Obwohl sie feststellte, dass sich weit und breit nichts zum Abtrocknen im Waschraum befand. Das letzte Blatt auf der Klopapierrolle hatte herhalten müssen, um die Blutung am Knie zu stillen. Gott sei Dank nur ein Kratzer, der zügig heilen würde. Nicht auszudenken, wenn Sie aufgrund einer Verletzung auf ihren Morgenlauf verzichten müsste. Über ihren Flunsch lächelte das Spiegelbild nachsichtig. Paulina wandte sich nach allen Seiten und drehte sich um ihre eigene Achse. Die Reflexionen an den moosgrünen Fliesen warfen ihre Bewegung mehrfach zurück. Fünf Paulinas rotierten im Kreis. Der Raum war spärlich ausgestattet und die hässlichen Kacheln täuschten lediglich den Anschein der Farbe Grün vor, egal wie viel Mühe sie sich dabei gaben. Das kalte Deckenlicht unterstrich die deprimierende Atmosphäre zusätzlich. Ehemals weißgetünchte Wände starrten sie schmucklos an. Den Seifenspender zierten unappetitliche Schlieren und Schmierflecke, die sich auf der Waschschüssel und sogar auf dem Boden fortsetzten. Jemand hatte eine Kippe achtlos in den Abfluss geworfen, die sich daraufhin im Gitter verklemmt hatte und von dort aus das absolute Rauchverbot im Bankgebäude verhöhnte. Vage fiel ihr ein, dass sie diese Woche mit den Büroeinkäufen an der Reihe war. Sie könnte schwören, dass sie letzten Freitag eine Erinnerungsnotiz in ihrem Terminkalender geklebt hatte. Doch heute Morgen blätterte sie eine leere Seite auf, statt des gelben Zettels schrie ihr eine rote Achtundzwanzig entgegen, um ihr den nahenden Monatsabschlusstermin vorzuwerfen. Sie hatte noch keinen

Blick auf die Quittungen riskiert.

Paulina seufzte abermals. Also kein Klopapier, kein Papierhandtuch, nicht einmal eine vergessene Zeitung. Ihr blieb nichts anderes übrig, wollte sie sich nicht vor der kompletten Belegschaft lächerlich machen, als nach einem benutzten Tuch im Mülleimer zu suchen. Der Zweck heiligte ja bekanntlich die Mittel. Folglich überwand sie den natürlichen Ekel samt aufschreiendem Herpesbläschen und steckte ihre Rechte in den Abfallbehälter.

„Regnet es auf den Toiletten?"

Die Finger erinnerten sie an Spinnenbeine. Mit künstlichen Nägeln dran. Rätselhaft, wie Natalie damit tippen konnte. Gerade trommelten sie ungeduldig auf ihrer blank gewienerten Tischplatte herum und schnippten dabei einige ihrer Akten zu Boden. Blöde Ziege. Trotzdem jagte das Geräusch der Fingernägel ihr einen Schauer über den Rücken.

„Oder hast du wieder irgendetwas kaputtgemacht?"

Paulina hob den Blick. Sie öffnete die Lider nur halb, so dass sich ein bewimperter Vorhang auf Natalies kantiges Gesicht legte und dieses weichzeichnete. Gleichzeitig begann eine Ader hinter ihrer Schläfe zu pochen. Natalie wippte mit dem Fuß, ihr geblümter Rock schwang gereizt mit. Abermals schlich sich der Gedanke an Giraffen in Paulinas Wahrnehmung, besonders angesichts der staksigen Beine, die da unter den Rockfalten herausragten. Giraffen trugen allerdings keine Pumps mit Pfennigabsätzen. Oder sagte man jetzt Centabsatz?

„He! Pau-li-na! Hörst du mich?"

Natalie verdrehte die Augen und wischte sich mit einer schwungvollen Geste das blondgefärbte Pony aus der Stirn.

„Danke. Es geht mir gut." Na-ta-lie.

Sie überhörte die Spitze in Paulinas Stimme zweifellos unabsichtlich. Ihre Kollegin besaß keinen Sinn für unterschwellige Botschaften. Ebenso wenig wie Taktgefühl oder Herzenswärme. Soziale Regungen hegte Natalie Soltau nur für eine Person. Für Natalie Soltau. Ausschließlich.

„Diese Kunden müssen bearbeitet werden. Der Schneider sagt, es eilt und ich will pünktlich raus hier."

Ein Schwung blauer Hefter klatschte auf ihren Tisch, ganz oben auf ihre hellgrünen Akten. Du kannst mich mal. Mach deine Arbeit gefälligst selbst.

„Natürlich."

Paulina nickte. Wieso nickte sie, verflucht noch mal?

„Kannst sie in mein Fach legen, wenn du fertig bist."

Ja, damit du das Lob vom Boss einstreichen darfst.

Paulina schlug den ersten Ordner auf. Den Titel vergaß sie sofort. Ihr Gedächtnis für Namen war nie sonderlich gut gewesen. Völlig anders verhielt es sich dagegen mit Zahlen. Begeistert tauchte sie in die tröstlichen Ziffern und Symbole ein. Sie bemerkte kaum, dass Natalie davon stolzierte.

Der Schmerz kam stets nach dem Pochen, um wie eine Flutwelle durch sie hindurch zu rauschen. Hatte er ihren Kopf erst durchdrungen, schwindelte ihr. Im schlimmsten Fall wurde ihr schlecht. Der Bildschirm flackerte vor ihren Augen, ein Schleier legte sich über die Zahlen, machte sie unscharf und unleidig. Paulina schnappte nach Luft und atmete stoßweise, um dem Migräneanfall entgegenzuwirken. Hoffentlich musste sie sich nicht übergeben. Das wäre einfach zu viel des Guten. Sie konzentrierte sich auf die Tätigkeit ihrer Lungenflügel. Ein. Aus. Eins. Ein. Aus. Zwei. Ein. Aus. Drei. Das Telefon schrillte. Ein. Aus. Vier. Ein. Aus. Fünf.

„Kaffee?" Endlich eine freundliche Stimme an diesem Tag. Der neue Kollege aus der Kundenbetreuung stand verlegen vor ihr, zwei dampfende Becher in den Händen. Der Schmerz verlor seine Schärfe, verfiel stattdessen in dumpfes Schlagen. Dankbar griff sie nach dem Henkel.

„Das ist lieb von Ihnen."

Er nickte und tätschelte ihre Schultern, als sei Paulina sein Kegelkumpel. Unwillkürlich wich sie vor der Berührung zurück. Sie hasste Kegeln.

„Lassen Sie sich nicht ärgern."

Du hast leicht reden. Als Kerl befindest du dich außerhalb Natalies Feindschemas. Allerdings ebenso fernab des Beuteschemas. Zu dünn, zu jung, zu erfolglos.

Natalie flirtete mit dem Abteilungsleiter. Aus dem Augenwinkel verfolgte Paulina, wie sich ihr hübscher Po auf der Schreibtischkante in Hagen Schneiders Büro niederließ. Als sie die Schenkel übereinanderschlug, blitzten halterlose Strümpfe unter dem Röckchen hervor.

Der namenlose Kollege stand nach wie vor an ihrem Schreibtisch und rieb sich den imaginären Schnurrbart. Sein Adamsapfel hüpfte auf und ab. Er sah aus wie eine magersüchtige Schildkröte. Selbst wenn sie nicht glaubte, dass Schildkröten eine Essstörung haben konnten. Paulina fand ausgeprägte Kehlköpfe abstoßend. Nun öffneten sich seine Lippen, fast ängstlich erwartete sie den Anblick einer faltigen Zunge. Nein, bitte nicht. Auch heute möchte ich nicht zu einem Feierabenddrink ausgehen. Ein. Aus. Sechs. Ein. Aus. Sieben.

„Ich muss hier weitermachen. Danke für den Kaffee."

Sein Mund schloss sich. Ein. Aus. Acht. Paulina schob ihre Brille zurück auf die Nasenwurzel und hüstelte. Wendete ihm deutlich den Rücken zu. Ihr Blick versank in der Bildschirmlandschaft, signalisierte, das Gespräch sei beendet. Jetzt! Sie atmete ein. Aus. Neun. Er zauderte. Ein. Aus. Zehn. Endlich ging er.

Eine Stunde nach Feierabend gab Paulina sich geschlagen. Der Schmerz siegte. Sie nahm den blauen Heftstapel und erhob sich von ihrem Platz. Ihre Schläfe protestierte dumpf und sie klammerte sich haltsuchend an die Stuhlkante. Bedauernd beäugte sie die verbliebenen Dokumente. Ihre Akten. Tatsächlich zögerte sie. Doch der Augenblick ging vorüber und hinterließ resignierte Gleichgültigkeit. Musste sie eben morgen früher anfangen, um den Rückstand aufzuarbeiten. Jetzt wollte sie nach Hause. Zu Cornelius. Der Gedanke an ihren Freund tröstete sie, erfüllte sie sogar mit leiser Genugtuung. Natalie lebte allein, auf sie wartete niemand. Aber sie, Paulina, hatte einen Menschen an ihrer Seite, der sie liebte. Was konnte ihr eine missgünstige Giraffennatalie also.

Sie schlüpfte in ihren Anorak und fuhr den Rechner herunter. Zwinkerte Papas Gesicht im Rahmen zu, während sich das Gerät schnurrend von ihr verabschiedete. Ihre Fingerspitzen berührten die aufgeklebten, bunten Sterne auf der Kunststoffoberfläche und strichen besänftigend über den Schmerz hinter ihrer Stirn. Dann nahm sie ihre verbliebenen Kräfte zusammen. Sie schob die blauen Mappen in eine Schutzfolie, glättete die Knitterfalten auf dem Plastik und legte den Stapel in Natalies Fach. Der dazugehörige Arbeitsplatz war bereits verlassen. Hier, in dieser penibel aufgeräumten Ecke - sogar die Stifte waren nach Farbe sortiert - ließ nicht ein privater Gegenstand Rückschluss über Natalie Soltau zu. Weder Fotos, Ansichtskarten, eine persönliche Tasse oder wenigstens ein albernes Plüschtier. Nichts, was ihrer Kollegin einen Hauch von Menschlichkeit verliehen hätte. Der Schreibtisch schien ebenso makellos und nüchtern wie seine Besitzerin. Paulina fröstelte. Sie löschte das Licht und machte sich auf den Weg nach Hause.

In der Straßenbahn saß sie immer in der letzten Bankreihe. Dort konnte sie das Geschehen genau beobachten, ohne selbst behelligt zu werden. Der November schwatzte den Tagen die Stunden ab, es dunkelte schon. Sie ängstigte sich stets in öffentlichen Verkehrsmitteln. Obwohl im Feierabendverkehr reges Treiben herrschte, verfolgte sie argwöhnisch das Kommen und Gehen etlicher gesichtsloser Gestalten. Sie las andauernd von Pöbeleien und Übergriffen in U-Bahnen. Allein die Nachrichten erfüllten sie mit Entsetzen. Sie spürte sowieso ständig Beklemmung in der Öffentlichkeit. Dauernd geschahen ihr Missgeschicke, die umso peinlicher ausfielen, hatte sie Zuschauer. Gab es in Köln auch nur einen defekten Gullideckel, stolperte sie mit traumwandlerischer Gewissheit in diesen hinein und brach sich den Knöchel. Ging ein Fahrstuhl kaputt, stand sie garantiert darin. Hatte sie einen Besprechungstermin, verweigerte ihr Wecker jegliche Kooperation. Begab sie sich im Supermarkt zur Kasse, taten das mit Sicherheit alle anderen Kunden auch. Passierte ein Autounfall, so saß sie, Paulina Jacoby, in dem verbeulten Taxi. Die Liste ließ sich endlos weiterführen. Sie mochte all die Pannen und Ungeschicklichkeiten nicht mehr zählen. Sie war ein Tollpatsch. Keiner hatte je versäumt, ihr das deutlich zu machen. Angefangen von ihrer nörgelnden Mutter, bis hin zu Freunden, Nachbarn und Kollegen samt ihrem Chef, dem steifen Herrn Schneider.

Solange sie denken konnte, schüttelte jeder den Kopf über sie, sogar Leute, die sie nicht mal kannte. Demzufolge lebte sie in einem ständigen Wachsamkeitsvakuum, voller Angst vor der nächsten Fußangel, dem nächsten Stolperstein, und sei es nur ein Kiesel. Paulina suchte stets ihre Umgebung nach diesen Fallen ab, ehe sie sich von der Stelle bewegte. Was selten half. Das Malheur lauerte dort, wo sie es am allerwenigsten vermutete. Unlängst fand sie ihre Urängste in einem Artikel von Edward Murphy bestätigt. Der amerikanische Ingenieur hatte vor 60 Jahren behauptet, dass, wenn etwas schiefgehen könnte, es auch schiefgehe. Nun. Sie war der leibhaftige Beweis für diese These. Murphys Gesetz in persona.

Paulina schloss die Augen. Gab sie sich dem Schmerz hin, verlor er seine lähmende Macht. Lieber konzentrierte sie sich auf zuhause. Cornelius. Gewissermaßen war auch er ein Missgeschick gewesen, aber eines, das sich zum Guten gefügt hatte.

Paulina hatte sich vor einigen Monaten in der Schiebetür eines großen Kaufhauses eingeklemmt. Eigentlich nicht sie, vielmehr ihre Tasche mit den unzähligen Troddeln und Ösen daran, die sie immer so niedlich fand. Wer ahnte schon, welch Abgründe solche Lederriemchen auftun konnten. Die Glastür ging auf und wieder zu, um letztlich den Dienst zu verweigern. Zwar hing sie Gott sei Dank nicht an den scharfen Metallkanten, doch ihre Troddeltasche hatte weniger Glück. Den Mann bemerkte sie erst, als der eine Kreditkarte in den Spalt zwischen den verklemmten Scheiben schob. Dabei kam er ihr so nahe, dass der Geruch nach Lösungsmittel, Schweiß und Tabak ihre missliche Lage in ein benachbartes Universum rückte. Sie registrierte kaum das Geräusch der sich öffnenden Tür, sondern versank in tiefbraunen Mokkaaugen, in denen es appetitlich funkelte. Drei Wochen später zog sie bei ihrem neuen Freund ein, mit einem Koffer, ihrer Zimmerpflanze und ohne Tasche. Das gefährliche Ding überließ sie dem Müllschlucker. Seitdem hatte sich ihr Leben verändert. Zwar trat sie nach wie vor täglich in die einzige Pfütze weit und breit. Aber die war nur noch nass und nicht mehr schlammig.

Beinahe verpasste Paulina ihre Haltestation. Sie raffte ihre Habseligkeiten zusammen. Wie immer schleppte sie viel zu viel mit sich herum, in der irrigen Ansicht, für jeden Notfall das Passende parat haben zu müssen. Genau in diesem Moment riss der Tragegurt. Mit einem unschönen „Ratsch!" prasselte der Inhalt des Beutels auf den Boden des Abteils. Lippenstift, Puderdose, Kaugummidragees und Tampons kullerten zwischen zahllose Beine. Da war er schon. Der nächste „Murphy". So nannte sie neuerdings ihre persönlichen Malheurs. Seufzend fügte sie sich dem Unausweichlichen und sank in die Knie.

Eine halbe Stunde später steckte sie den Schlüssel ins Schloss der Hausnummer 45 in der Brüsseler Straße. Sie hatte mehrere Haltestationen weiterfahren müssen, bis sie ihre Sachen aufgelesen und in ihren übrigen Tüten und Taschen verstaut hatte. Einige Passanten kamen ihr zu Hilfe, andere raunzten sie unfreundlich an. Ihr Taschenspiegel war zerbrochen und jemand zertrat ihren kostbaren Dior-Lippenstift. Eine geschlagene Viertelstunde hatte sie auf dem gegenüberliegenden Bahnsteig auf die nächste Linie gewartet, um zurückzufahren. Die Bahn war übervoll gewesen, dichtgedrängt voller dampfender Leiber. Sie ergatterte nur einen Stehplatz und wurde von allen Seiten angerempelt. Der ältere Herr neben ihr klammerte sich an die Halteschlaufen des Gestänges über ihr und drückte seine scharf riechende Achsel an ihr Gesicht. Längst hatte sie es aufgegeben, sich zu ärgern. Wenn etwas schiefgehen konnte, so ging es eben schief. Also hielt sie die Luft an.

Der Flur lag ungewöhnlicherweise im Dunkeln. Sonst war Cornelius um diese Uhrzeit längst vom Fitnessstudio zurück. Meist sah er im Wohnzimmer fern, während er auf ihren Feierabend wartete. Oder vielmehr auf sein Abendessen.

Er war Künstler. Was bedeutete, dass er viel Ruhe und Zeit brauchte, um sich auf seine Werke zu konzentrieren. Außerdem besaß er die sprichwörtlichen linken Hände für die Zubereitung von Essbarem, wie er stets betonte. Die anfallenden Hausarbeiten lenkten ihn ebenfalls von seiner Konzentration ab und verursachten negative Energien, die seine Kreativität blockierten. Also kaufte Paulina ein - ausschließlich Delikatessen -, bereitete das Essen, putzte seine Wohnung, wusch seine Wäsche und zahlte die Miete, da sich Cornelius' Kunden häufig im Zahlungsverzug befanden. Sie war stolz, mit ihrer Hilfe einen Anteil an seinem Erfolg zu leisten. Seine Gemälde hatte sie zwar nie gesehen, aber er war eben besonders störungsanfällig in seinen Schaffensphasen. Und die Werke rissen seine Privatkunden bereits von der Staffelei, ehe die

Farbe trocken war, erzählte er bescheiden. Einmal hatte sie einen verstohlenen Blick in sein Atelier riskiert, aber angesichts der sorgsam abgedeckten Keilrahmen den Mut verloren. Bisweilen glaubte Paulina, dass er sie malte. Seit einiger Zeit vermisste sie ein Foto aus ihrer Geldbörse. Bestimmt würde er sie bald überraschen. Sie lächelte glücklich.

Seine Abwesenheit kam ihr trotzdem merkwürdig vor, doch sie schalt sich sofort für ihre Überängstlichkeit. Sie war ja paranoid. Wahrscheinlich erledigte Cornelius ein paar Besorgungen. Oder arbeitete an ihrem Porträt. Wieder zogen sich ihre Mundwinkel selig nach oben. Pechvögelchen Paulina, du hast solches Glück.

Sie tastete sich durch den Flur. Die Altbauwohnung in der Kölner Neustadt drang schlauchförmig in das 60er-Jahre-Gebäude, besaß meterhohe Wände und stuckverzierte Decken. Manchmal löste die Höhe Beklemmungen in Paulina aus, vor allem abends. Cornelius war bis dato nicht dazu gekommen, die zerbrochene Birne auszutauschen. Noch während sie nach dem Lichtschalter in der Küche suchte, ließ ein Geräusch sie innehalten. Es kam aus dem Schlafzimmer.

Ihr stockte der Atem. Oh Gott. Das waren bestimmt Einbrecher! Und ihr Freund war nicht zuhause! Was sollte sie jetzt bloß tun? Wahllos riss sie irgendein Teil aus der Küchenschublade, sank auf die Holzdielen und robbte samt ihrer Waffe unter den Tisch. Dort verharrte sie und lauschte. Wieder hörte sie den Laut, diesmal ganz deutlich. Ein Poltern. Jemand atmete. Sehr angestrengt. Und heftig. Fast klang es wie ... ein Stöhnen. Sie starrte das Nudelsieb in ihrer Hand an und hätte beinahe gelächelt. Besser als nichts. Auch wenn ein Nudelholz tauglicher wäre. Das Stöhnen schwoll an.

Ein unerhörter Gedanke schlich sich in ihr Bewusstsein. Der so abwegig schien, dass sie ihn schnurstracks verwarf. Ein Einbrecher verletzte sich doch nicht bei seinem eigenen Überfall. So was Albernes passierte nur in schlechten Actionfilmen.

Unvermittelt fuhr sie zusammen. Das Sieb schepperte auf die Fliesen. Sie presste die flache Hand auf ihren Mund. Diesmal polterte es laut und deutlich, als ob ein Gegenstand zu Boden gefallen sei, zur Krönung begleitet von einem gequälten Ausruf. Es half nichts. Offenbar litt da jemand Schmerzen. Auch wenn sie zitterte wie Espenlaub und ihr das Hasenherz beinahe aus der Brust sprang - sie musste dem verletzten Einbrecher zu Hilfe eilen, Ganove hin oder her. Man ließ einen Menschen in Not nicht im Stich, hatte Papa sie gelehrt, selbst wenn man seine eigene Sicherheit gefährdete.

Entschlossen verhärtete sie den Griff um den Stahlknauf und krabbelte unter dem Küchentisch hervor. Schlich zur Schlafzimmertür, verharrte mit erhobenem Nudelsieb. Hoffentlich war der Unbekannte klein und schmächtig. Sie fasste sich ein Herz und anschließend die Klinke.

Der spontane Gedanke, der ihr durch den Kopf schoss, war: Mist. Die sind zu zweit.

Dann fragte sie sich verblüfft: Wieso sind die nackt?!

Erst jetzt wurde ihr klar, dass Cornelius längst zuhause war.

*

„Das ist absolut unmöglich!"

Edith von Dahlen sog hörbar die Luft ein. Sie mochte betagt sein, war aber beileibe nicht senil. Was ihr soeben zu Ohren gekommen war, konnte nur ein Irrtum sein. Nicht nur, dass sie Beamten und Juristen grundsätzlich nicht traute. Der Grünschnabel wirkte hinter dem antiken Schreibtisch völlig deplatziert, sowohl in dem altehrwürdigen Lehnsessel als auch in seiner Funktion. Ein Nachlassverwalter unter dreißig, mit gegeeltem Scheitel und schlecht sitzendem Anzug durfte kaum erwarten, ernst genommen zu werden. Schon gar nicht von ihr.

Ediths Finger zurrten an den silbernen Schnallen ihres Handtäschchens. Die Stille in dem düsteren Anwaltsbüro wurde lediglich von Maximilians Schnaufen unterbrochen. Der Mops saß dicht an Ediths Stuhlbein gedrückt auf dem Perserteppich und himmelte sie an. Sein sandfarbenes Ringelschwänzchen wackelte unablässig, jeder seiner Atemzüge bettelte um Aufmerksamkeit. Edith seufzte, bemüht das Tier zu ignorieren, und ließ ihren Blick durch das Anwaltsbüro streifen, während sich der schwitzende Anwalt erneut über das Dokument beugte.

Zugegeben, manche Stücke des Mobiliars mochten als antik durchgehen. Zugunsten der Zweckmäßigkeit hatte man sich jedoch für eine laienhafte Anordnung der Einzelstücke entschieden. Dieser Raum war sicherlich nicht von weiblicher Hand gestaltet worden. Sie schüttelte den Kopf. Nur ein Mann brachte es fertig, ein Furnierregal so gekonnt neben einen Sekretär aus dem 17. Jahrhundert zu stellen, dass die bemerkenswerten Intarsien leider nicht zur Geltung kamen.

Der junge Justiziar verfiel indes in unangebrachte Hektik. Nervös blätterte er in der überdimensionalen Ledermappe, in der Walters Testament ruhte. Na, das konnte dauern. Edith verspürte den Drang nach einer Zigarette, dabei hatte sie bereits vor achtzehn Jahren mit dem Rauchen aufgehört. Prompt verfing sich ihr Blick in dem Schnörkelmuster der Porzellantasse, aus der unverkennbar der Duft nach Bergamotte aufstieg. Ausgerechnet Earl Grey! Ganz selbstverständlich reichte man ihr, der alten Dame, Tee, ohne Nachfrage, ob sie nicht Kaffee bevorzugte.

Walther hatte Tee geliebt, besonders diese Sorte. So wie England, die Engländer, ihr fetttriefendes Frühstück, sogar das grässliche britische Wetter mit seinem immerwährenden Regen fand er charmant.

„Schleifchen. Das Klima mag rau sein, aber es ist ehrlich."

Ihr verstorbener Gatte hatte das Gemüt eines Elches besessen. Und diesen Kosenamen hatte sie inbrünstig gehasst.

„Schleifchen, Tea-time!", lautete der tägliche Ruf, pünktlich um fünf Uhr nachmittags. Der Tee musste in der dickbauchigen Porzellankanne zubereitet und ausschließlich mit Sahne serviert werden. Eine unsägliche Sitte.

„Nun ... ich fürchte, Frau Lützow, dass hier kein Missverständnis vorliegt."

Dr. Leyendecker wühlte abermals in den Papieren. Edith beugte sich nach vorne, soweit es der ausladende Sessel, der ihre zierliche Gestalt beinahe verschluckte, gestattete und fixierte den Nachlassverwalter mit einem eisblauen Blick. Maximilian sprang sofort auf und wedelte umso heftiger. Sie dachte kurz an einen wohlgezielten Tritt, überlegte es sich aber anders. Sosehr sie Walthers Hund hasste, das Tier konnte ja nichts dafür. Wenn sie Glück hatte, erstickte er von selbst an seiner Kurzatmigkeit.

„Mein Name ist von Dahlen, junger Mann. DIE von Dahlen, falls Sie verstehen. Seinen Familiennamen hat mein Gatte mit ins Grab genommen", korrigierte sie den Anwalt und fuhr dann schulmeisterlich fort: „Natürlich unterliegen Sie einem Irrtum. Mein Mann war nicht pleite. Unsere Familie besitzt die Dahlendruckerei seit über hundert Jahren. Nein, lassen Sie mich konkretisieren: Meine Familie ist Dahlendruck. Wir sprechen in diesem Zusammenhang von einem Dinosaurier dieser Branche. Ein solches Unternehmen geht nicht bankrott."

„Na ja. Die Saurier dachten wohl ähnlich vor dem Aussterben."

Zu spät erkannte der Rechtsbeistand seinen verbalen Fauxpas.

„Jetzt hören Sie mir mal zu, Sie impertinenter, pietätloser Rechtsverdreher! Wir befinden uns hier nicht im Erdkundeunterricht! Mein Gemahl hat diesem Land ein Leben lang Millionenbeträge an Steuern und Sozialbeiträgen in den Rachen geworfen. Dahlendruck ist eine gutgehende Firma höchster Liquidität!"

Zumindest hatte Walther das behauptet. Sie hatte geahnt, dass seine Versicherungen diesbezüglich ein wenig zu enthusiastisch daherkamen.

„Verehrteste Frau Lü … von Dahlen, Ihr Mann tätigte hochspekulative Investitionen in instabile Immobilienfonds im Ausland. Und zwar in weitaus größerem Umfang, als das Unternehmen verkraftete."

„Mein Walther?! Der traute sich nicht mal, Lotto zu spielen." Sie schnaubte, „er hätte sich niemals an unsichere Anlagen gewagt!" Außer, jemand hätte ihn dazu überredet.

Mit gespreiztem Finger wies die alte Dame auf Dr. Leyendeckers quietschgelbe Krawatte oder kurz darunter. Dann drehte sie den Handteller nach oben, krümmte den Zeigefinger und beschrieb eine fordernde Geste.

„Ich will das schwarz auf weiß sehen."

Dr. Leyendecker reichte ihr die Mappe, räusperte sich und sank in die Lehne seines Sessels. Fast mitleidig betrachtete er seine Mandantin.

„Es tut mir wirklich leid. Erst der persönliche Verlust und dann …"

„Ersparen Sie mir Ihre Beileidsplattitüden, davon kann ich mir nichts kaufen!"

Der junge Anwalt schloss die Augen und murmelte eine Entschuldigung. Sie studierte die Gläubigerliste. Las das Nachlassdokument einmal und ein zweites Mal genauer. Schüttelte den Kopf. Sodann steckte sie das Papier, ohne Dr. Leyendeckers Einwand zu beachten, in ihr Handtäschchen. Der Mops zu ihren Füßen grunzte. Offensichtlich erkannte dieser im Öffnen und Schließen des Krokotäschchens das Zeichen zum Aufbruch. Die alte Dame ignorierte ihn vollkommen. Stattdessen bohrten sich ihre durchdringenden Augen erneut in die des Nachlassverwalters.

„So, und welche Hiobsbotschaft gibt es noch, abgesehen von

der Nachricht, dass mein unseliger Gatte mein Unternehmen in den Ruin getrieben hat und ich statt eines Vermögens nur Schulden geerbt habe?"

„Sie können das Erbe ausschlagen. Dann ist ihr Fall nicht ganz so ... fatal."

Unangenehm berührt wand er sich auf dem Ledersitz, so dass die Sprungfedern im Polster quietschten. Ihre Augen verengten sich zu Habichtsschlitzen.

„Mein Fall?! Ich habe also Recht. Das war noch nicht alles?"

Die Frage war kaum als solche gemeint. Dr. Leyendecker schüttelte bedauernd den Kopf.

„Das Haus."

„Was ist mit meinem Haus?"

Ediths Puls beschleunigte sich. Sie beugte sich weit über den Eichenholztisch, bis ihr Gesicht beinahe an das des Anwalts stieß. Deutlich sah sie die Schweißperlen auf seiner Stirn.

„Der Zwangsversteigerungstermin ist seit dem Frühjahr festgesetzt."

Ihr Herz setzte aus. Nur Maximilian roch die Angst. Beider Menschen. Er reagierte sofort und bellte alarmiert.

„Wann?" Überraschenderweise klang ihre Stimme klar und fest.

„Am Monatsende."

Edith von Dahlen atmete ein. Und aus. Dr. Leyendecker atmete ebenfalls ein. Und hielt die Luft an.

„Haben Sie Sahne?"

„Wie bitte?"

„Sahne. Ich möchte Sahne für meinen Tee."

*

Tabea Hüsch-Schlemmer tunkte das Teesäckchen in das Glas, um es anschließend mit dem Löffelstiel herauszufischen. Konzentriert wickelte sie den Faden um Beutel und Schaufel. Mit dem sanften Zug tropfte das restliche Aroma in den Pfefferminztee. Sie liebte diesen Kaugummigeruch, der in ihrer Kindheit allabendlich die Küche ihres Elternhauses erfüllt hatte. Der Vorgarten lag längst im Schein der Straßenlaterne. Sie fröstelte und ließ die Jalousie herunter, um die Winternacht auszusperren. Ihre moderne Küchenzeile besaß nicht annähernd die Gemütlichkeit der elterlichen Kochstube. Trotzdem erwartete sie fast, als sie dem Fenster den Rücken kehrte, ihre Mutter in der geblümten Schürze am Tisch sitzen zu sehen. Doch die Eckbank war leer. Und würde leer bleiben. Auch Stefan würde heute nicht nach Hause kommen.

Ihre Miene verfinsterte sich. Das Jobangebot aus der arabischen Metropole war eine einmalige Chance für ihren Gatten, den ambitionierten Bewässerungstechniker. Sein Unternehmen baute Entsalzungsanlagen, und der auftraggebende Scheich Abusonstwie wollte unbedingt Stefan Schlemmer als leitenden Ingenieur. Ihn und sonst niemanden. Ihr anfänglicher Stolz währte nicht lange. Tabea seufzte. Wer konnte ahnen, dass es Komplikationen geben würde? Marode Anlagen, unzureichendes Equipment, unsägliche Bodenbeschaffenheiten. Der Auftrag wurde auf ein weiteres Jahr verlängert, Fertigstellung ungewiss. Nun wollte Stefan sie nach Dubai holen. Gewiss wollte Tabea bei Stefan sein. Dringlich. Aber nicht in Arabien.

Seit sechseinhalb Monaten war er fort. Hundertdreiundvierzig Tage, die Wochenenden nicht mitgezählt und die zwei Wochen abgezogen, die er vorletzten Monat auf Urlaub nach Köln kam. Und sie vermisste ihn jeden Einzelnen davon.

Mit einem unfeinen Geräusch zog sie die Nase hoch und wischte mit dem Handrücken über ihre Oberlippe. Offensichtlich hatte sie sich eine Erkältung eingefangen. Auch das noch. Blicklos starrte

Tabea auf das Fensterglas, in dem ihr verzerrtes Spiegelbild schwebte. Auf diesen Anblick konnte sie verzichten.

Sie würde sich ein Bad einlassen. Die Augen schließen und in duftendes, heißes Nass eintauchen. Die ständige Anspannung loslassen. Danach ins Bett sinken und hoffen, dass der morgige Tag ein besserer werde.

Tabea stellte die halb ausgetrunkene Tasse in die Spüle und rieb sich die Hände an der ohnehin fleckigen Jeans ab. Nicht halbleer. Halbvoll. Stefan, wärst du nur hier.

Sie nahm die ersten Teppichstufen in das obere Stockwerk, als jemand an der Haustür schellte. Sie hielt überrascht inne. Eine ungewöhnliche Zeit für Besuch. Also machte sie kehrt, um nachzusehen. Und stolperte über den Papiermüll im Flur. Ein Fluch rutschte von ihren Lippen. Sie fasste mit der Rechten an ihren Knöchel, während ihre Linke nach dem Türknauf griff. Ihr Blick fiel auf ein Paar ehemals weißer Turnschuhe, die ihr vage bekannt vorkamen. Noch in gebückter Haltung erstarrte sie.

„Ach du Scheiße!"

„Das kannst du laut sagen."

Auf der Schwelle stand eine völlig durchnässte Paulina. Mit einem ausgesprochen hässlichen, pinkfarbenen Rollkoffer und einer Zimmerpflanze, die ihre Blätter hängen ließ.

*

Die Sicherheitstür schloss sich mit einem erstaunlich eleganten Geräusch. Kaum rastete die Metallverriegelung ein, glitt Ediths Handtasche zu Boden. Maximilians Mopspfoten tippelten längst in der Küche auf und ab, sein Röcheln mündete in eine Art Schnüffelgrunzen, welches signalisierte, dass er den Küchenboden nach Essbarem absuchte. Sie stützte ihre Hände ins Kreuz und bog sich ächzend nach hinten. Dem Stechen in ihrer Brust hatte sich der alte Bandscheibenvorfall hinzugesellt, der nie aufgab, sie zu quälen. Ein erregtes Sabbern tat kund, dass Max fündig geworden war. Sie verzog das Gesicht und schlüpfte aus ihren Absatzschuhen. Prüfend wackelte sie mit den Zehen. Alles noch dran. Mondänes Schuhwerk zu tragen, kostete eben den Preis der Bequemlichkeit. Sie befand es längst nicht an der Zeit, zugunsten altersgerechter Schnürschuhe mit orthopädischem Fußbett darauf zu verzichten, wie eine Dame auszusehen. Und sich so zu fühlen. Druckstellen, eingequetschte Zehen und ziehende Waden nahm sie dafür gern in Kauf. Sorgsam hängte sie ihre Kaschmirjacke auf einen Kleiderbügel. Eine Weile verharrte sie vor der Garderobe, während Maximilian die Küche in ein Schlachtfeld verwandelte. Ediths Blick folgte den Verstrebungen der Messingbeschläge und verheddertе sich an Walthers Hutkrempe. Gleich darunter hing sein verschlissener Trenchcoat, das hässliche Teil, und auf der Schuhablage standen, sittsam aufgereiht, seine Slipper. Auch er hatte Wert auf exklusives Schuhwerk gelegt.

„Zeig mir den Schuh, so zeige ich dir den Menschen darin, Schleifchen."

In der Küche schepperte es, das Grunzen wandelte sich in Schlabbern. Lässt sich deine These eigentlich auch auf Hund und Herr übertragen, Walther? Maximilian von Bodelschwingh-Hochfelden war imstande, seine adelige Abstammung in blanken Hohn zu verwandeln. Er war ein Geschenk Walthers gewesen. Eines von denen, die ihr immer deutlich gemacht hatten, dass Walther von Dahlen nicht das Geringste über seine Frau gewusst hatte. Im Laufe ihrer vierzigjährigen Ehe war ihm offensichtlich entgangen, dass sie eine Abneigung gegen Hunde hegte. Und Pferde. Sie fürchtete sich vor allen Tieren, die entweder Zähne besaßen oder mehr als eine Grille wogen. Auch wenn sich dies kaum mit ihrem gesellschaftlichen Rang vereinbaren ließ. In ihren Kreisen gehörte die Hundehaltung - von Rassehunden natürlich - zum guten Ton. Sie hatte ihre Aversion stets geschickt verborgen. Üblicherweise beschrieb sie einen reserviert lächelnden Bogen um die kläffenden Fußhupen ihrer feinen Bekannten und fand Pferde aus gebührendem Abstand „fantastisch". Sofern die Platzierung stimmte und der Gaul dafür sorgte, dass sich der Wetteinsatz lohnte. Sie kam nie in die Verlegenheit, ein lebendiges Fell gar anfassen zu müssen. Bis zu dem Tag, als Walther ihr ein sabberndes Etwas in den Schoß gelegt hatte, das auf ihr Seidenkleid urinierte.

Ausgerechnet ein Mops musste es sein. Diese Hunderasse war reines Klischee. Edith hasste Klischees, ergo hasste sie den Mops. Adliger Stammbaum und piekfeiner Zwinger hin oder her, Maximilian gab tagtäglich seinen Titel der Lächerlichkeit preis. Leider hatte Walther einen Narren an dem Hund gefressen. Und der Hund an ihm. Kaum konnte das Vieh auf seinen krummen Beinen laufen, folgte es seinem Herrn überall hin. Ihre Drohung von wegen „ich oder er" verpuffte ungehört. Der Köter blieb und sie hatte nicht den Mumm gehabt auszuziehen.

Mit Walthers Ableben mutierte Maximilian zum Stalker. Drei Tage und Nächte hatte der Hund auf dem Fußabstreifer im Foyer vergeblich auf die Rückkehr seines Herrn geharrt, eines seiner Klappohren hoffnungsvoll aufgerichtet. Vermutlich trieb ihn der Hunger, als er hilfsweise Edith zum Objekt seiner allesverschlingenden Liebe erklärte. Seitdem war sie nirgends vor ihm sicher. Er schlief im Bett, lag auf der Couch und egal, wohin sie ging, stolperte sie über seine Anhänglichkeit. Das Tier akzeptierte ihre Privatsphäre nicht im Geringsten und besaß keinerlei Schamgefühl. Selbst vor der Toilettentür forderte er jaulend Einlass.

Vorsichtig spähte sie um die Ecke in die Küche hinein. Maximilian hatte es rätselhafterweise fertiggebracht, mit seinen Pfoten den Spalt der Vorratskammertür zu öffnen. Lediglich sein hellbraunes Hinterteil mit dem freudig hin und her wackelnden Ringelschwänzchen, das entfernt an das eines Ferkels erinnerte, ragte aus der Kammer. Hören ließ er zudem einiges, das besagtem Nutztier sehr nahe kam. Der Hund hing kopfüber in einem Kübel mit Küchenabfällen. Vorher hatte er sich offensichtlich an einer Packung Frühstücksflocken vergangen und unterwegs noch eine Mehltüte unschädlich gemacht. Pudrige Tapser übersäten die Küchenfliesen und bezeugten seine zweifellos enthusiastischen Futterbeschaffungsmaßnahmen.

„Max! Pfui!"

Er drehte sich nicht mal um und machte keinerlei Anstalten, sein fürstliches Mahl zu unterbrechen. Erst als sie den gesamten Hund am Halsband in die Höhe hob, schenkte er ihr gezwungenermaßen seine Aufmerksamkeit. Seine Faltenschnauze verzog sich wahrhaftig zu einer Art Lächeln, obwohl er hilflos röchelnd vor ihrem Gesicht baumelte. Plötzlich sah er aus wie Walther. Sie setzte ihn rasch auf den Boden, ehe sie ihn erhängte oder er gar auf die Idee kam, ihr Gesicht zu lecken. Dort, zu ihren Füßen, blieb er artig sitzen, wackelte mit dem Ferkelschwänzchen und himmelte sie an. Edith zweifelte allmählich an ihrem Verstand. Maximilians Runzelgesicht erinnerte sie tatsächlich an ihren verstorbenen Gatten. Einschließlich der Pausbacken und Falten, die seine Schweinsäuglein zu verschlucken drohten. Beinahe erwartete sie, dass sich die Lefzen öffneten, damit ein Mildes: „Ach Schleifchen, lass´ gut sein", heraus purzeln konnte. Selbst die gedrungene Statur wies entfernt Ähnlichkeit mit Walthers Figur auf, freilich ausgenommen der Ganzkörperbehaarung und des Ringel..., aber das führte eindeutig zu weit.

„Du bist ein böser Hund!"

Maximilian verfolgte den hin und her wackelnden Zeigefinger und gab ein zustimmendes „Äff" von sich. Dann linste er über seine Schulter, um auszumachen, mit wem sein Frauchen da schimpfte. Und glotzte sie wiederum fragend an. Edith kapitulierte angesichts dieser haltlosen Impertinenz. Was blieb ihr auch anderes übrig? Maximilian war von jeher resistent gegenüber allen Erziehungsbemühungen gewesen. Ihm war nicht mal bewusst, dass er ein Hund war! Und sie besaß keine Vorstellung davon, wie man einem Köter Benehmen beibrachte. In einem Anfall von gutem Willen hatte sie Erkundigungen bei einem Züchterverband eingeholt. Und nach der Schilderung des rassetypischen Charakterprofils hatte sie die Flinte direkt ins Korn geworfen. Sie seufzte und griff nach der Packung mit dem Hundefutter.

Eine halbe Stunde später kauerte Edith von Dahlen im Schneidersitz auf dem Flokati-Teppich in ihrem Schlafzimmer. Der Mops lehnte an ihrem entblößten Unterschenkel und schnarchte selig. Den Bauch Richtung Decke gedreht, hielt er alle viere von sich gestreckt. Maximilian war Rückenschläfer, wie Walther, und schmatzte im Schlaf. Walther hatte geschnarcht, so dass sie auf getrennten Schlafräumen bestanden hatte. Das Bemühen, von dem Tier abzurücken, gab sie auf, nachdem der Hund mehrfach hinterher gerollt war. Also vollzog sie ihre abendliche Yogaübung eben mit angeklebtem Mops. Nun saß sie kerzengerade da und versuchte verzweifelt, an nichts zu denken. Konzentriert ließ sie die Luft entweichen und horchte auf das Pfeifen ihrer Lungen. Zum hundertsten Mal fragte sie sich, wieso sie mit dem Rauchen aufgehört hatte.

Wie jeder Raum des Dahlenschen Anwesens war auch dieser bis an die Decke mit edlen Stücken gefüllt, angefangen von der Tiffany-Lampe, dem Beistelltischchen über den Mahagonisekretär bis hin zu dem goldgefassten Spiegel und den Gemälden an der Wand. Wertvoll ... und voller Erinnerungen, die ständig flüsterten. Besonders die Gegenstände, Vasen, Statuen, Schatullen, die mächtige Pendeluhr. Alles erstanden auf gemeinsamen Reisen in den Städten Europas und Übersees. Ihr Kleiderschrank beherbergte Kostüme und Kleider namhafter Designer, Chanel und Dior, Prada und Gucci. Den größeren daneben füllten unzählige bunte Kartonagen. Sie entknotete ihre Beine und erhob sich umständlich.

Auch Edith von Dahlen hatte, ungeachtet ihrer Abneigung für ausgeprägte Leidenschaften, eine menschliche Schwäche. Zugegeben besaß sie nicht nur ein Faible für ausgefallene Kopfbedeckungen, sondern war regelrecht süchtig danach. Sie sammelte Hüte wie andere Frauen Schuhe. In den ausziehbaren Fächern lagerten ihre besonderen Schätze. In Rot mit einer Pfauenfeder, in Blau mit einer aufwändigen Textilmagnolie, in Gelb mit Pelzbesatz, in Rosa mit Tüllbanderole, in Orange mit Troddeln aus Peru. Einen in Weiß mit Schleier und Diamanten bestickt, den sie nur ein einziges Mal getragen hatte. Den Maigrünen mit einer überdimensionalen Schleife, Walthers Lieblingsstück. Sie streichelte den zarten Stoff und legte behutsam das Seidenpapier darüber.

Was sollte sie nur mit all diesem Plunder? Plötzlich kam sie sich lächerlich vor. Eine alte Frau, die demnächst unter den Rheinbrücken nächtigte, machte sich sentimentale Gedanken über Hüte. Sie starrte auf die Schublade und sah ein ganz anderes Bild vor sich. Die sattgrüne Rennbahn im Dauerregen, die Zuschauerränge, die VIP-Lounge. Ein junges Mädchen stand dort, in einem schlichten Kleid, Ton in Ton mit dem Schleifenhut und dem Sonnenschirmchen, das dem Regen nur hinlänglich trotzte. Verlassen von ihrem großspurigen Begleiter, dem Marineoffizier, sah sie unsicher dem Treiben zu. Unter den unverhohlenen Blicken fühlte sie sich zunehmend unbehaglich. Sie würde nie erfahren, ob der namenlose Offizier mit dem Champagner zurückgekommen war. Bis heute erinnerte sich Edith, wie ihr das Blut in den Adern gefror, als unvermittelt eine Stimme aus den Lautsprechern näselte. Die Ansage hatte nicht das Geringste mit Rennpferden oder Platzierungen zu tun.

„Die Dame mit dem grünen Hut möge sich zu Reihe A, Platz

fünf begeben!"

Beschämt war sie dem Ruf gefolgt, auch ärgerlich, da sie annahm, ihr Offizier erlaube sich einen Scherz mit ihr. Allerdings fand sich in Reihe A an besagtem Sitz kein Mann in Uniform. Der gutaussehende Fremde, der sich galant vor ihr verbeugte, war Walther Lützow. Ihr späterer Ehemann.

Sie gab sich einen Ruck. Alt mochte sie sein und träge von einem Leben, in dem sie nie etwas entbehren musste. Nicht gewohnt, die Dinge selbst in die Hand zu nehmen, denn Walther war ja da gewesen. Doch sie war eine von Dahlen. Niemand konnte sie ins Bockshorn jagen. Und keinesfalls gäbe sie klein bei, was ihr Hab und Gut anging. Zumindest und vor allem nicht kampflos.

Brüsk schloss sie ihren Hutschrank. Maximilian sprang schwanzwedelnd auf die Füße. Schluss mit den Erinnerungen. Schluss mit albernen Hüten. Die sollten sie alle noch kennenlernen!

*

„Als ich Cornelius traf, dachte ich, welches Glück ich habe, dass sich ein solcher Mann tatsächlich für mich interessiert ..."

Das Feuer im Kamin ließ Schatten im Wohnzimmer tanzen, im Widerschein ruhten Tabeas Augen auf ihr. Unter anderen Umständen hätte diese surreal kitschige Szene ein kindisches Kichern in ihr hervorgerufen. Doch die Wärme erreichte auch ihr Innerstes, also unterließ sie den Versuch, die lauschige Atmosphäre zu verunglimpfen. Paulina angelte nach ihrem ebenfalls surreal kitschigen Weinglas. Ihre Gesichtshaut fühlte sich an, als hätte jemand einen Bogen Pergament über ihre Wangenknochen gespannt. Sie ertastete eingetrocknete Tränen darauf, die sich wie Tintenkleckse auf Papier anfühlten. Jede Menge Tintenkleckse.

Ihre Freundin fläzte sich tiefer in ihr Sofakissen und legte die

Füße auf den Beistelltisch. Tabea schnaubte und schüttelte den Kopf, wobei die rotblonden Locken hin und her flogen.

„Und ich dachte immer, welches Glück er doch hat! Mal im Ernst", ruckartig fuhr sie auf und ihre sonst so sanften Augen sprühten Funken, „wie groß ist die Chance für einen Nichtsnutz, eine Frau zu finden, die Geliebte, Mutter, Sponsorin und Putzfrau in einem ist ... und das völlig umsonst?!"

Paulina starrte auf Tabeas lackierte Fußnägel. In welchem Esoterikladen hatte sie bloß dieses scheußliche Lila aufgetan?

„Er ist Künstler."

„Und das berechtigt ihn, nicht nur den Pinsel, sondern auch den Pillermann zu schwingen?!"

Sie schlug sich bestürzt auf den Mund.

„Entschuldige ... das meinte ich nicht so ..."

Paulina schluckte und nippte an ihrem Glas. Tabea ergriff schweigend ihre Hand. Der Wein brannte in ihrer Speiseröhre. Ihre Zunge, keinen Alkohol gewöhnt, klebte schwer an ihrem Gaumen. Nicht unbedingt ein schlechtes Gefühl.

„Erzähl bitte niemandem, dass ich eine verkappte Alkoholikerin bin."

Ihre Freundin grinste. Paulina kehrte in ihre wirre, unstete Gedankenwelt zurück. Was für ein Tag! Wer hätte gedacht, dass er so deprimierend enden würde? Wie im Delirium hatte sie das Nötigste zusammengepackt und völlig sinnlosen Kram in ihren Koffer geworfen. Mit Rasierschaum, Bikini und einem Abendkleid im Gepäck hatte sie die Wohnung mit gesenktem Kopf und raschen Schritten hinter sich gelassen. Die Finger erstaunlich rüde abgeschüttelt, die wie Tentakeln nach ihr griffen. Der schöne Cornelius, der beschwörend auf sie eingeredet und sie letztendlich beschimpft hatte, weil sie kein Verständnis für seine Bedürfnisse habe. Erst mit der Türklinke in der Hand war das Leben in sie zurückgekehrt. Mit dem eiskalten Regen, der in ihr Gesicht peitschte, als sie den weiten

Weg gegangen war. Zu dem einzigen Menschen, dem sie bedingungslos vertraute. Bis zu Tabea.

„Was wirst du jetzt tun?"

Was sollte sie schon tun? Weiterleben. Weiteratmen. Irgendwie. Der Schmerz würde vergehen und die Kränkung zu all den anderen gehören. In ihr regte sich weder Wut oder Eifersucht, merkwürdigerweise spürte sie Mitleid mit der Anderen, an deren Gesicht sie sich nicht erinnerte. Morgen würde sie wie gewohnt zur Arbeit gehen und den Immobilienteil der Zeitung durchlesen. Sie brauchte ein Zuhause. Beinahe war sie froh, der ungemütlichen Altbauwohnung entkommen zu sein, in der sie sich nie wohl gefühlt hatte.

„Ich denke, ich vernichte eine weitere Flasche mit dir."

Tabea beugte sich vor, so dass ihr Gesicht Paulinas ganz nah kam. Fast flehentlich ergriff sie Paulinas Hände.

„Bitte bleib', das Haus ist groß genug. Du kannst hier wohnen. Solange du willst!"

„Meinst du das im Ernst? Und Stefan?"

„Er wird noch Monate in Dubai sein, vielleicht Jahre ..."

„Aber du ..." - „Ich werde nachkommen. Wann, ist längst nicht raus."

Tabeas Versicherung kam für ihren Geschmack einen Tick zu hastig. Ihre Freundin schlug die Augen nieder und bohrte ihre abgekauten Fingernägel in ein Kissen. Das vertraute Gesicht kam ihr grau und eingefallen vor. Tabea war beileibe keine Gazelle, sondern immer eher ein fülliger Typ gewesen, mit rosiger, sommersprossiger Haut, die sich über weiche Rundungen spannte. Sie hatte deutlich abgenommen, doch ihre Körpersprache war viel beunruhigender. Die sonst so aufrechte Haltung schien eingesunken, ihre Bewegungen wirkten fahrig und unstet. Ihre Augen, die üblicherweise vor Lebendigkeit sprühten, blickten stumpf, beinahe leer.

„Bitte. Bleib."

Paulina nickte, ein Schmunzeln erhellte ihre Miene. Warum auch nicht? Es gab Weißgott schlechtere Unterkünfte als ein malerisches Häuschen mit Apfelbaum in Lindenthal.

„Okay. Ich bleibe. Aber nur, wenn du mit dem Risiko leben kannst, dass ich dein hübsches Eigenheim in Schutt und Asche lege. Mir brennt sogar das Nudelwasser an."

„Mit welchem Zimmer willst du anfangen?

2. Kapitel

*„Die schlimmsten Dinge
passieren meist zur selben Zeit."*
Erste Erkenntnis aus Murphys Gesetz

Der seichte Novemberschauer hatte sich bis zum Morgen zum Dauerregen gefestigt. Das Wetter solidarisierte sich per rapidem Temperatursturz mit Paulinas Gefühlen. Sie besaß keinen Führerschein, ganz zu schweigen von einem Auto. Nach dem dritten gestohlenen Drahtesel hatte sie vor Urzeiten auch das Radfahren aufgegeben. Dennoch empfand Paulina es als merkwürdig befreiend, die hundertfünfzig Meter bis zur Bahnstation zu Fuß durch den Regen hasten zu müssen. Unterwegs entdeckte sie einen niedlichen Coffee-Shop, in dem sie einen Milchkaffee to-go und ein Hühnchen-Sandwich kaufte. Die Freundlichkeit der Bedienung begleitete sie bis zur nächsten Straßenecke. Dort stieß sie mit einem entgegenkommenden Passanten zusammen und ihr Sandwich landete in einer Pfütze. Während sie nach der Tüte angelte, fuhr ein Auto hindurch. Der Fahrer hupte und zeigte ihr einen Vogel. Ihre Bahn erreichte sie in letzter Minute. Um im Eingang in die Räder eines Kinderwagens zu stolpern. Dabei schüttete sie ihren Kaffee über die entrüstete Mutter und stieß sich obendrein ein blaues Knie. Natürlich handelte es sich um das Knie, auf das sie gestern gefallen war. Sie brauchte zwei Stationen, um sich zu fassen. Und eine weitere, um sich daran zu erinnern, eine Fahrkarte lösen zu müssen. Als ihr siedend heiß einfiel, dass ihr Portemonnaie noch immer auf der Coffee-Shop-Theke lag, stand der Ticketkontrolleur bereits vor ihr. Leider war der immun gegen ihre durchaus charmante Entschuldigung. Er drückte kein Auge zu.

Wenig später beschrieben kleine Pfützen Paulinas Weg durch die automatische Drehtür des Blau & Cie. Bankgebäudes in der Kölner Innenstadt, das imposante Foyer entlang, durch das Kundencenter mit den verglasten Serviceschaltern, die Wendeltreppe hinauf, in die Debitoren-Abteilung hinein, und verloren sich schließlich auf dem Läufer Richtung Kredit- und Anlageberatung. Zu diesem Zeitpunkt war Paulinas Tag gerade mal eine Stunde alt und sie sah aus wie eine Vogelscheuche. Zudem hatte sie der Vorfall mit dem Fahrkartenkontrolleur satte zwanzig Minuten Verspätung gekostet. Die sie natürlich nach Feierabend aufarbeiten musste.

Kaum sank sie schweratmend in ihren Bürostuhl, strahlte sie Cornelius' unbekümmertes Konterfei an. Mit einem unschönen Klirren fiel er samt seinem Bilderrahmen auf die Nase. Hoffentlich tat es weh.

„Warst du schon wieder auf der Toilette?"

„Guten Morgen, Natalie."

Ihre Kollegin sah aus wie aus dem Ei gepellt. Paulina sackte unwillkürlich in ihr übliches Nietenformat zusammen. Jeden Tag hasste sie sich erneut für ihre Unterwürfigkeit. Dennoch konnte sie nichts dagegen tun. Und das, obwohl sie wusste, dass Natalie es weder qualifikations- noch leistungsmäßig mit ihr aufnehmen konnte. Sobald ihr die Giraffe näher als zwei Meter kam, war ihr dürftiges Selbstbewusstsein schulterzuckend auf dem Weg nach nirgendwo. Und ihr Stolz ging gleich mit.

Sie starrte auf die manikürten Hände, die soeben mit der Silberkette an ihrem Hals spielten. Natalie gönnte ihr nicht einmal die klitzekleine Genugtuung, sie billig finden zu können. Die Ornamente auf den künstlichen Nägeln waren zwar auffällig, aber durchaus ästhetisch. Dasselbe galt für ihre Aufmachung. Natalie bewegte sich in ihrer Kleiderauswahl stets knapp innerhalb des guten Geschmacks, meist hinderte lediglich ein winziger Knopf ihren Aufzug daran, als freizügig bezeichnet zu werden. Davon abgesehen überstieg ein einziges Outfit, von den Pumps bis hin zu dem filigranen Silberkettchen mit Schlüsselanhänger in Summe mühelos Paulinas Monatslohn. Da Natalie nur eine, finanziell eher unbedeutende Position über ihr stand, fragte Paulina sich des Öfteren, wie ihre Kollegin das hinbekam. Ob sie wohl …? Einige blaue Hefter flatterten auf ihren Schreibtisch.

„Die müssen bis drei bearbeitet sein."

Natalies Spinnenfinger griffen nach dem umgekippten Bilderrahmen. Eine Weile betrachtete sie stumm das Foto, ihr Daumen fuhr provozierend über Cornelius' Mund. Anschließend stellte sie ihn, Paulina zugewandt, aufrecht auf die Tischplatte. Ihr unschuldiges Grinsen klebte wie Silikonpaste. Gönnerhaft klopfte sie Paulina auf die Schulter und machte Anstalten, zu ihrem Platz zurückzukehren.

„Natalie ..." Unerwartet reagierte ihr Mundwerk schneller als das Mäuseherz.

„Hm hm?"

Paulina wand sich auf ihrem Sitz. Allein die Art und Weise, mit der sich Natalies Nixenaugen in ihre bohrten, verursachte ihr Schweißausbrüche. Ihr Widerstand schrumpfte bereits, ehe er aufgekeimt war.

„Ich habe heute keine Zeit ...", sie schluckte krampfartig. Ein undefinierbares Lächeln überzog Natalies gebräunten Teint. Sogar ihre Zähne waren vollkommen.

„Nun ... dann musst du entweder zügiger tippen oder wie üblich länger bleiben."

Lediglich eine angedeutete Bewegung ihrer Lippen verwandelte das Zahnpastalächeln in Zähnefletschen. Ihre Stimme ähnelte dem Geräusch von Kreide auf einer Schultafel. Paulina fühlte sich plötzlich wie eine ungehorsame Zweitklässlerin. Ihr Aufbegehren zerbröselte zu Staub. Sie hatte keine Chance.

„Okay." Resigniert legte sie Natalies Mappen auf ihre eigenen. Ihre Kollegin lächelte wie die Schneekönigin persönlich.

„Ach Paulina ..."

„Ja?"

Ein abschätziger Blick erfasste ihr fleckiges Shirt, wanderte über ihre durchnässten Hosen und hielt sinnierend auf ihren Schuhen inne.

„Mach die Papiere nicht nass."

*

Weit nach Mittag erst löste Paulina sich von ihren Zahlen und hob den Kopf, um auf die Funkuhr an der gegenüberliegenden Wand zu sehen. Ihr Magen knurrte so laut, dass die Kollegin am Nebentisch aufsah. Noch immer lagen blaue Akten unerledigt auf ihrem Stapel. Sie seufzte. Es half nichts. Ohne Frühstück und mit nur drei Schlucken Milchkaffee im Bauch läge sie spätestens in einer halben Stunde unterzuckert unter dem Tisch. Für heute hatte sie genügend Unbill geerntet. Also fuhr sie den Rechner in den Standby-Modus, um sich ihren Joghurt und den für Notfälle gebunkerten Granny Smith Apfel aus dem Kühlschrank zu holen.

Zur selben Zeit betrat eine schwarz gekleidete Dame mit Schleierhütchen und Fasanenfeder samt Mops an der Leine, das Kundencenter der Blau & Cie. Bank in der Marienstraße, Hausnummer 230-236. Es schüttete noch immer wie aus Eimern und im Gebäude herrschte reger Betrieb. Etliche Leiber drängten sich nassglänzend in Anoraks und Regenmänteln in die Drehtür, die sich stockend mühte, dem Menschenstrom gerecht zu werden. Viele Kunden nutzten die Mittagspause zur Erledigung ihrer Bankangelegenheiten. Im Foyer schüttelte die elegante Frau ihren Regenschirm aus, klappte ihn zusammen und klemmte ihn sich unter den Arm. Den zuvorkommenden Gruß des Wachmanns ignorierte sie, während sie ihre ausladende Henkeltasche schulterte. Ein junger Mann mit Kopfhörern stieß mit gesenktem Kopf in ihre Seite und murmelte eine Entschuldigung, die sie hochmütig abwinkte. In der Schalterhalle angelangt, steuerte sie zielstrebig Schalter D von Henriette Lachmeyer an, um sich dort am Ende der Warteschlange anzustellen.

*

Spontan kehrte Paulina noch vor der großen Wendeltreppe um. Sie trat erneut an ihren Schreibtisch und betrachtete emotionslos ihren grinsenden Exfreund. Kurzerhand entfernte sie Cornelius' Foto aus dem Silberrahmen, zerknüllte das Bild und warf es in den Mülleimer. Dann entnahm sie ihrer Stiftbox einen schwarzen Permanentmarker, malte einen Kreis mittig auf das Glas, zwei Augen und einen lachenden Mund. Zufrieden musterte sie die Zeichnung und stellte den Rahmen zurück auf den Tisch. Pfeifend machte sie sich auf den Weg in die Belegschaftsküche.

*

Zeitgleich kam es im Kundencenter an Schalter D zu einer folgenschweren Szene. Die Bankangestellte Lachmeyer verabschiedete mit einem unverbindlichen Lächeln die Kundin Ursula Busch, die genau dreizehn Minuten und währenddessen zirka zehn gleichlautende Erklärungen gebraucht hatte, um den Unterschied zwischen einer Pin- und einer Tan-Nummer zu begreifen.

Henriette Lachmeyer liebte ihren Job. Auch wenn sie in Ausübung ihrer fünfzehnjährigen Tätigkeit fortwährend in einem gläsernen Kasten saß, dessen einzige Verbindung zur Außenwelt in einer kreisrunden Öffnung mit darunter eingelassenen Sprechlöchern bestand. Und in einem Telefon mit Schaltungen zu sämtlichen Abteilungen, allen Außenfilialen und der Führungsetage. Letzten Knopf hatte sie niemals betätigt. In irgendeiner perfiden Form fühlte sich Henriette verbunden mit ihrem Glaskäfig, dessen Begrenzung sie als Trost und Sicherheit empfand. In der ihr niemand etwas vorschrieb und jegliche Bedrohung draußen blieb. Bis zum heutigen Tag.

Die Kassiererin blickte auf ihre Armbanduhr, überlegte, wer sie zu ihrer Mittagspause ablösen würde und entschloss sich, die letzte Kundin des Vormittaggeschäfts zu bedienen. Sie sortierte die Ein- und Auszahlformulare in den entsprechenden Sortierkasten und sah mit einem vorbildlichen Servicelächeln auf.

Das runzlig verkniffene Antlitz, das sich vor die kreisrunde Öffnung des Schalters schob, erinnerte Henriette für den Bruchteil einer Sekunde an ihre Schwiegermutter Eugenie, der sie zeitlebens äußerst ambivalente Gefühle entgegen gebracht hatte. Im selben Moment, als ihr zu ihrer maßlosen Erleichterung einfiel, dass Eugenie Lachmeyer bereits seit vier Jahren in der Familiengruft weilte, um dort die bedauernswerten Urahnen ihres Gatten herumzukommandieren, öffnete sich der schmallippige Mund ihres Gegenübers. Das herzförmige Gesicht war von vornehmer Blässe, von Falten durchzogen und mit Altersflecken übersät. Es wirkte merkwürdig alterslos, obwohl sie die weißhaarige Kundin auf über siebzig schätzte. Der stahlblaue Blick fräste sich regelrecht in den ihren hinein und weiter bis in ihr Innerstes. Henriette Lachmeyer zögerte, so verblüffend empfand sie die Ähnlichkeit mit der gebieterischen Eugenie, Gott hab sie selig. Trotzdem wich das versierte Dienstleistungslächeln nicht von ihren Zügen. Nicht umsonst prangte ihr Foto derzeit auf dem schwarzen Brett unter dem Titel „Mitarbeiterin des Monats."

„Guten Tag, was darf ich für Sie tun?"

*

Die Gemeinschaftsküche der Abteilung zeigte sich als einziger Raum des altehrwürdigen Bankgebäudes von einer zeitgemäßen Seite. Hatte man im gesamten Haus darauf gesetzt, die Inneneinrichtung mit dunklen, schweren Möbeln und glänzenden Spiegelflächen dem barocken Bau anzupassen, überraschte die moderne Küchenzeile mit frischen Farben und High-Tech-Geräten. Paulina verbrachte gerne ihre Pausen in der Sitzecke mit der senfgelben Polsterbank oder an einem der kleinen Tische in den Fensternischen. Von dort bot sich ein sagenhafter Ausblick über Kölns Häuserdächer hinweg auf die Silberschlange des Rheins und den Dom.

Die Kühlschranktür eröffnete mit einem saugenden Geräusch den Blick auf mit Namen beschriftete Schubfächer, allesamt gespickt mit verlockenden Leckereien. Bis auf Paulinas Schublade. Die war leer. Ungläubig erkannte Paulina in dem Fach darunter ihren Lieblingsjoghurt. Der Deckel des Bechers stand offen und ein Löffel stak darin. Gleich daneben lag Paulinas angebissener Granny-Smith Apfel.

*

Der blaue Stahl bohrte sich eine Umdrehung tiefer in Frau Lachmeyers Kundenfreundlichkeit. Der heitere Gruß der Bankangestellten prallte an die gläsernen Käfigwände und fiel unerwidert vor Henriettes Füße. Stattdessen erschien eine Tasche vor den Schlitz, in der ein dünner Arm verschwand und kräftig zu wühlen begann. Henriette Lachmeyer räusperte sich. Die Hand kam wieder zum Vorschein, die knotigen Finger umklammerten eine goldbeschlagene Börse. Eine Kreditkarte mit dem aufgeprägten Aufdruck „Edith von Dahlen" schob sich durch die zentimeterhohe Öffnung in Frau Lachmeyers Kasten hinein.

„Ich möchte alles."

Die Stimme war ebenso kalt wie die dazugehörigen Augen. Die Kassiererin nahm die Kundenkarte entgegen.

„Um welchen Betrag handelt es sich, Frau von Dahlen?"

„Dreiundachtzigtausendfünfhundertneunundsiebzig Euro und achtundzwanzig Cent."

Das ungläubige „Wie bitte?!" hüpfte von Henriette Lachmeyers Lippen, ehe die einstudierte Professionalität ihr Einhalt gebot. Die Konsequenz folgte auf dem Fuße. Ein silberweißes Brauenpaar schoss in die Höhe und fuhr missbilligend zusammen. Eine steile Falte gesellte sich zu den übrigen auf der Stirn.

„Entschuldigung. Aber eine solche Summe kann ich nur auf Beantragung bar auszahlen."

Rasch zog die Kassiererin die Karte durch den Leseschlitz an ihrem Rechner, dankbar, dem ungnädigen Blick der alten Dame entkommen zu können. Ihre Augen weiteten sich, als der Bildschirm flackerte.

*

Paulina stand noch immer reglos vor dem geöffneten Kühlschrank. Tatsächlich erwog sie, Leib und Leben zu riskieren und die Soltau zur Rede zu stellen. Selbst ihr war klar, dass der Becher nicht aus Versehen in Natalies Fach gelandet war und der Apfel zu rein demonstrativen Zwecken angebissen wurde. Ihre Kollegin ließ keine Gelegenheit aus, sie zu erniedrigen. Heftig warf Paulina die Tür zu und unterdrückte die aufkeimende Wut. Sinnlos, es überhaupt zu versuchen. Sobald sie vor Natalie stünde, fehlten ihr ohnehin die Worte, davon abgesehen, dass die sie vermutlich auslachte. Das flaue Gefühl im Magen ging in Übelkeit über, was gegen die erneute Demütigung und für den Gang in das Bistro gegenüber sprach. Ihr gelüstete es sowieso mehr nach einem Teller Pasta. Sollte die Giraffe doch an ihrer Boshaftigkeit ersticken - samt dem Joghurt.

*

„Oh."

Nachdenklich betrachtete die Kassiererin den rotunterlegten Sperrvermerk des Kundenkontos. Das versprach, unangenehm zu werden.

„Was soll das heißen, auf Beantragung? Ich will mein Geld!", blaffte es, während von unten, außerhalb von Henriettes Sichtfeld, ein „Äff äff" das Maschinengewehrfeuer der Stimme untermauerte.

„Ich fürchte, ich darf Ihnen von diesem Guthaben nichts ausbezahlen. Das Konto ist gesperrt."

„Das Konto ist ... WAS?!"

Henriette nickte bekümmert, während Edith von Dahlens Gesicht eine Spur fahler wurde. Plötzlich tat ihr die alte Dame leid. Die Kassiererin blickte rasch von rechts nach links, beugte sich vor und senkte die Stimme.

„Ihr Kundenkonto trägt einen Pfändungsvermerk. Und das Sparkonto ebenfalls."

Edith von Dahlen tat ihr nicht den Gefallen, für die wohlgemeinte Diskretion dankbar zu sein. Auch entschwand sie nicht still und beschämt, wie Schuldnerkunden dies im Allgemeinen taten. Edith von Dahlen verlor die Beherrschung.

„Das ist nicht möglich. Ihnen ist ein Fehler unterlaufen!"

Henriette schüttelte bedauernd den Kopf.

„Ich will sofort Ihren Chef sprechen! Von Laien lasse ich mich nicht bedienen!"

Frau Sengemann von Schalter C sah alarmiert auf. Einige Kunden blieben interessiert stehen und schauten herüber. Frau Lachmeyer lächelte gezwungen weiter.

„Frau von Dahlen ... das ist mit Sicherheit kein Irrtum. Dr. Grüneberg kann Ihnen da auch nicht weiterhelfen. Die Pfändung kommt per Vollstreckungsurteil vom Gericht."

Nun starrte die Kundin sie ausgesprochen feindselig an, als sei es Henriettes Schuld, dass diese offenkundig nicht mit Geld umzugehen verstand. Die Ärmste war vermutlich bereits senil. Ein Hauch von Milde überzog das Profilächeln. Leider machte die alte Dame keine Anstalten, darauf einzugehen. Stattdessen drehte sie sich ruckartig zur Schalterhalle. Sie zeigte mit ausgestrecktem Zeigefinger auf Henriettes Guckloch. Und brüllte los.

„Diese Betrügerin will mich um mein Vermögen prellen!"

Sprachlos saß Henriette Lachmeyer in ihrem Glaskasten und fühlte sich plötzlich überhaupt nicht mehr wohl darin. Sämtliche Blicke drehten sich in ihre Richtung, die der Kollegen mitleidig, die der Kunden befremdet. Edith von Dahlen indes lief zu Hochform auf, ihr Mops bellte sich die Seele aus dem Wanst.

„Rufen Sie die Polizei!", kreischte sie und lief puterrot an. Henriette Lachmeyers rechter Finger rutschte automatisch auf den Knopf des Sicherheitsdienstes, während ihre linke Hand den Telefonhörer ergriff und erstmalig die Verbindung zum Vorstandssekretariat herstellte. Die Leitung war besetzt.

*

Paulina sammelte hektisch aus den Schubladen ihres Rollcontainers umherfliegendes Kleingeld zusammen. Mit einem Barvermögen von exakt drei Euro und neunundsiebzig Cent in der Hosentasche machte sie sich auf den Weg in die erzwungene Mittagspause. Ihr Magen knurrte inzwischen wie der eines sibirischen Tigers.

Parallel erhielt Günther Schnabel vom Sicherheitsdienst im Untergeschoss einen Alarmruf mit der Bitte, sich im Kundencenter an Schalter D bei Frau Lachmeyer einzufinden. Es gebe da ein „kleines" Problem.

Im Sekretariat beendete indes Vorstandsassistentin Gertrude Müller einen Plausch mit ihrer Freundin und nahm einen Anruf aus dem Kundencenter von Frau Sengemann an Schalter C entgegen. Diese äußerte die Bitte, die Geschäftsleitung zu informieren. Es gebe da ein „größeres" Problem an Schalter D, mit dem man dort wohl überfordert sei.

*

Paulina durchquerte unbehelligt ihre Abteilung und nahm die Wendeltreppe ins Erdgeschoss. Wie gewohnt mied sie den Augenkontakt mit den finster dreinblickenden Männern in den opulenten Rahmen, welche die gesamte Wandlänge einnahmen. Seit der Gründung der Blau & Cie. im Jahre 1768 wurde die Ahnengalerie jede Wahlperiode um eine weitere Vorstandsvisage reicher, die den Besucher mit mahnenden Blicken auf dem Weg in oder vom oberen Stock begleiteten. Paulina fand sie allesamt unheimlich. Es war, als lauerten die strengen Abbilder nur auf ihr nächstes Missgeschick. Vor allem das letzte Gemälde, das Paulinas derzeitigen Chef zeigte, löste Beklemmung in ihr aus. Und dies, obwohl sie Dr. Grüneberg bislang nur einmal gegenübertreten musste und dieser sich wahrscheinlich längst nicht mehr an sie erinnerte. Prompt stolperte sie über ihre eigenen Füße, fing sich jedoch rechtzeitig. Sie bog rasch um die Ecke und betrat das Kundencenter.

Zuerst fiel ihr der Menschenauflauf in der Schalterhalle auf. Natürlich herrschte um diese Uhrzeit viel Betrieb. Doch hier drängten sich nicht nur unzählige Menschen, es war zudem auch noch laut. Die eigentümlichen Schwingungen, die von dem Pulk ausstrahlten, erinnerten sie entfernt an die Stimmung in einem Fußballstadion. Eine Stimme krakeelte lautstark herum und Paulina war sich nicht sicher, ob es nicht auch zu einem Handgemenge kam. Die Kunden versperrten ihr jedoch die Sicht. Neugierig umrundete sie den Halbkreis aus Leibern, ergriff die Gelegenheit, durch eine Lücke zu schlüpfen, und platzierte sich an einer Marmorsäule. Von hier aus hatte sie einen Platz in der ersten Reihe. Und das lohnte sich mächtig.

Der Anblick, der sich ihr bot, war mehr als skurril. Zwei uniformierte Sicherheitsbeamte hielten ein altes Mütterchen an beiden Armen gepackt und mühten sich vergebens, die zerbrechliche Dame daran zu hindern, mit ihrem Regenschirm die Scheiben von Schalter D einzuschlagen. Dahinter erkannte sie schemenhaft Frau Lachmeyers verschrecktes Gesicht. Sie hatte sich in die hintere Ecke ihres Glaskastens zurückgezogen. Die Frau keifte wie ein Bürstenbinder. Inzwischen hatten die Sicherheitsleute sie kurzerhand in die Höhe gehoben, so dass sie nun zwar hilflos, aber dennoch heftig strampelte. Dabei schlug sie unverdrossen mit ihrem Schirm um sich. Und um sie herum sprang ein kläffender Mops, der das Ganze anscheinend für ein erfreuliches Spiel hielt.

„Scharlatane! Lumpen! Ich will mein Geld zurück!"

Die Menge teilte sich, als die gesamte Geschäftsführungsetage den Gang durchschritt, allen voraus der Vorstandsvorsitzende Dr. Gerald Grüneberg, seine Kompagnons Harald Kleiber und Eugen Richter sowie der Speichellecker der Vorstandsetage, Paulinas Chef Hagen Schneider. Kaum bei der Tobenden angelangt, begannen sie, auf die alte Dame einzureden. Leider alle gleichzeitig und daher mit mäßigem Erfolg, weil kaum zu verstehen war, was der Einzelne von sich gab. Zudem übertönte Mütterchens Organ die Stimmen der Herren mühelos.

Das Raunen der Zuschauer schwoll an, die ersten Lacher ertönten. Paulina grinste verstohlen. Sie konnte sich der Komik der Situation nicht entziehen, auch wenn sie als Bankangestellte Loyalität beweisen sollte und die verwirrte Frau ihr leid tat. Noch immer zappelte sie wie ein schwarzer Käfer und zeterte aus Leibeskräften.

„Ich bin Edith von Dahlen, lassen Sie mich SOFORT zu Boden! Ich will meinen Anwalt, den Staatsanwalt und die Polizei! Sie werden sich wundern, wozu ich imstande bin ... Diese Räuberhöhle wimmelt vor Diebesgesindel, das unbescholtene Bürger um ihr hartverdientes ..."

Jetzt traf ein Fausthieb die Nase von dem Sicherheitsbeamten Schnabel, die prompt anfing zu bluten. Ein gemeinschaftliches Stöhnen wogte durch die Zuschauer, durchsetzt von Lachen und Beschimpfungen. Paulina duckte sich unwillkürlich, als ein bärtiger Mann neben ihr „Schmeißt die olle Schachtel raus!" rief, und verwarf ad hoc den Gedanken, in dem Tumult irgendwem irgendwie zu Hilfe zu eilen.

Tatsächlich bewegten sich die Wachleute mitsamt ihrer unbeugsamen Last Richtung Ausgang, gefolgt von den wild gestikulierenden Vorständen und einigen Schaulustigen. Lediglich der hochgewachsene Hagen Schneider blieb unschlüssig stehen. Sein Blick wanderte vom Schalter, in dem die verängstigte Frau Lachmeyer kauerte, hinter den Hinausgehenden her. Sein Gesicht wirkte betroffen, wie Paulina zu ihrer Verwunderung registrierte. Er rieb sich die Glatze und betrachtete daraufhin seine Handfläche. Noch während er die Hand an seiner Anzughose abwischte, begegnete sein Blick dem ihren. Die Nasenflügel seiner Hakennase vibrierten und er erinnerte Paulina plötzlich an einen mageren Hund, der Witterung aufnahm. Merkwürdigerweise veränderte sich sein Ausdruck, wenn auch undefinierbar. Rasch sah er sich nach allen Seiten um, musterte noch einmal Paulina mit gerunzelter Stirn, die ihrerseits errötete und den Blick senkte. Sekunden später war ihr

Chef wie vom Erdboden verschwunden.

Innerhalb von Minuten hatte sich der Tumult gelegt, die leergefegte Schalterhalle schimpfte jeden einen Lügner, der behaupten wollte, es sei nicht die ganze Zeit friedlich gewesen. Einzelne Kunden traten an die Schalterkästen, die Angestellten nahmen ihre Tätigkeiten auf, als sei nichts geschehen. Paulina lehnte noch immer an ihrer Säule. Ein seltsames Gefühl rumorte in ihrem Bauch. Und das hatte nur sekundär mit ihrem leeren Magen zu tun.

Selbst eine halbe Stunde später, als Paulina schon längst an ihren Arbeitsplatz zurückgekehrt war, ging ihr die Szene aus dem Kundencenter nicht aus dem Sinn. Sie hatte die Kundin nie zuvor gesehen, geschweige denn je ein Wort mit ihr gewechselt. Trotz allem klang der Name von Dahlen irgendwo in den Tiefen ihres Gedächtnisses nach. Leider konnte sie nicht nach der Erinnerung fassen.

Der Bildschirm blinkte und der Rechner gab ein unwilliges Piepen von sich, als sie versehentlich auf die falsche Taste drückte. Am unteren Bildschirmrand poppte ein Fenster auf. Offenbar hatte sie vergessen, eines der Kundenkonten zu schließen. Das passierte ihr sonst nie, da sie üblicherweise den Computer auf Bereitschaft schaltete, wenn sie den Platz verließ. Ihr rechter Zeigefinger zögerte, ehe er sich auf die Entertaste legte. Der Bildschirm erlosch. Einen Blick auf den Dateinamen hatte sie trotzdem erhascht. Lützow. Seltsam. Sie konnte sich weder an die Zugangsdaten erinnern, noch daran, diesen Kunden heute eingelesen zu haben.

Paulinas Magen meldete sich abermals, tat diesmal eine akute Hungersnot kund. Inzwischen zeigte die Uhr weit nach zwei. Ihre Mittagsmahlzeit hatte sie verpasst. Stattdessen lenkte eine fettgedruckte Überschrift ihren Blick auf die Tageszeitung.

Bankräuber schlugen erneut zu! Köln in Angst und Schrecken!
Fuhr die Streife vorbei? Unfähigkeit der Polizei? Unbekannte plünderten rund 150 Schließfächer in der Rotheburg-Bank an der Venloer Straße und entkamen.

Als ungeheuerliche Katastrophe bezeichnete der Vorstand der Rotheburger Privatbank den schweren Einbruch, bei dem Unbekannte rund 150 Schließfächer plünderten und mit ihrer Beute im geschätzten Wert von über 300.000 Euro in Form von Bargeld und Schmuck flohen. Experten der Kripo grenzten die Tatzeit zwischen Sonntagnachmittag und Montagmorgen ein. Begünstigt wurde die dreiste Aktion von Bauarbeiten an dem Gebäude in der Venloer Straße. Es war vollständig eingerüstet und mit einer blickdichten Plane versehen. Die drei Täter, vermutlich aus Kreisen organisierter Kriminalität stammend, ließen die Sicherheitstüren unbehelligt und brachen stattdessen zeitaufwändig das Mauerwerk zum Schließfachraum auf. Die Tat wurde erst am Montag mit Anrücken der Bauarbeiter entdeckt. Und dies, obwohl seit Tagen angeblich erhöhtes Polizeiaufgebot in Ehrenfeld zum Einsatz kam. Ein um 4:00 Uhr morgens ausgelöster Alarm wurde im Rahmen der Renovierungsarbeiten als Fehlmeldung gewertet.

„Taten dieser Kategorie haben ausgesprochenen Seltenheitswert", sagte Lukas Felden, leitender Kommissar des Raubdezernats der Kripo Köln, und enthielt sich bei Nachfrage, ob die Ermittlungen in eine bestimmte Richtung wiesen, jeglichem Kommentar. Resigniert die Polizei? Dies ist der neunte Überfall in diesem Jahr in der Kölner Bankenlandschaft, der mutmaßlich denselben Tätern zugeschrieben wird. Die augenscheinlich aus Osteuropa stammenden, männlichen Personen gehen bei jedem Bankraub anders vor, so dass die Polizei sich außerstande sieht, einem Ermittlungsmuster zu folgen.

Sachdienliche Hinweise sowie Zeugenbeobachtungen zur Tatzeit erbittet die Kripo unter Telefon: 0221-13413400 sowie in jeder Polizeidienststelle.

*

„Hirnverbrannte Pressefuzzies!"

Als der leitende Ermittlungsbeamte im Dezernat für Diebstahl und Raub im Büro der Kripo Köln wutentbrannt den Leitartikel des Kölner Express zerknüllte und nach einem gezielten Wurf mit dem Zeitungsknäuel den Mülleimer verfehlte, zeigte die schiefhängende Wanduhr viertel nach zwei. Kommissar Feldens Laune befand sich nicht erst seit heute auf dem Nullpunkt. Er war übernächtigt, maßlos erschöpft und sein Magen pumpte seit der neunten Tasse Maschinenkaffee Gift und Galle in seine Speiseröhre. Er langte nach den Tabletten und schmiss sich kurzerhand gleich mehrere davon ein. Wieder blinkten zwei Leitungen gleichzeitig, grimmig schielte er nach der Nummer auf dem Display, die den Anschluss seines Dienststellenleiters anzeige. Zum hundertsten Mal an diesem Tag riss ein Kollege die Tür zu seinem Büro auf und rief ihn zu irgendeiner dämlichen Schreibtischvertretung. Diesmal steckte Jochen Friedmann sein gequältes Gesicht durch den Türspalt.

„Lukas ... gehst du zur Anzeigenaufnahme rüber? Otto liegt jetzt auch noch krank im Bett und da hinten rennen uns die Leute die Bude ein. Wir kommen überhaupt nicht mehr klar ...", hustete sein Freund und Kollege und rollte mit den Augen. Kommissar Felden starrte das rotblinkende Cheflicht an.

„Lukas?"

Seufzend erhob er sich, froh, dem alten Haudegen nicht wieder wegen Ermittlungssackgassen und fehlgeschlagenen Überwachungen Rede und Antwort stehen zu müssen. Die Polizei besaß keine Handhabe gegen diese Bande, die Köln seit Monaten mit Banküberfällen terrorisierte. Und er, Lukas Felden, leitete die Ermittlungen, die das gesamte Dezernat und vor allem ihn nächtelang auf Trab hielten. Sämtliche Hinweise führten ins Nichts. Die Jungs schlugen schneller zu, als er denken konnte. Jede geklärte Frage warf neue auf, die unbeantwortet blieben. Es war zum Haare raufen, besäße er genug davon. Er seufzte und schielte zu dem Papierknäuel am Boden neben dem Papierkorb. Dann resignierte er.

„Okay, komme."

Als die Tür hinter ihm ins Schloss fiel, blinkte die Telefonanzeige noch immer.

*

Die alte Dame schnappte nach Luft. Heraus kam ein langgezogenes Lungenpfeifen. Lukas betrachtete missmutig die abgebrochene Miene seines Bleistifts. Sein Blick überflog den von Papieren, leeren Tassen und mit Akten übersäten Schreibtisch des Kollegen. Er fand einen Hefter, ein Lineal, einen Radiergummi, sogar ein angebissenes Sandwich. Aber keinen verfluchten Anspitzer. Von einem brauchbaren Ersatzstift nicht zu reden.

„Haben Sie zufällig einen Kugelschreiber in Ihrem ...", er wies auf das Handtäschchen der Frau, „Beutel?"

„Das ist eine italienische Krokodilledertasche."

Edith von Dahlen sah den Polizisten argwöhnisch an. Er lächelte abwesend und schwenkte den zerbröselten Bleistift, zuckte die Schultern und lehnte sich in seinem Stuhl zurück.

„Na, also ... vielleicht erzählen Sie mir zuerst einmal, warum Sie Anzeige erstatten wollen?"

„Mein Erbe ist weg!"

Erneut kippte ihre Stimme. Die alte Frau war sichtlich erregt. Ihre Wangen trugen Hektikflecken und die Augen schossen Blitze. Schon wieder eine Oma, die ihr Portemonnaie verbummelt hatte. Lukas sah auf seine Armbanduhr und nickte Jochen einen sauertöpfischen Gruß zu, den dieser grinsend erwiderte. Dieser Job hier war schlichtweg unter seiner Würde.

„Seit wann vermissen Sie Ihre Börse?", murmelte er. Wenn er sich beeilte, konnte er die letzte Zeugenaussage zu dem Vorfall in der Venloer Straße in den Computer tippen und sich anschließend an den Tatort begeben. Ihm war da etwas Merkwürdiges aufgefallen, dem er unbedingt heute noch...

„Wie, seit wann vermisse ich meine Börse?! Ich spreche hier von kriminellen Machenschaften!"

Die ungehaltene Stimme holte ihn zurück in die Gegenwart. Diese besaß ein Knitterfaltengesicht und erinnerte ihn entfernt an seine Klassenlehrerin in der Realschule, aber die hatte mit Sicherheit schon das Zeitliche gesegnet. Die Vier in Deutsch verzieh er ihr trotzdem nicht.

„Diese Bankräuber gehören hinter Schloss und Riegel!", polterte die Dame weiter. Das Reizwort ließ ihn aufhorchen.

„Wie war doch gleich Ihr Name, Verehrteste?"

*

Niemand konnte guten Gewissens behaupten, dass dieses Haus einmal bessere Tage gesehen hätte. Lukas hatte sich längst von der romantischen Vision des trauten Eigenheims verabschiedet. Genau genommen, seit Vera ausgezogen war und seinen Labrador Ben mitgenommen hatte. Zugegeben bereits lange vorher. Das Häuschen im Bergischen Land hatten sie günstig erstanden, in der Vorstellung, die fällige Renovierung in Eigenleistung erbringen zu können. Sie hatten das Leben auf einer Baustelle gewaltig unterschätzt. Die harte, körperliche Arbeit nach Dienstschluss, die unterschiedlichen Auffassungen, den Ärger mit trägen Baufirmen und schlampigen Handwerkern. Aus den Renovierungsarbeiten ergab sich die Notwendigkeit einer kompletten Grundsanierung. Nach sechs Monaten standen sie noch immer bis zu den Knien im Bauschutt und vor den Trümmern ihrer Beziehung, die dieser Bewährungsprobe nicht standgehalten hatte. Am Schluss schrien sie einander nur noch an, anstatt zu reden. Und Vera hatte immerzu geweint.

Lukas seufzte und dirigierte seinen altersschwachen Volvo um die Schlaglöcher der Hofeinfahrt. Als der Motor zum Stillstand kam, stützte er seine Ellbogen auf das Steuer und betrachtete das Haus im Scheinwerferlicht.

Ein hübsches Haus. Eigentlich. Wenn es denn keine Ruine wäre. Für ihn glich es einem überdimensionalen Sarg, der ihn aus fensterlosen Löchern anklagte. Das materialisierte Grab seiner Ehe. Mit Veras Auszug hatte er alle Arbeiten eingestellt. Das Gebäude sah noch genauso aus, wie an dem Tag, als seine Frau die Schwelle nach draußen übertreten hatte. Nicht mal eine Tür konnte sie hinter sich zuknallen, weil schlichtweg keine eingebaut war.

Seither lebte er aus Koffern, duschte in den Gemeinschaftswaschräumen des Reviers und aß seine Mahlzeiten in der Imbissbude. An seinen Hosen klebte immerzu Staub und das Gefühl von Gemütlichkeit empfand er nur in seiner Stammkneipe, mittels derer er die leblosen Stunden in dieser Gruft reduzierte. Lediglich einen Raum - ironischerweise das Schlafzimmer - bewohnte er, notdürftig beheizt durch einen Elektroofen.

Vor zwei Jahren war Lukas Felden gestorben. Dieser Mann hier besaß nur eine Hülle, die halbwegs funktionierte. Merkwürdigerweise gelang es ihm nicht, über den Verkauf des Hauses auch nur nachzudenken. Denn jeder Tag, den er ausharrte, war gleichzeitig eine Abbitte an die Fehler, die er in seiner Ehe gemacht hatte.

Wenn wenigstens sein Job das leere Gefäß seines Daseins füllen könnte. Aber auf dem Revier jagte ein Misserfolg den Nächsten. Die Bankraubserie zeichnete sich verantwortlich für das rasante Ergrauen seiner Haare. Weder war er imstande, die genauen

Tathergänge zu rekonstruieren, noch ließ sich eine vernünftige Täterbeschreibung aus den Zeugenaussagen für die Phantombilderstellung filtern. Zunächst hatte er gehofft, die alte Dame von heute könnte ihm mit neuen Indizien weiterhelfen. Die offenbar verwirrte Frau von Dohlberg ... oder wie hieß sie gleich? ... faselte jedoch nur unsinnige Verschwörungstheorien von der Blau & Cie. Bank. Wenn überhaupt ein Fall für seine Kollegen vom Betrugsdezernat. Wieder Pustekuchen von wegen Hinweis.

Er griff nach der Plastiktüte, die sein Abendessen enthielt. Thaicurry mit Huhn und Reis. Zum zweiten Mal in dieser Woche. Inzwischen machte er sich nicht mehr die Mühe, mit normalem Besteck zu essen. Die Plastikgabel tat es auch und musste anschließend nicht gespült werden. Sein Magen rebellierte, wenn er nur an Essen dachte, und er vermisste Ben, der ihn stets mit lautem Gebell begrüßt hatte. Die Stille war das Schlimmste an diesem Haus. Doch es half nichts. Nach seiner Mahlzeit würde er sich ein Bier gönnen, in den kleinen Fernseher glotzen und schleunigst vergessen, dass er mal ein Leben außerhalb der Arbeit hatte. Wenn er Glück hatte, ermöglichte ihm die Erschöpfung eine schnelle Flucht.

3. Kapitel

*„Kann etwas nicht mehr schlimmer werden,
so wird es noch schlimmer."*
Zweite Erkenntnis aus Murphys Gesetz

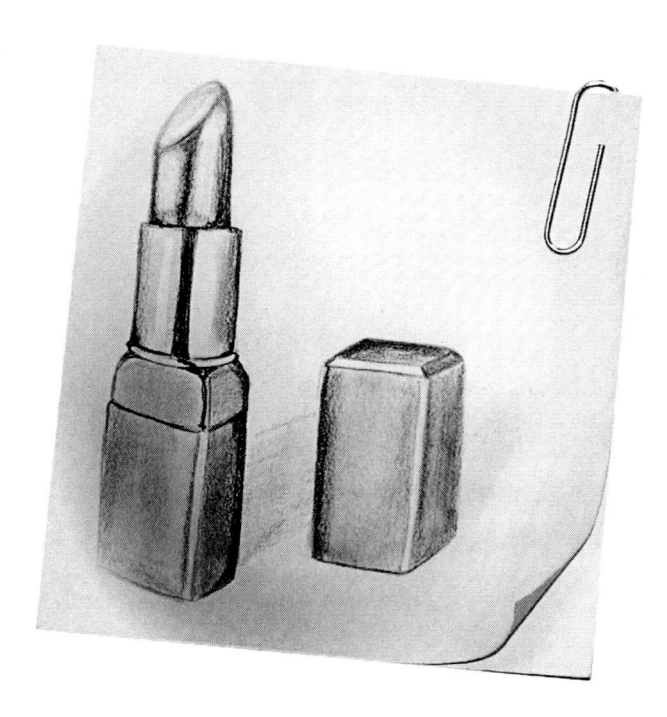

Gertrude Müller musterte die junge Frau, die seit einer halben Stunde auf dem Stuhl vor dem Besprechungszimmer herumrutschte. Der Boss hatte sie angewiesen, Paulina Jacoby aus der Anlageabteilung zu einem Gespräch zu beordern, und sich des Weiteren über seine Motive in ungewohntes Schweigen gehüllt. Die Sekretärin schickte gedankenverloren die Online-Bestellung für Frau Grünebergs Hochzeitstagsblumen ab. Obwohl sie den Blick auf den Bildschirm gerichtet hielt, während ihre Finger flink über die Tasten glitten, ließ sie die Wartende nicht aus den Augen. Sie überlegte, ob sie erzürnt oder beunruhigt darüber sein sollte, nicht eingeweiht zu sein, und ob es angebracht war, ihrem Missfallen Ausdruck zu verleihen.

Paulina Jacoby sah nicht aus wie eine Person, die Ärger machte. Ihr mausgraues Kostüm war zu hochgeschlossen und bieder. Die Brille, klassisch, wenn auch eine Spur zu groß, saß in einem zartgeschnittenen Gesicht, das aus seelenvollen Augen harmlos in die Welt blickte. Gertrude dachte eher daran, ihr eine heiße Suppe anzubieten, als ihr etwas Böses unterstellen zu wollen. Ihre gesamte Körpersprache war angespannt und wachsam, als erwarte sie jederzeit, sich unter imaginären Schlägen ducken zu müssen. Prompt flog die Tür zum Besprechungszimmer auf und die junge Frau zuckte zusammen.

„Frau Jacoby? Bitte kommen Sie herein."

Mitleidig sah die Sekretärin der Bankangestellten hinterher, die nun hinter Herrn Dr. Grüneberg herschlich. Seine Miene war völlig unbewegt, er orderte weder Kaffee noch Erfrischungsgetränke. Ihr Chef nickte ihr nur unverbindlich zu, bevor sich die Tür schloss. Gertrudes Augen verengten sich zu schmalen Schlitzen. Na, an Paulina Jacobys Stelle wollte sie sicher nicht sein.

*

Der Raum konnte selbst mit gutem Willen nicht als einladend bezeichnet werden. Außer einem Tisch und wenigen Stühlen stand nichts darin, was dem Besucher ein warmes Willkommen beschert hätte. Der Teppich war grau, Stuhl- und Tischrahmen aus Chrom. Der Deckenfluter spiegelte sich kalt in der überdimensionalen Tischplatte aus Glas, was die nüchterne Atmosphäre noch unterstrich. Zu Paulinas Unbehagen entdeckte sie alte Bekannte in den Gemäldeduplikaten an der Längsseite der Wand, die sie in gewohnter Ahnenmanier anstierten. Der erfreuliche Ausblick auf den Dom wurde von der Umarmung schwerer Vorhänge aus kirschrotem Brokatstoff erfolgreich negiert. Paulina hatte bereits jetzt das Gefühl, nicht mehr atmen zu können. Eine Gänsehaut legte sich auf ihre Oberarme und krabbelte über ihren Körper.

Das Besprechungszimmer schüchterte sie ein, genauso wie die Herren hinter dem Glastisch. Harald Kleiber und Eugen Richter blickten ihr schweigend entgegen. Ihrem Wissen nach weder verwandt noch verschwägert, glichen sie dennoch einander wie ein Ei dem anderen. Humpty und Dumpty, wie die Vorstandsmitglieder unter Kollegen scherzhaft genannt wurden, trugen Glatzen und besaßen dieselbe kompakte Statur wie die Figur aus Lewis Carrolls Erzählung. Paulina hatte die Vorstände bisher, wenn überhaupt, nur aus der Ferne gesehen, geschweige denn jemals ein Wort mit einem von ihnen gewechselt. Die Märchenfigur hatte sie lustiger in Erinnerung. Kleiber und Richter zeigten nicht den Anflug eines wohlwollenden Ausdrucks auf den pausbäckigen Gesichtern. Dr. Grüneberg gesellte sich zwischen seine Kompagnons und verwies Paulina auf den Besprechungsstuhl gegenüber. Hier ging es zu wie beim Strafgericht. Mit zittrigen Knien sank sie auf den Sitz. Ihre Augenlider flatterten, als sie die drei grimmigen Gestalten anblickte. Sie hatte keinen blassen Schimmer, weshalb sie vorgeladen war. Zwar mochte sie mit dem letzten Monatsabschluss im Hintertreffen sein, doch sie konnte sich nicht daran erinnern, einen Fehler gemacht zu haben. Zugegeben, ihre Bearbeitungszeiten ließen zu wünschen übrig, da Natalie ihr ständig ihre Arbeiten aufhalste. Doch nichts lag ihr ferner, als eine Kollegin anzuschwärzen. Auch wenn Natalie ihre Loyalität bestimmt nicht verdiente.

Minuten verstrichen, die sich wie Stunden anfühlten. Niemand richtete das Wort an sie. Dr. Grüneberg blätterte in seinen Unterlagen, wobei er aussah wie ein Basset. Humpty und Dumpty steckten die Glatzen zusammen und tuschelten. Paulina brach der Schweiß aus. Sie zupfte die Rockfalten zurecht, die ohnehin schon sittsam ihre Knie bedeckten.

„Frau Jacoby ..."

Endlich sah der Vorstandsvorsitzende von den Papieren auf. Seine Strenge traf sie bis ins Mark. Prompt rutschte ihre Brille auf den Nasenflügel. Offensichtlich hatte das Ding bei dem letzten Zusammenstoß mit sonst wem mehr gelitten, als sie angenommen hatte. Der rechte Bügel schien verbogen, so dass sie Humpty-Dumpty und Grüneberg jetzt in Schieflage sah. Zu ihrer eigenen Überraschung schlich sich ein Grinsen auf ihre Züge, zu komisch war der Anblick.

„Sie finden es amüsant, vorgeladen zu sein?"

Dr. Grünebergs Augenbraue schoss in die Höhe. Paulina schüttelte heftig den Kopf. Damit verabschiedete sich das Brillengestell in hohem Bogen Richtung Fußboden. Reflexartig glitt sie mit ausgestrecktem Arm in einer uneleganten Bewegung vom Sitz. Und griff daneben.

„Nein, natürlich nicht", murmelte sie, halb hängend, halb auf dem Stuhl liegend, der nun seinerseits gefährlich schwankte. Endlich bekam sie die Brille zu fassen, erlag aber mit einem dumpfen Poltern der Schwerkraft.

„Alles in Ordnung, Frau Jacoby?"

Humpty oder Dumpty erhob sich und spähte über die Tischkante. Paulina kauerte auf Händen und Knien auf dem mausgrauen Läufer. Na prima. Dieses Gespräch lief wirklich wunderbar. Sie rappelte sich auf und knallte mit dem Hinterkopf gegen die Tischplatte.

„Mist!"

Dr. Grüneberg räusperte sich ungeduldig. Paulina rieb sich den Kopf und murmelte eine Entschuldigung. Als sie sich setzte, behielt sie sicherheitshalber ihre Brille in der Hand.

„Kommen wir zur Sache, Frau Jacoby."

Humpty oder Dumpty ergriff das Wort, sein Zwilling nickte zustimmend.

„Ist Ihnen der Name Lützow ein Begriff?"

Mit einem feinen Knacken brach der Bügel aus der Fassung.

„Lützow? Nein."

Unschuldig erwiderte sie den abschätzenden Blick, ihre Rechte schob den abgebrochenen Plastikbügel in die Rocktasche. Sie zwang ihre Hände zurück in den Schoß, wo sie sich haltsuchend ineinander verkrallten.

„Laut unserer Unterlagen ist der Kunde von Ihnen bearbeitet worden."

Das Schweigen hallte in ihrem Gehörgang. Verzweifelt versuchte sie, ihre Erinnerungen mit den Geschehnissen der letzten Tage zusammenzubringen. Erfolglos. Dr. Grüneberg seufzte. Humpty rollte die Schweinsäuglein gen Deckenfluter und sein Bruder knabberte am Daumennagel.

„Dann sollten wir Ihrem Gedächtnis auf die Sprünge helfen." Ihr Chef fummelte in den Papieren und zog eine himmelblaue Akte hervor, die er vor ihrem verständnislosen Gesicht hin und her wedelte.

Hinter Paulinas Stirn pochte es, überdies wallte eine unheilvolle Hitze in ihr auf.

„Walther Lützow, Unternehmen Dahlendruck. Der Vorgang ging mit hochspekulativen Dispositionen in die Binsen. Lehman-

Brothers wird Ihnen ein Begriff sein. Außerdem diverse Immobilienfonds, beispielsweise bei der Cooperative Pearl, Washington. Diese Aktien brachen im September in den Keller."

Ein flaues Gefühl rumorte in ihrem Magen. Der typische Geruch der Druckerschwärze schob sich aufdringlich in ihre Sinne. Sie zog die Nase hoch. Noch immer schwang der Chef die Mappe durch die Luft.

„Die ehrwürdige Gattin des Verstorbenen, Edith von Dahlen, hat Bedenken hinsichtlich der Richtigkeit der Anlagen angemeldet. Das gesamte Firmenvermögen ging dahin, das Unternehmen musste Konkurs anmelden. Und offensichtlich meint die Erbin, um es beim Namen zu nennen, dass jemand in diesem Hause die Sache vermurkst hat. Wie steht es um Ihre Meinung, Frau Jacoby?"

Edith von Dahlen. Die alte Dame vom Kundencenter.

Der Hefter knallte auf den Tisch. Deutlich erkannte sie das Sachbearbeitungskürzel auf dem Formularbogen. Unbestreitbar ihr Kürzel. Paulina schluckte. Ein unscharfes Bild schlüpfte aus ihrem Unterbewußtsein. Diese Anlage hatte sie de facto unterschrieben und auf den Weg geschickt. Mit den Angaben aus Natalies Portfolio. Das Pochen hinter ihrer Stirn schwoll auf Schlagbohrer-Niveau an.

„Ich ..."

Sie hatte die Daten nicht überprüft. „Fehler!", schrie es in ihrem Kopf.

„Frau Jacoby?"

Dr. Grüneberg klopfte mit seinem Füllfederhalter auf die Tischplatte. Das „Tock-tock" der Metallkappe klirrte in ihren Ohren und verstärkte sich tausendfach in ihren Gehirnwindungen. Zudem wurde ihr speiübel.

„Ich habe keine Ahnung", murmelte sie und betete, er möge aufhören, den Tisch mit dem Stift zu drangsalieren. Tock-tock. Tock-tock. Sie war in Eile gewesen. Hatte Natalies vorgefertigte

Angaben eins zu eins übernommen. Oh, du jämmerlicher Tollpatsch! Das Tocken mutierte zum Schlagen eines Presslufthammers. Unerträglich. Paulina schnappte nach Luft. Tock-tock. Tock-tock.

„Tja, Frau Jacoby, das sieht nicht erfreulich für Sie aus. Wir halten Ihnen zugute, dass Sie bislang gewissenhaft gearbeitet haben. Sie werden jedoch sicherheitshalber ..."

Paulina stierte auf die sich öffnenden und schließenden Lippen.

„... ins Archiv versetzt, damit Sie bis zur endgültigen Klärung der Angelegenheit keinen zusätzlichen Schaden anrichten können. Natürlich zu diesem Job angemessenen Konditionen. Danach werden wir überlegen, wie wir mit Ihnen weiter verfahren."

Tock-tock. Am Rande registrierte sie den mitleidigen Blick von Humpty ... oder Dumpty? Dann erbrach sie grüngelbe Sprenkel auf dem Teppich. Immerhin ein wenig Farbe in diesem tristen Grau. Die schönen Schuhe ...

*

„Na, diesmal scheinst du ja wirklich was verbockt zu haben."

Die Stimme triefte vor Spott. Natalie baute ihren Aphroditekörper zu voller Länge auf und lehnte sich entspannt an das Regal. Paulina hielt einen Sekundenbruchteil inne. Dann fuhr sie mit gesenktem Kopf fort, ihre Habseligkeiten in den Karton zu stapeln.

„Ts ts ts ..."

Ihre Kollegin kannte kein Pardon. Ihre Hüfte knickte nach links ein, geschmeidig hob sich ein schlanker Fuß auf Paulinas Augenhöhe.

„Manolo Blahniks. Aus Berlin. Sind sie nicht hübsch?", gurrte sie.

„Sehr schön."

Paulina biss sich auf die Zunge. Der Bilderrahmen rutschte aus ihren Händen und polterte auf den Boden, wo er in mehrere Teile zerbrach.

„Ach, du Tollpatsch. Jetzt hast du ihn kaputtgemacht!" Begeistert hüpfte Natalie zur Seite. Wie zufällig landete ihr Absatz auf dem Glas, das klirrend zersprang. „Pass bloß auf, sonst verletzt sich noch jemand." Mit aufgerissenen Augen sah Natalie sich um. Einige Lacher zollten ihr pflichtschuldigen Beifall. Paulina straffte die Schultern, hielt den Kopf jedoch beharrlich gesenkt. Plötzlich war sie es müde, immerzu der Prügelknabe zu sein. Unglaublich müde.

„Was willst du, Natalie? Du siehst doch, dass ich zu tun habe."

Sie wollte nicht wehleidig klingen. Leider war das, was da aus ihrem Mund kam, reichlich kläglich. Entsetzt spürte sie, wie ihre Kehle sich verengte. Nicht weinen, Paulina. Bloß jetzt nicht weinen.

„Eh, Tollpatsch ..."

Natalie lehnte sich über den Tisch. Ihre Nase stieß beinahe an Paulinas Stirn, so dass sie gezwungenerweise aufsah. Die Augen, die sich funkelnd in ihre bohrten, waren völlig ausdruckslos. Nur Paulina sah das gehässige Lächeln in ihnen.

„Wer so viel Käse fabriziert, muss das eben früher oder später ausbaden. Mir war klar, dass du irgendwann dort landest, wo du hingehörst."

Paulinas Nasenflügel weiteten sich. Der Versuch, den Kloß herunterzuschlucken, misslang. Die Tränen bahnten sich unaufhaltsam ihren Weg. Sie konnte nichts dagegen tun. Gar nichts. Natalie rückte von ihr ab. Ihre rotbemalten Lippen verzogen sich zu einem Flunsch. Fast sah es aus, als ließe sie von ihr ab. Doch sie sammelte sich nur für einen erneuten Anlauf.

„Heul doch!", lachte sie und beugte sich noch einmal zu Paulina, die auf ihren Bürostuhl gesunken war.

„Aber tu's leise."

„Frau Soltau!"

Natalie drehte sich gemächlich um. Ihr Blick bohrte sich in den namenlosen Kollegen aus der Kundenberatung. Paulina atmete auf, die Ablenkung genügte, um weitere Tränen zu unterdrücken. Tatsächlich hatte sich der schmächtige, junge Mann mit verschränkten Armen zu so etwas wie Größe aufgebaut und schaute Natalie finster an. Paulina schniefte und kramte in den Abgründen ihrer Schublade nach einem Taschentuch.

„Herr Schneider wünscht, Sie zu sprechen. Offenbar sucht er seine fiese Schreibtischdekoration. Also bewegen Sie Ihren Hintern dorthin."

Paulina vergaß ihre laufende Nase. Seine Stimme klang erstaunlich autoritär. Noch viel imponierender war jedoch die Tonlage. Selbst Natalie schien beeindruckt, doch der Moment währte nur einen falschen Wimpernschlag. Zunächst erweckte sie den Anschein einer rüden Entgegnung, überlegte es sich aber offenbar anders. Sie musterte ihn nur von oben bis unten und kehrte auf dem Absatz um.

Eine Hand nahm Paulina sanft den Pappkarton aus dem Arm.

„Kann ich Ihnen helfen?"

Seine Frage war nicht als solche gemeint. Ruhig sah er sich in dem kleinen Abteil um und griff nach dem Aktenstapel neben dem Rollcontainer. Die halblangen Haare fielen in seine gerunzelte Stirn, während er umsichtig die Box füllte, den Blick von ihrem wahrscheinlich verquollenen Gesicht abgewandt. Sein auf und ab hüpfender Kehlkopf war das einzige Zeichen seiner Nervosität. Sie hatte nie bemerkt, dass der namenlose Kaffeekollege Lachfalten um die Augen hatte. Eigentlich war sein Adamsapfel überhaupt nicht so ekelerregend wie in ihrer Erinnerung. Intuitiv fasste sie nach seiner Hand.

„Ich weiß gar nicht, wie Ihr Name ist", flüsterte sie.

Er sah auf und lächelte.

„Ich bin Jo. Johannes Kepler, Kundenberatung."
„Paulina."
„Ich weiß."
Dann packte er den gefüllten Karton. „So. Wohin damit?"

*

Die fensterlose Rumpelkammer am Ende des Ganges lag im Dunkeln. Die Geschäftsleitung hatte das Hauptarchiv in den nebengelegenen Trakt des Kellers verlegt, da die Räume dort großzügiger waren und die abgelegten Dokumente die Nähe zum Heizungsraum besser vertrugen. Der Kammer vertraute man lediglich die ältesten Akten zur Verwahrung an, die in beschrifteten Kisten dem Vergessen überlassen wurden. Er hustete, als er seine Last ablud. Sie blieb zögernd im Türrahmen stehen.
„Ist gar nicht so übel hier!"
Überzeugend klang Jos Stimme nicht. Auch wenn er fröhlich in die Hände klatschte und sich begeistert in den wenigen Quadratmetern um seine eigene Achse drehte.
„Einmal mit dem Staubwedel und dem Wischmopp durchgefegt, den alten Kram herausgeworfen, ein Telefon, ein paar hübsche Möbel ... und schon hast du dein eigenes kleines Reich!"
Paulina registrierte, dass es ihn ebenfalls Überwindung kostete, nicht postwendend die Flucht zu ergreifen. Aus reiner Höflichkeit nickte sie, weil er nett zu ihr war. Ihre Augen logen weniger gekonnt. Sie füllten sich erneut mit Tränen. Jo klopfte ihr auf die Schulter. Eine furchtbare Angewohnheit
„Zugegeben, an ein Konferenzzimmer im Hilton wird es wohl nie heranreichen ...", murmelte er und hob eine zerbrochene Lampe am Kabel in die Höhe, „aber sieh es mal so: Die Soltau wird sich kaum hierher verirren."

Sein Grinsen entblößte eine Zahnlücke, durch die mühelos ein Bleistift gepasst hätte. Paulina musste ihm recht geben. Vor Natalie war sie im Keller todsicher verschont. Doch zu welchem Preis! Noch immer verstand sie nur einen Bruchteil dessen, was mit ihr geschehen war. Man hatte sie verbannt, isoliert und ihre Karriereaussichten waren ebenso wie der letzte Rest ihres Selbstbewusstseins über alle Berge. Nicht mal jetzt trotzte sie dem Schicksal und setzte sich zur Wehr.

Entkräftet ließ sie sich in die Hocke nieder, stützte ihre Ellbogen auf die Knie und legte das Kinn in die Hände. Sie war erledigt. Es war nur eine Frage der Zeit, bis man sie endgültig feuerte. Da konnte sie auch gleich kündigen. Ein schokoladenfarbenes Augenpaar schob sich in ihr Sichtfeld. Jo sank neben ihr zu Boden.

„Paulina. Man gibt nicht auf, nur weil die Dinge für den Moment aus dem Gleichgewicht geraten."

Jetzt wurde sie wütend. Was wusste dieser Mensch schon von ihr? Trotzig verschränkte sie die Arme vor der Brust. Der Ärmel ihres Pullovers rutschte nach oben und entblößte die Narbe auf ihrem Unterarm. Rasch zog sie den Wollstoff über das Handgelenk. Ihre Unterlippe schob sich nach vorne.

„Du hast keine Ahnung, wie das ist, ständig der Fußabtreter zu sein!"

„Das weiß ich nur zu gut", antwortete Jo leise.

Sofort taten ihr die Worte leid. Doch die Traurigkeit verschwand von seinem Gesicht, ehe sie sich entschuldigen konnte. Stattdessen nestelte er aus seiner Hosentasche eine bunte Papprolle hervor.

„Willst du auch eins?"

Paulina schüttelte den Kopf, bemüht, sich nicht allzu deutlich anmerken zu lassen, wie sehr diese harmlose Frage sie traf. Sie hasste Schokodrops. Jo zuckte die Achseln und warf sich eine Handvoll davon in den Mund.

„Wusstest du, dass in eine solche Packung exakt 118 Smarties passen und jedes Dritte ein Rotes ist?" Er blickte kauend von links nach rechts und robbte unter den Tisch.

„Das heißt, die anderen Farben kommen nur im Verhältnis 1:5 je Rolle vor ... Prima! Dort ist ein Telefonanschluss, " tönte es dumpf. Die Glühbirne knisterte und erlosch mit einem „Pling". Darauffolgend verkündete ein heftiges Rumsen, gefolgt von einem Fluch, seine schmerzhafte Bekanntschaft mit der Tischplatte. Paulina kicherte. Einen Moment blieb es still im Dunkeln, sie vernahm lediglich ihren eigenen Herzschlag und Jos Atemzüge.

„Na fein. Ich dachte schon, ich höre dich nie lachen."

4. Kapitel

„Lächeln. Ist sowieso egal."
Dritte Schlussfolgerung aus Murphys Gesetz

Paulina fuhr kerzengerade in die Höhe. Das Geräusch klang wie ein Fliegeralarm aus dem zweiten Weltkrieg und besaß seinen Ursprung in der dickbäuchigen Clownfigur auf ihrem Nachttisch. Typisch Tabea. Sie hatte schon immer einen Hang zu schauderhaften Wohnaccessoires besessen. Nach schmerzhaften Sekunden fand Paulina endlich den Knopf, der das Kreischen abstellte. Erleichtert sank sie zurück in ihr Kissen, stülpte die Decke über den Kopf und schloss die Augen. Sie zog die Knie an den Bauch, atmete durch den Mund und hörte Wollen und Sollen beim Streiten zu. Ihr Bedürfnis war ihrem Pflichtgefühl argumentativ weit überlegen. Nichts sprach dafür, aufzustehen, zumal unzählige Murphys da draußen lauerten. Und nun gab es einen weiteren Anlass. Mit dem Umzug in den Keller war ihr Körper symbolisch dort gelandet, wo sie im Geiste längst war. Ganz weit unten. Sie haderte ganze fünfzehn Minuten, bis ihr Körper unter dem Daunenbett schweißnass war und ihr zudem der Sauerstoff ausging. Dann strampelte sie sich trotzig aus den Federn.

Die Holztreppe knarrte, als sie auf Strümpfen herunter schlich, die Laufschuhe in der Hand. Sie hielt den Atem an. Erst als sie sich vergewissert hatte, dass das Treppenhaus nach wie vor still im Licht des herein dämmernden Morgens lag, pirschte sie weiter. Nahm ihre Neoprenjacke vom Haken, griff nach der Klinke. Da vernahm sie ein Wispern aus der Küche.

„Stefan, reg' dich bitte nicht auf. Was sind schon vier Wochen?!"

Paulina wollte nicht lauschen. Sie spitzte die Ohren.

„Ja, ich weiß ... Nein, sie kann nirgendwo hin und das will ich auch gar nicht! ... Weil Paulina meine Hilfe braucht ... Natürlich liebe ich dich!! Stefan, ich ... ich werde kommen, versprochen. Moment ... ich glaube, sie ist wach."

Paulinas Augen weiteten sich, sie hüstelte und flog die Treppe hinauf. Am oberen Absatz machte sie kehrt, polterte pfeifend die

Stufen hinunter und huschte an der Küchentür vorbei.

„Guten Morgen! Ich gehe laufen, bis gleich!" Schon war sie aus der Tür geschlüpft.

Tatsächlich brachen trotz des Morgennebels vereinzelte Sonnenstrahlen durch. Paulina sank auf dem Treppenabsatz in die Hocke, band die Schnürsenkel und hüpfte anschließend auf der Stelle. Zähneklappernd schlang sie die Arme um ihren Oberkörper, als sich die verbliebene Bettwärme samt ihrer Atemwölkchen in den Novemberhimmel verflüchtigte.

Bereits die ersten Laufschritte bedeuteten die reinste Wohltat. Paulinas Atemzüge folgten sofort dem Rhythmus ihres Trabs. Ein-ein. Aus-aus. Schon hatte sie die Treppe genommen, leichtfüßig trat sie auf den Asphalt des Gehwegs. Ein-ein. Aus-aus. Das Haus verschwand hinter ihr. Sie hopste über einen Gullideckel, sprang auf den nächsten Bordstein. Sah an der Ecke zuerst nach rechts, nach links, überquerte die Straße bei roter Ampel. Weit und breit kein Fahrzeug. Sie erreichte die gegenüberliegende Seite und bog von dort in die Gasse mit den schiefen Fachwerkgebäuden ab. Vorbei an dem Antiquariat, dem Gemüsehändler, sodann am Coffeeshop, der im Dunkeln lag. Kurz dachte sie an ihr Portemonnaie. Am Tor zum Park klatschte sie mit der Handfläche das Schild „Hunde sind an der Leine zu führen" ab, freute sich diebisch an dem verbotenen Scheppern und tauchte in die Herbstfarben des Laubs ein.

Der Kies knirschte unter ihren Sohlen und untermalte ihren Lauf mit einer Melodie. Der Weg beschrieb einen Bogen um den Weiher, auf dem einige Enten dahin dümpelten. Den Wald säumte eine Wiese, an den Gräsern glitzerte Tau, der die Halme zu Boden zwang. Trotz der Regenwolken genoss sie diesen verträumten Ort. Hier war keine Menschenseele. Niemand erwartete, dass sie stolperte, keiner lauerte auf ihren nächsten Zusammenstoß. Jauchzend legte sie an Geschwindigkeit zu. Ein-ein. Aus-aus.

Irgendwann verließ der Schmerz ihre Lungenflügel, das Atmen tat plötzlich nicht mehr weh. Ein-ein. Aus-aus. Sie ließ den Tümpel hinter sich, dann den Park. Den rotgestrichenen Zaun, wieder eine Straße. Eine Konservendose rollte vor ihre Füße. Paulina flog darüber hinweg. Ein blaues Haus, eine verwitterte Hofeinfahrt, eine Tür, die lose in den Angeln hing. Vorbei. An der Ecke links auf einen Schotterweg. Ihre Schritte griffen weiter aus. Endlich löste sich auch die Traurigkeit aus ihrem Körper, schwebte einen Augenblick unentschlossen über ihr - und schoss himmelwärts. Ein-ein. Aus-aus. Dreißig Minuten später erreichte sie den Friedhof.

*

Edith musterte den schlichten Marmorstein, in den nur ein Name nebst Geburts- und Todestag eingraviert waren. Sie war nie ein Freund herzzerreißender Grabinschriften gewesen. Gefühlsduselige Verse, gleich welchen Anlasses, hatten ihr von jeher Kopfschmerzen bereitet. Die unzähligen Kondolenzbriefe waren allesamt ungelesen im Papiermüll gelandet. Noch immer wirkte die Erde wie frisch aufgeschüttet, von einem Meer aus Kränzen und Blumen umrahmt. Walter Lützow war ein wichtiger Mann gewesen, das immerhin ließ sich aus den opulenten Grabbeigaben schlussfolgern, die Edith reichlich übertrieben fand. Auf den Banderolen las sie nur wenige Namen, die sie einem Gesicht zuordnen konnte. Nicht eines weckte Gefühle in ihr. Einzig die verwelkten Lilien zeugten davon, dass Walter sich bereits vor Wochen dem Zorn seiner Gattin entzogen hatte.

Sie rupfte ein paar vertrocknete Rosen aus dem Gesteck des Bürgermeisters. Einige Blütenblätter fielen auf die Inschrift, sie bückte sich und fegte sie beiseite. Max klebte unbeirrt an ihren nylonbestrumpften Waden und Edith hegte erneute Zweifel, ob sie mit dem dünnmaschigen Kleid die richtige Wahl getroffen hatte. Kälte und Nebel drangen empfindlich in ihre Knochen. Leider litt sie weder an Rheuma noch an ähnlichen Gebrechen, so dass sie heute Morgen gar nicht auf die Idee gekommen war, sich in Wollstrümpfe und Wintermantel zu zwängen. Sie hatte das Haus fluchtartig verlassen, nachdem sie dem Gerichtsvollzieher die Tür geöffnet hatte. Es stand ihr beileibe nicht der Sinn danach, dem Mann bei seiner Arbeit zuzusehen, der ihr Lebenswerk katalogisierte und mit dem ‚Kuckuck' versah.

Verdrossen richtete sie sich auf und bezwang das Bedürfnis zusammenzusinken. Eine von Dahlen hielt sich gerade, erst recht, wenn Temperaturen unter null herrschten. Es war allein Walters Schuld, sollte sie eine Erkältung davontragen.

Die Wut kam selbst für Edith überraschend. Ihre Faust umklammerte den Horngriff des Regenschirms fester. Befremdet betrachtete sie ihren Arm, der sich erhob und plötzlich auf das Grab hernieder sauste. Die welken Blüten stoben nach allen Seiten, was Edith einerseits entsetzlich und gleichzeitig unglaublich befriedigend fand. Probehalber holte sie erneut aus. Der zweite Schlag zerbarst einen Tonkrug mit Zweigen, unzählige Blätter wirbelten auf. Maximilian entriss ihr die Leine und sprang um sie herum. Sie hüpfte auf den Grabhügel. Der Schirm donnerte auf das Windlicht, zerbrach das Glasgehäuse und katapultierte die Kerze auf das Familiengrab der Eheleute Meier von nebenan. Ediths Füße versanken bis zu den Knöcheln im feuchten Grund. Wie von Sinnen traten ihre Beine zu, warfen weitere Blumenkübel um und schleuderten das Laub in Blätterfontänen davon. Mit einem Krachen schlug der Metallstab auf den Grabstein.

„Du mieser, elender Kerl!"

Der erste Fluch fühlte sich großartig an. Er verhallte im Morgendunst und gierte nach dem Nächsten.

„Blöder, alter Drecksack!"

Das wurde immer besser. Sie hatte keine Ahnung, dass sie über solches Vokabular verfügte. Plötzlich fror sie überhaupt nicht mehr. Mit aller Kraft stieß sie ihren Absatz in den Beileidskranz des Bankdirektors Grüneberg. Maximilian setzte sich verwirrt auf sein Hinterteil und neigte den Kopf. So recht verstand er das merkwürdige Spiel nicht, das Frauchen da spielte. Edith schöpfte tief Luft. Das Bedürfnis zu schreien war übermächtig. Und längst fällig. Also gab sie dem nach.

*

Schokodrops. Bunte Schokodrops. Solange sie denken konnte, hatte sie diese Dinger geliebt. Nicht alle freilich. Nicht die Braunen. Die mussten stets aussortiert werden. Wenn Papa nicht hinsah. Ein Rotes für Mama, ein Blaues für Papa, ein Gelbes für Paulina. Ein Braunes fiel herunter. Für wen auch immer. Vielleicht für den Hund, hätten sie einen besessen. Doch Mama mochte keine Tiere im Haus. Ein Grünes für Mama, ein Rotes für Papa, ein Blaues für Paulina. Draußen flog die Welt vorbei. Hier drinnen stand sie mäuschenstill. Papas Augen im Rückspiegel waren braun. So wie das Drops auf der Fußmatte. Doch in seinen Augen tanzten Funkelsterne, wenn er lachte. Dann legte sich seine Haut in Ziehharmonikafalten drum herum und sein Bart vibrierte. Wie die Schnurrhaare des Katers aus dem Märchen. Ein Kätzchen hätte Paulina auch gereicht, ein klitzekleines nur. Das wollte Mama aber erst recht nicht, schließlich war Paulina jetzt ein Schulkind. Wer also sollte sich nachmittags darum kümmern? Eine Hand umfasste Papas Nacken. Die Finger waren gerötet von der vielen Seife. Rau fühlten sie sich an, wie Schmirgelpapier, wenn sie über Paulinas Wange fuhren. Gerade streichelten sie den Haaransatz an Papas Hinterkopf. Sie schob den Schokodrops mit dem Fuß unter den Fahrersitz. Zu den anderen, die bereits ganz aus Versehen heruntergefallen waren. Noch letzten Monat ging das nicht, doch sie war gewachsen seitdem. Mindestens fünf Zentimeter, sagte Papa. Paulina wusste nur ungefähr, wie viel fünf Zentimeter waren. Aber sie reichten aus. Ihre roten Sandalen verschwanden unter dem Polster. Es sah aus, als hätte sie keine Füße mehr. So, als hätte jemand sie direkt am weiß bestrumpften Knöchelrand abgeschnitten. Probehalber wackelte sie mit den Zehen. Alles in Ordnung. Sie waren noch dran.

„Papa schau! Ich hab keine Füße mehr!", rief sie entzückt. Papa lachte und drehte sich zu ihr um.

„Ach Paulinchen, was redest du da bloß?"

Nur einen Moment hatte er nicht auf die Straße gesehen. Von rechts kam ein Lieferwagen. Und fuhr viel zu schnell. Ein Quietschen steigerte sich zum Kreischen. Der Knall war ohrenbetäubend. Viel lauter, als Mamas Schrei. So laut, dass es wehtat. Das Papprollchen mit den aufgemalten Kreisen sprang aus ihrer Hand. Plötzlich regnete es Schokodrops, von vorne, von hinten und von überall. Sogar die braunen Schokodragees von unten. Sie prasselten auf Paulinas Kopf, auf ihre Arme, zerplatzten in ihrem Gesicht. Dann drehte sich die Erde zum Himmel. Und Paulina drehte sich mit. Papas braune Augen zersprangen in hundert Schokoladensplitter.

Das war der Tag, an dem sie aufgehört hatte, Schokodrops zu essen. Und der Tag, an dem die Murphys gekommen waren.

Paulina löste ihren Blick von der Grabstätte, entfernte das Laub und kauerte sich auf den Sandstein. Noch immer war sie außer Atem und die Jacke klebte an ihrer Haut. Sie fuhr über die gemeißelte Schrift unter ihr. Ihre Finger, klamm vor Kälte, nestelten an ihrem Anorak und taten sich schwer, den Reißverschluss der Jackentasche zu öffnen. Als es ihr gelang, förderte sie eine Wachskerze und ein Päckchen Zündhölzer zutage. Die Kerze klemmte sie zwischen ihre Knie, während sie auf ihrem Hochsitz balancierte und gleichzeitig ein Streichholz anzündete. Erst nach dem dritten Versuch loderte das Schwefelköpfchen auf, das sie sogleich in der

Handfläche barg und an den Docht hielt. Schweigend sah sie der Flamme zu, die sich sichtlich mühte, an Größe zu gewinnen.

„Happy Birthday, Papa", flüsterte sie.

Ein Windstoß fuhr in ihr Gesicht. „Du verfluchter Narr!", tönte es darin. Das Kerzlein flackerte und erlosch. Sie hob den Kopf und lauschte. In ihren Ohren säuselte nur der Wind. Weder rechts noch links konnte sie den Rufer ausmachen und hinterrücks verwehrte ihr eine Ginsterhecke die Sicht. Geschmeidig glitt sie von ihrem Sitz und ging ein Stück an dem Gebüsch entlang. Irgendwo bellte ein Hund. Sie bog um die Ecke und blieb abrupt stehen. Verwirrt betrachtete Paulina das Schlachtfeld aus Scherben und verwelktem Blatt- und Blütenwerk zu ihren Füßen. Vor ihr erhob sich ein Grabhügel, auf dem eine alte Frau wie ein Derwisch auf und ab hüpfte und dabei lauthals fluchte. Um sie herum tanzte ein Mops, der ebenso von Schlamm bedeckt war wie die Gestalt, die sich auf dem Grab vergnügte. Eine verkümmerte Lilie samt Wurzelwerk traf Paulinas Brust, beschrieb eine Schleifspur auf ihrem Trainingsanzug und purzelte auf ihre weißen Turnschuhe.

„He!"

Ihre Empörung verklang ungehört. Sie trat einen Schritt näher, bereit, weiteren Geschossen auszuweichen.

„Hallo?! Was machen Sie denn da?!"

Diesmal zog sie immerhin die Aufmerksamkeit des Hundes auf sich. Schwanzwackelnd sprang das Tier an ihrem Bein hoch. Seine Pfoten hinterließen Schlammtapser auf ihrer Hose, prompt bekam sein Mäulchen ihre Schnürsenkel zu fassen. Paulina jammerte lachend, während sie sich herunterbeugte und den Mops abwehrte. Der seinerseits gedachte sein neues Spielzeug aufzuessen und knurrte ihre Hände angriffslustig an. Sie gab auf und erhob sich seufzend. Und sah geradewegs in erregte Augen in einem dreckverschmierten Gesicht.

Edith von Dahlen und Paulina Jacoby fixierten einander. Keine sagte ein Wort, keine der beiden rührte sich von der Stelle. Edith wurde bewusst, dass sie aus ihrer Rolle gefallen war, vor Zeugen. Und sie konnte nicht die geringste Erklärung über ihren Zustand abgeben, während Paulina in ihrer Erinnerung nach dem passenden Namen zu dem Gesicht kramte, welches sie kampfeslustig anstarrte. Eine Windbö unterbrach das Schweigen. Feiner Nieselregen tauchte den Morgen in einen grauen Schleier.

Im selben Augenblick, als die eine zu dem Schluss kam, einer fremden Person nicht annähernd eine Erläuterung schuldig zu sein, fand die andere den Zusammenhang der Bilder in ihrem Gedächtnis.

„Frau von Dahlen!", purzelte die wiederbelebte Erinnerung aus ihr heraus. Edith runzelte die Brauen, ihr Mund verzog sich unwillig.

„Kennen wir uns?", presste die alte Dame hervor und stieg ungelenk aus dem Torf. Überraschend fasste eine Hand nach ihrem Arm.

„Ja." Paulina nickte eifrig und realisierte im selben Augenblick, dass die Bekanntschaft reichlich einseitig war. Frau von Dahlen kannte Paulina nicht im Geringsten.

„Äh, nein ... ", stotterte sie, worauf Edith sie noch missbilligender musterte.

„Ja-Nein, ... junge Dame, was denn nun?"

Der Nieselregen entwickelte sich zu einem ausgemachten Schauer. Paulina überlegte Sekunden. Dann tat sie etwas, das sie normalerweise nie, niemals gewagt hätte.

„Es ist ziemlich ungemütlich hier. Darf ich Sie zu einem Tee einladen? Gleich dort drüben ist ein Café ..."

Bang horchte sie ihren unerhörten Worten nach und schrumpfte unter dem überraschten Blick zusammen. Unwillkürlich senkte sie den Kopf. Doch die Ablehnung blieb aus.

„Dann mal husch, Mädchen. Mir ist bitterkalt."

Sprach's und stapfte los, gefolgt von dem begeisterten Hund. Paulina blieb nichts anderes übrig, als der alten Dame hinterher zu eilen.

*

„Wieso glaubt eigentlich die ganze Welt, einer alten Frau Tee anbieten zu müssen? Was ist gegen Kaffee einzuwenden?"

Edith verdrehte entzückt die Augen und atmete den würzigen Dampf aus Arabicabohnen ein. Sie hielt den Milchkaffeepott mit beiden Händen umschlossen und genoss sichtlich die Wärme des Porzellans. Nachdem sie eine halbe Stunde lang in den Waschräumen den sinnlosen Versuch unternommen hatte, sich zu säubern, saß sie nun mit rotgeriebenen Wangen und zu Berge stehenden Haaren auf einem bequemen Polsterstuhl und sah sich neugierig um. Das kleine Lokal mit seiner schlichten Einrichtung gefiel ihr. Wohlwollend nahm sie zur Kenntnis, dass man hier sowohl auf Kitsch als auch auf allzu moderne Ausstattung verzichtet hatte. Die Bedienung war flink, versiert und übersah geflissentlich den lädierten Anblick ihrer neuen Gäste. Selbst der Hund bekam einen Napf angeboten, in dem er enttäuschenderweise nur Wasser vorfand. Der Inhalt ihrer Tasse überzeugte Edith vollends. Sie maß den einfachen Dingen des Lebens in letzter Zeit immer größere Bedeutung bei.

Paulina indes war wieder zu dem linkischen Mädchen geworden, das weder dem durchdringenden Blick ihres Gegenübers standhielt, noch seine Bewegungen koordinieren konnte. Ungeschickt stieß sie beim zitternden Griff nach der Zuckerdose an ihre Tasse, die gefährlich schwankte. Paulinas Lider flatterten. Sie suchte verzweifelt nach einem unverfänglichen Gesprächsbeginn. Das

Schweigen war unerträglich.

„Sie mögen also Kaffee?"

Zwar nicht sonderlich originell, aber immerhin ein Anfang. Edith von Dahlens Mundwinkel zuckte. Allzu deutlich stand in ihrem Gesicht, dass sie Paulinas Unvermögen zu belangloser Plauderei bemerkte. Sie verkniff sich die spöttische Entgegnung, die sich auf ihrer Zunge kräuselte, und neigte höflich den Kopf.

„Junge Dame, spannen Sie mich nicht länger auf die Folter. Woher kennen wir uns?"

Ediths Direktheit erleichterte Paulina maßlos. Sie stützte die Ellbogen auf den Tisch und beugte sich vor. Die Neugier in den Augen ihres Gegenübers milderte ihre Unsicherheit. Schlimmstenfalls stünde Frau von Dahlen auf und verließe das Lokal, rückte sie mit der Wahrheit heraus.

„Wir haben uns noch nicht miteinander bekannt gemacht. Ich arbeite in der Blau & Cie. Bank."

Edith schnappte nach Luft, doch ehe sie sich zu einer vernichtenden Bemerkung hinreißen ließ, fuhr Paulina rasch fort.

„Ich bin ... war in der Anlageabteilung und habe dort Ihren Fall verfolgt. Um ehrlich zu sein", sie zwinkerte und schluckte, „habe ich wohl dazu beigetragen, dass die Vermögenswerte ihres Mannes hochspekulativ geschaltet wurden. Zumindest steht mein Kürzel unter der Sachbearbeitung."

Paulina hob verzweifelt die Schultern.

„Aber ich führte nur den erteilten Auftrag aus und verstehe nicht, wieso das so schief lief. Normalerweise überprüfe ich vor der Buchung jedes Konto genau, vielleicht ... vergaß ich es einfach. Es tut mir wahnsinnig leid, wenn Sie jetzt deshalb Schwierigkeiten haben, und eventuell kann ich etwas gutmachen. Ich habe vor einigen Jahren geerbt ..."

Ängstlich wartete sie auf Ediths Reaktion. Deren Blick glitt zum Fenster hinaus. Mittlerweile hatte sich der Nieselregen in Schnee verwandelt. Dicke Flocken segelten vom Himmel, die auf dem nassen Grund sofort schmolzen.

„Wie heißen Sie?"

„Paulina Jacoby ... Paulina für Sie, wenn Sie möchten, " stotterte diese.

„Paulina ...", träge wandt sich Edith dem Mädchen zu, das mit gesenktem Kopf auf das verdiente Donnerwetter harrte. Etwas brannte wie Sodbrennen in ihrer Magengegend.

„Und deshalb sprechen Sie eine Wildfremde an? Um sich zu entschuldigen?"

Sie wusste nicht, ob sie wütend oder beeindruckt sein sollte. Jede andere überließe findigen Anwälten die Klärung eines solchen Problems und wälzte sich ansonsten getrost in Ahnungslosigkeit. Nicht jedoch diese junge Frau. Prüfend suchte sie in dem blassen Gesicht nach irgendetwas, das nicht nach Ehrlichkeit aussah. Sie gab einen weiteren Löffel Zucker in den Kaffee und rührte in ihrer Tasse. Das tat sie lange. Paulina rutschte auf der schmalen Polsterbank hin und her.

„Ich nehme an, die Vergangenheitsform bedeutet, dass sie dort nicht mehr beschäftigt sind?"

„Die Geschäftsleitung hat mich für die Dauer der Rechnungsprüfung ins Archiv versetzt", antwortete Paulina tonlos.

„Tja Kindchen. Da ist für uns beide einiges schiefgelaufen. Sie verlieren ihren Job und ich das Dach über dem Kopf. Schlimmer kann es kaum werden."

Paulina schrumpfte unter dem strengen Blick zusammen. Edith winkte der Kellnerin, die sofort herbeieilte. Natürlich. Frau von Dahlen wollte gehen.

„Trinken wir ein Likörchen darauf. Auf Ihre Rechnung selbstverständlich."

*

Die Wochenenden fand Tabea am schlimmsten. Sie zogen sich wie Kaugummi. Wie stundenlang gekauter Kaugummi wohlgemerkt. Geschmacklos und zäh. Die Werktage ließen sich aushalten, da ging sie einkaufen und erledigte Hausarbeiten. Saugen, Staub wischen, Wäsche waschen, Küche aufräumen. Alles ungewohnt sorgfältig. Sie räumte die Spülmaschine ein und aus, sortierte die Tassen im Schrank nach Farbe und das Besteck in der Schublade nach Größe. Danach pilgerte sie in die Stadt und strich ziellos durch die Ladenpassagen. Gab Unmengen für unnützen Kram aus, den sie zuhause nicht mal auspackte. Die Sonntage jedoch hielten nichts bereit, das Tabea aus dem leeren Haus trieb. Neuerdings bügelte sie vor lauter Verzweiflung. Davon abgesehen, dass sie überhaupt nicht bügeln konnte, hatte Tabea um diese Tätigkeit zeitlebens einen Bogen geschlagen. Nun sparte sie zwar jede Menge Geld für die Wäscherei, trotzdem fand sie ihren Zeitvertreib mehr als sinnentleert.

Anfangs hatte sie es genossen. Auszuschlafen, geruhsam zu frühstücken, den Sommertag vor sich liegend wie ein Versprechen. Die plötzliche Langsamkeit der Stunden war zunächst Balsam für Tabeas gehetzte Unternehmerseele gewesen. Jahrelang hatte sie ausschließlich für ihren Laden gelebt. Ihr Tag hatte um sechs begonnen und weit nach Mitternacht geendet, Samstage eingeschlossen. Sonntags vereinnahmten sie die aufgeschobene Buchhaltung und die Bestellungen für die darauffolgende Woche. Sogar Stefan, der Workaholic, fand es wenig erbaulich, seine Frau entweder schlafend oder mit der Nase in zahlenübersäten Papieren vorzufinden. Als die Geschäfte immer schlechter liefen, weil sie die Preise des neuen Biosupermarktes nicht unterbieten konnte, kamen die Sorgen und der Kummer hinzu. Sie grübelte nächtelang. Arbeitete noch härter. Es half nichts. Die Umsätze rauschten trotzdem in den Keller. Ihr kleines Biolädchen schrieb monatelang rote Zahlen und schließlich hatte sie aufgegeben.

Tabea schlich unablässig durch das blankgewienerte Haus auf der Suche nach Beschäftigung. Die Selbstständigkeit hatte ihr kein Hobby erlaubt, so dass sie verlernt hatte, mit ihrer Freizeit etwas anzufangen. Weder auf einen Film, geschweige denn ein Buch konnte sie sich konzentrieren. Sportlich war sie beileibe nicht, nie gewesen. Zudem ging es ihr in letzter Zeit nicht gut, das viele Grübeln schlug einem wirklich auf den Magen.

Natürlich sollte sie sich beruflich umorientieren. Doch für einen Neuanfang fehlte ihr der Mut, für eine Angestelltentätigkeit die Einstellung und zum Studieren fühlte sie sich mit Zweiunddreißig zu alt. Erschwerenderweise lebten sie sorgenfrei von Stefans Einkommen, so dass keine finanzielle Notwendigkeit Tabea zwang, aktiv zu werden. Also bügelte sie, um ihren Kaugummitagen die Stirn zu bieten. Auch wenn ihre Bemühungen, Stefans Hemden knitterfrei zu plätten, zu zweifelhaften Ergebnissen in Form von Bügelfalten und Brandlöchern führten.

Erleichtert legte sie das Dampfeisen beiseite, als sie einen Schlüssel im Schloss hörte. Sie stellte den Wasserkocher an. Die dickbauchige Kanne wartete bereits seit über einer Stunde darauf, ihr Werk zu tun. Noch während sie ihre Schürze abnahm, rückte sie liebevoll das vorbereitete Gedeck zurecht. Paulina riss fröhlich plappernd die Küchentür auf. Enttäuscht ließ Tabea den Teller mit dem frischgebackenen Kuchen sinken. Ihre Freundin war nicht allein gekommen.

*

Einen winzigen Augenblick kam Edith der Gedanke, dass es nicht unbedingt die beste Idee gewesen war, das Angebot der jungen Frau anzunehmen. Die pummelige Rothaarige im quietschgelben Nicky-Hausanzug starrte sie aus weitaufgerissenen Augen an -

alles andere als erfreut. Zudem spurtete Maximilian, kaum den Küchengeruch in der Nase, schnurstracks in die geöffnete Vorratskammer. Edith wurde schmerzlich bewusst, dass sie aussah, als hätte man sie aus der Gosse gezogen. Was nicht allzu fern der Realität siedelte, zugegeben. Und nun stand sie als skurriles Mitbringsel einer gutherzigen Versagerin in einer fremden Küche, auf Gedeih und Verderb der Großmütigkeit einer Hausfrau ohne Geschmack ausgeliefert. Einen solchen Zweiteiler zöge Edith selbst dann nicht an, wenn man sie mit einer Waffe bedrohte. Rachsüchtig hoffte sie, ihr unseliger Gatte möge im Fegefeuer darben und spielte mit dem Gedanken, den Mops gleich hinterher zu werfen. Ein Rumpeln und Reißen kündete davon, dass er etwas Essbares gefunden hatte. Paulina kam ihr allerdings zuvor. Ehe Edith das Tier aus der Kammer treten konnte, hob sie ihn bereits zärtlich schimpfend auf den Arm, wo er begeistert sein mit was auch immer verschmiertes Mäulchen hineindrückte. Merkwürdigerweise schien sie den Hund gernzuhaben, durfte man den Quietschlauten glauben, die sie von sich gab. Was Edith wiederum nicht im Mindesten nachvollziehen konnte.

Paulinas Freundin stand wie angewurzelt am Esstisch, lediglich das Zittern der Kuchenplatte zeugte von ihrer Verwirrung. Hinter der gefurchten Stirn arbeitete es deutlich und Edith wartete auf den höflichen, jedoch unvermeidlichen Rausschmiss.

Doch ein wunderbares Lächeln legte sich in das pausbackige Gesicht ihres Gegenübers. Tabea stellte die Platte ab, trat rasch auf den unerwarteten Gast zu und reichte ihr die Hand.

„Das ist Edith, eine alte Bekannte. Sie hatte ein bisschen Pech in der letzten Zeit, da habe ich sie gleich mitgebracht, " gurrte es aus der Kammer, wo Paulina mit Maximilian flirtete.

Tabea verdrehte die Augen. Dann zwinkerte sie Edith zu, die ihrerseits überrascht die Loyalität der unscheinbaren Rothaarigen zur Kenntnis nahm. Sie ergriff die wurstigen Finger, die sich ihr unverdrossen entgegenstreckten. Nach kurzem Zögern schüttelte sie diese inbrünstig, bemüht, die Dahlensche Fassung zurück zu erlangen. Zum wiederholten Mal an diesem Morgen warf sie ihre Vorurteile über Bord.

„Hallo Edith. Ich bin Tabea. Möchtest du eine Tasse Tee?"

Plötzlich fühlte Edith von Dahlen sich willkommen, wie lange nicht mehr. Einen Augenblick wusste sie nicht, ob sie sich darüber freuen oder die Tatsache an sich traurig finden sollte. Die Rothaarige sah sie erwartungsvoll an.

„Tee klingt wundervoll!"

5. Kapitel

„Alles dauert länger, als man glaubt."
Vierte Erkenntnis aus Murphys Gesetz

Zum ersten Mal seit seiner mehrjährigen Tätigkeit machte der Clownwecker unverhofft Bekanntschaft mit der Zimmerwand. Das durchdringende Kreischen piepte einige Sekunden halbherzig nach, ehe das bemalte Gesicht schließlich verstummte. Entgegen ihrer Gewohnheit erfüllte Paulina das Dahinscheiden ihrer Pünktlichkeit weder mit hektischer Betriebsamkeit noch mit schlechtem Gewissen. Sie zog ihren Wurfarm ein und kroch stattdessen mit zusammengekniffenen Augen tiefer unter ihre Daunendecke. Es kümmerte sowieso niemanden, ob sie ihren Dienst im Kellerloch antrat. Geschweige denn, ob sie pünktlich wäre. Sie befand sich am Ende der Trittleiter. Da konnte sie ebenso gut ausschlafen.

Sie faltete sich zu einem akkuraten Päckchen, wobei sie ihre Knie fest mit den Armen umschloss. Hier unten war es angenehm still und ungefährlich. Nur ihren eigenen Herzschlag hörte sie, ein einschläferndes Wummern. Vielleicht war es etwas warm, was sie aber weitaus besser fand als die Hitze des Gefechts in der Bank. Und viel beruhigender als den Gedanken an den nächsten Murphy, der dort draußen auf sie lauerte.

„Aufstehen! Du kommst zu spät!", schallte es an der Tür, begleitet von heftigem Klopfen. Unwillig drehte sie sich zur Wandseite. Sie kam sich vor, als hätte sie Jahre nicht geschlafen. Was sprach dagegen, das nachzuholen?

„Paulina?"

Jetzt öffnete sich die Tür. Trippelnde Schritte wurden von dem flauschigen Läufer verschluckt. Jemand zog an ihrer Bettdecke und plötzlich fühlte sie an ihren Zehen irgendetwas Kaltes, Nasses.

„Max, pfui, geh weg da!"

Sie fuhr auf und sah sich Nase an Nase mit dem hechelnden Mops, der es sich soeben auf ihrer Bettdecke gemütlich machte. Tabea stand vor ihrer Schlafstätte, die Arme in die Seiten gestemmt und sah sie ungnädig an.

Paulina stöhnte und streckte sich. Ergeben sanken ihre Schultern abwärts.

„Ich komme schon."

*

Die betagte Dame saß hoch aufgerichtet und adrett am Frühstückstisch. Das florale Muster ihres Kleides kam Paulina bekannt vor, wenn Edith auch das für sie übergroße Wollkleid Tabeas mit einem Gürtel zusammengebunden hatte und sich offensichtlich hier und da mit Sicherheitsnadeln behelfen musste. Sie scherzte mit Tabea, die ihr gegenübersaß und fasziniert an den Lippen der alten Frau hing.

Die Sonne linste in das Küchenfenster und verlieh der Szene eine unwirkliche Harmonie, die schal an Paulinas Rachen klebte, noch ehe sie auf ihren Stuhl schlich. Sie nickte stumm, lächelte angestrengt und griff nach der Tasse, aus der dampfender Kaffeeduft aufstieg. Ihr Arm schien nicht zu ihr zu gehören. Überhaupt fühlte sich ihr ganzer Körper bleischwer an. Ihr Ellbogen erwischte das Milchkännchen, es kippte um und ergoss seinen Inhalt über die geblümte Tischdecke. Schweigend erhob sie sich, um ein Wischtuch aus der Spüle zu holen, doch Tabea reagierte bereits.

„Ach Paulina!", murrte sie, schob Paulinas Arm beiseite, ehe diese nach dem Lappen greifen konnte, und beseitigte flugs den Milchsee. In Paulina regte sich ein aufmüpfiges Gefühl, das sie mit einer Entschuldigung unterdrückte. Über den Wortlaut musste sie nicht nachdenken. Abbitten gehörten zu ihrem Vokabular wie das automatische „Hallo" anderer.

Edith kaute an ihrem Marmeladenbrötchen und beobachtete, wie Paulina beim Versuch, eine Mohnsemmel aufzuschneiden, beinahe ein Blutbad anrichtete. Tabea nahm ihr das Brötchen aus den Fingern, bevor sie sich den Daumen absäbelte. Sie vollendete das misslungene Vorhaben mühelos und legte anschließend die sauber getrennten Hälften auf den Teller. Paulina starrte emotionslos das Backwerk an, das Messer noch in der Hand.

„Hier ist die Butter."

Tabea schob die Porzellandose in Paulinas Reichweite. Die nickte bloß und hauchte ein lahmes „Danke."

Ediths Augenbrauen schossen in die Höhe. Das Bild, das sich ihr bot, amüsierte sie keineswegs. Noch viel weniger gefiel ihr das, was dahintersteckte.

Über die nächste halbe Stunde zog sich ein Frühstücksszenario, in dem in erster Linie Tabea das belanglose Gespräch bestritt und eine abwechselnd nickende oder kopfschüttelnde Edith mit unablässigen Kaubewegungen eine in sich gekehrte Paulina musterte, der es die Sprache verschlagen hatte. Diese dreißig Minuten genügten Edith vollauf, um ihre eigenen Schlüsse zu ziehen.

Tabea benötigte dringend eine Beschäftigung, Paulina umgehend Hilfe. Und ihr selbst kam jede Ablenkung mehr als gelegen.

*

Der Gedanke an ihren Arbeitstag im Keller war vernichtend. Paulina hatte unendliche Zeit mit ihrer Morgentoilette verschwendet. Nun stand sie ratlos vor dem Wandschrank im Flur, jeweils ein Schuhpaar in den Händen und konnte sich nicht entschließen, welches davon sie anziehen sollte. Sie war bereits über zwei Stunden zu spät. Noch immer fühlte sie keine Eile und erst recht keinen Antrieb, wenn sie an ihre staubige Isolationshaft dachte. Das Hadern mit passendem Schuhwerk schien ihr zu absurd. Viel verlockender fand sie die Alternative, sich ins Bett zurück zu begeben.

Aus der geöffneten Wohnzimmertür schnarrte Ediths Stimme. Auch am Telefon kommunizierte sie ihre Anliegen laut und resolut.

„Die Krankschreibung lautet auf Paulina Jacoby. Mir schwebt etwa eine Woche vor."

Paulinas Augen weiteten sich, während sie näher an die Glastür heranschlich. Durch den Spalt sah sie Ediths besenstielgeraden Rücken, ihr rechter Fuß wippte auf und ab.

„Wir holen die Bescheinigung heute Vormittag in der Praxis ab. Richten Sie Professor Haberstock meine besten Wünsche aus, er möge das auf mein Privatrezept schreiben. Paulina, willst du hinter der Tür Wurzeln schlagen?"

Sie trat beschämt ins Wohnzimmer. Tabea lehnte mit verschränkten Armen am Fenstersims und grinste. Verständnislos huschte Paulinas Blick von ihrer Freundin zu Edith, die aufgelegt hatte und in ihren Mantel schlüpfte.

„Husch, Mädchen. Es gibt viel zu tun."

Dann wendete sie sich ungehalten zum Fenster um.

„Und du? Kommst du in die Puschen?"

„Wie? Ich?" Entgeistert zeigte Tabea mit dem Finger auf ihre Brust. Ein erregtes Rot erblühte auf ihren Wangen.

„Ich sehe außer dem Geist Paulinas sonst niemanden hier. Und zieh dir was Anständiges an. In deinem Kleiderschrank setzen einige hübsche Sachen bereits Staub an. Die darfst du zur Abwechslung auch tragen!", blaffte Edith und musterte den grüngestreiften Pyjama. Ein Strahlen überzog Tabeas Gesicht. Maximilian drehte sich im Kreis und bellte aufgeregt.

„Bin schon dabei!" Sie flog regelrecht die Treppe hinauf.

Paulina verstand die Welt nicht mehr. Die beratungsresistente Tabea ließ sich von der alten Frau herum scheuchen. Und sie selbst nötigte man zum ersten Mal in ihrem Leben zum Schwänzen. Zehn Minuten später schubste Edith von Dahlen sie in den strahlenden Morgen hinaus.

*

Lukas Felden besaß für den erfreulichen Vormittag nicht den geringsten Sinn. Er hockte mit herabgelassenen Jalousien in seinem Büro, da die Sonnenstrahlen ihn blendeten, und hämmerte auf der Tastatur seines Computers herum. Auf seinem Tisch verglomm eine halb gerauchte Zigarette in einer aufgerissenen Tetrapack-Kakaotüte, obwohl das Rauchen im Revier strengstens untersagt war, und betäubte das angebissene Schnitzelbrötchen daneben mit blauen Schwaden. Lukas hielt den Blick starr auf den Bildschirm gerichtet, die Falte auf seiner Stirn kündete davon, dass sein Tun ihn maßlos nervte.

Seit Wochen schuldete er seinem Dienststellenleiter etliche Berichte, die er andauernd aufgeschoben hatte. Er musste sich um Wichtigeres kümmern als schnöden Papierkram, den danach sowieso keiner las. So hatte sich sein Chef als erste Amtshandlung des Morgens verpflichtet gesehen, Lukas' Erinnerungsvermögen auf die Sprünge zu helfen. Mit deutlichen Worten legte er ihm nahe, seine Depeschen sofort und unverzüglich zu verfassen, falls ihm an seinem Job gelegen war. Die Kollegen Jochen und Otto waren zur Beweisaufnahme des jüngsten Bankraubs im Kölner Norden ausgerückt und hatten Lukas am Schreibtisch zurückgelassen. Wütend bearbeitete er die klemmende Taste auf seinem Board, mit der Folge, dass „Vorfaaaaall aaaam" auf dem Bildschirm prangte. Seine Faust sauste auf die Tastatur, woraufhin der Knopf aus seiner Verankerung brach und umgehend den Dienst quittierte.

„Ja bin ich denn 'ne Tippse?!", brüllte Lukas und sprang von seinem Drehstuhl, der sich bar des Gewichts schwungvoll um sich selbst drehte. Kommissar Felden stapfte zornig einige Schritte nach rechts, musterte die mit Zeitungsschnipseln übersäte Pinnwand, machte auf dem Absatz kehrt, rannte nach links, rotierte erneut um die eigene Achse und kam vor dem Pult zum Stehen. Er schöpfte tief Luft, rollte den Stuhl heran und setzte sich. Sein Zeigefinger drückte auf die Löschtaste, während er mit der anderen Hand die Taste in ihre Vertiefung zurückfriemelte. Schon als Kind hatten feinmotorische Arbeiten nie zu seinen Stärken gezählt. Es blieb auch hier beim Versuch. Mit einem Klacken flutschte das Teil aus Lukas' ungeschicktem Pinzettengriff, flog in hohem Bogen an die Wand und kullerte schließlich unter den Aktenschrank an der Längsseite. Ungläubig starrte er der Taste hinterher.

„Dann eben nicht."

Er erhob sich und griff nach seiner Lederjacke. Wenn er mit Blaulicht fuhr, holte er seine Kollegen sicher noch ein.

*

Die breiige Masse fühlte sich allmählich wie eine Betonschicht auf ihrer Haut an. Paulina verzog das Gesicht, als sich das unangenehme Kribbeln zu einem Jucken steigerte. Prompt bröckelte die Feuchtigkeitsmaske von ihrer Wange, woraufhin ein strenges „Sch scht ... Stillhalten!" ertönte.

Seit gefühlten Stunden lag sie reglos auf dem Schwingstuhl, umgeben von Dunkelheit. Harfenklänge plätscherten aus einem Lautsprecher und lullten gemeinsam mit den aufdringlichen Vanilleduftkerzen den Besucher ein. Lediglich bedeckt von einem Handtuch, war ihr nackter Körper auf Gedeih und Verderb den Händen der Masseurin ausgeliefert, während die Kosmetikerin sich an ihren verhornten Füßen austobte. Die Gurkenscheiben klebten feucht auf ihren Lidern, ihre Nase zuckte und Paulina verkniff sich ein Kichern, als die Pediküre-Assistentin den Bimsstein über ihre Fußsohlen strich. Stattdessen nieste sie, worauf ein Zischen antwortete.

„Tschuldigung", murmelte sie und wunderte sich über die Leute, die eine Massage als höchste Wohltat lobhudelten. Die Prozedur war ausgesprochen unangenehm. Noch immer fühlten sich ihre Muskeln steinhart an, obwohl die Frau sie bereits im zweiten Durchgang walkte und knetete. Allmählich kam sie sich vor wie ein überdimensionaler Kipferlteig. Das ganze Getue um Wellness und Körperanwendungen fand sie maßlos übertrieben.

„Frau Jacoby, lassen sie einfach los", säuselte die Masseurin. Wenn das so simpel wäre! Mühsam unterdrückte sie ein Stöhnen, als sich eine Faust in ihre Wade bohrte.

Edith hatte es sich mit Kaffee und einer Zeitschrift auf dem Sofa in der Ecke gemütlich gemacht und überwachte von dort mit Argusaugen Paulinas Behandlung.

Aus dem Nebenraum ertönte ein gequälter Schrei. Tabea hatte sich für die Rückenmassage mit heißen Steinen entschieden.

*

„Husch, husch, Kinder. Grüner wird es nicht!"

Hektisch scheuchte Edith ihre Schützlinge über die Straße. Paulina fühlte sich merkwürdig schwerelos, ihre Füße berührten kaum das Pflaster. Der Frisör hatte ihre Haare stufig geschnitten und anschließend mit schätzungsweise hundert Haarnadeln hochgesteckt. Damit das Kunstwerk nicht bei einer unbedachten Bewegung oder beim nächsten Windstoß zusammenfiel, stakste sie mit unbeweglichem Blick geradeaus. Tabea tänzelte pfeifend an ihr vorüber und hatte anscheinend die Strapazen ihrer Behandlung wunderbar überstanden. Der freche Kurzhaarschnitt passte großartig zu ihr. Ihre Freundin erreichte bereits die andere Straßenseite, wo Edith ungeduldig auf ihre Armbanduhr schielte. Genau in diesem Moment wurde ihr klar, dass sie das falsche Schuhwerk trug. Nicht nur, dass ihre Füße schmerzten, als trüge sie Pumps in Kindergröße. Sie schleppte überdies unzählige Tragetaschen und hatte leichtsinnigerweise vergessen, wie unsicher sie auf hohen Absätzen ging. Irgendwo heulte eine sich nähernde Polizeisirene. Die Sekunde der Unaufmerksamkeit genügte vollkommen.

Ihr Pfennigabsatz verhakte sich in der Vertiefung eines Gullideckels und ihr Knöchel knickte. Paulina stolperte, verlor das Gleichgewicht und stieß mit einer entgegeneilenden Frau im Wollmantel zusammen. Die Taschen rauschten zu Boden. Noch während sie in frisurfreundlichem Zeitlupentempo in die Hocke sank und nach ihren Einkäufen angelte, hörte sie Reifen quietschen.

Das Fahrzeug kam nur Zentimeter vor ihr zum Stehen. Die Sirene erstarb und ihr blaulichtgeblendetes Entsetzen traf auf einen bestürzten Blick hinter der Windschutzscheibe. Vage erkannte sie ein bleiches, aber markant geschnittenes Gesicht im Schatten eines Dreitagebartes. Der Mann im Wagen schien sekundenlang wie versteinert. Ein merkwürdiges Gefühl regte sich in Paulinas Magengegend. Doch der Moment ging vorüber. Die Miene des Polizisten verzog sich, als hätte er Zahnschmerzen. Sein erhobener Zeigefinger wies auf das rote Ampelmännchen, das höhnisch auf der Stelle hüpfte. Paulina duckte sich, raffte ihre Tüten zusammen und humpelte auf die andere Straßenseite. Mit aufheulendem Motor rauschte der Dienstwagen davon.

Unter normalen Umständen hätte Paulina ein solches Geschäft im Leben nicht betreten. Benommen folgte sie Edith und Tabea durch die große Glastür. Merkwürdigerweise rumorte ihr Bauch noch immer und sie ahnte, dass der Ursprung nicht in dem Beinahe-Zusammenstoß lag. Erst, als sie sich mittig des marmorgetäfelten Raumes umsah, erkannte sie, dass sie in der teuersten Boutique von Köln gelandet waren. Tabea stand mit offenem Mund vor einer Schaufensterpuppe, die einen glitzernden Hauch von Nichts trug. Edith stolzierte auf den Verkaufstisch zu, hinter dem eine elegante

Enddreißigerin mit versiertem Lächeln hervortrat.

„Frau von Dahlen! Wie reizend, Sie wieder einmal hier zu sehen!"

„Guten Tag, Frau Jansen. Ja, ich befand mich zufällig in der Gegend."

Edith neigte den Kopf und kam umstandslos zur Sache. Sie schob Paulina einen Schritt nach vorne und zog Tabea am Ellbogen, die immer noch ehrfürchtig das Paillettenkleid bestaunte.

„Ich habe Ihnen diese entzückenden Damen mitgebracht und erwarte, dass sie das Beste aus ihnen herausholen."

Sie zog ein Lederetui aus ihrer Krokotasche und ließ eine goldene Kreditkarte auf den Tresen fallen, die die Verkäuferin nicht eines Blickes würdigte.

„Sie dürfen mir einen Cappuchino anbieten und ihr Sachverständnis danach vollkommen Ihrer Kundschaft widmen."

Sprach's und nahm auf der beigefarbenen Sitzgruppe Platz, nicht ohne Max unter einem Ballkleid hervorzuziehen. Der Hund rutschte auf dem Hosenboden an die Wade seiner Herrin. Er wirkte fast beleidigt.

„Natürlich, Frau von Dahlen. Welcher Anlass steht an?", säuselte Frau Jansen und taxierte Paulina und Tabea mit geübtem Auge.

„Abendessen und Oper, außerdem benötigen wir eine Casual-Garnitur. Das passende Accessoire versteht sich von selbst."

Tabea klappte die Kinnlade herunter, Paulina maß Edith mit einem misstrauischen Blick. Unauffällig schob sie sich an das Sofa heran und beugte sich zu der alten Dame hinunter, die bereits in einem Modemagazin blätterte.

„Das können wir nicht bezahlen", flüsterte sie. Edith schlug eine weitere Seite um und ignorierte Paulina vollkommen. Stattdessen nahm sie einen Kugelschreiber und kritzelte quer über das Gesicht eines magersüchtigen Supermodels: „Wer weiß schon vom Versiegen der Quelle, solange Wasser fließt?"

Sie vergewisserte sich, dass die Verkäuferin ihre Worte hören konnte, und erhob die Stimme: „Mädchen, mach´ dir keine Gedanken wegen des Geldspeichers deiner betagten Tante. Such dir was Hübsches aus, den Rest erledige ich. Nicht wahr, Frau Jansen?"

Ein breites Lächeln legte sich auf das perfekt geschminkte Gesicht der Angesprochenen.

„Aber gewiss. Kommen Sie, meine Liebe."

Zielstrebig schob sie die lustlose Paulina vor sich her.

„Ist das nicht traumhaft?!"

Tabea drehte sich vergnügt vor dem Spiegel. Das blassgrüne Kleid schmiegte sich an ihre ausladenden Hüften und bedeckte taktvoll ihre kräftigen Beine. Sie angelte nach einer mit Goldfäden bestickten Stola und drapierte den Stoff über ihre Schultern. Verzückt betrachtete sie sich selbst und verzog ihre Lippen zu einem Schmollmund. Paulina stand noch immer unentschlossen vor dem Kleiderständer. Völlig überfordert griff sie nach einem anthrazitfarbenen Wollkleid.

„Das ist grau", schallte es vom anderen Ende des Raums zu ihr herüber.

„Na und? Ich mag Grau", trotzte Paulina und schnappte sich eine dunkelbraune Hose vom Ständer.

„Paulina, du bist jung und hübsch. Und beileibe keine Maus und auch kein Kamel. Also bitte, häng die tristen Teile zurück!"

Achselzuckend kam sie Ediths Befehl nach und setzte sich seufzend auf einen Stuhl. Tabea tänzelte bereits mit der nächsten Kombination in Himmelblau an ihr vorüber, prompt erscholl ein begeisterter Ausruf aus der Sofaecke. Die Verkäuferin strich Paulina über die Schulter und zwinkerte verständnisvoll.

„Sie haben eine wunderbare Figur, mit der Sie sich alles erlauben können", sagte sie freundlich und plötzlich fassten Paulinas Hände in seidiges Türkis.

„Vertrauen sie mir."

Frau Jansen nickte ermutigend und komplimentierte ihre zögerliche Kundin in die Umkleidekabine.

„Oh mein Gott!"

Sie konnte es selbst kaum glauben. Die Person, die ihr da im Spiegel gegenüberstand, war ihr absolut fremd. Vorsichtig drehte sie sich um die eigene Achse. Das Kleid wogte mit, der zarte Stoff umfloss ihren Körper, als wäre er ein Teil von ihr. Die Farbe ließ ihre Augen und ihren Teint strahlen, und jetzt kam ihr Schwanenhals zur Geltung, begünstigt durch die Hochsteckfrisur. Tabea klatschte in die Hände und strahlte.

„Du siehst aus wie die Hepburn!", kreischte sie und hüpfte um Paulina herum, die sich zweifelnd betrachtete. In der Sofaecke war es mucksmäuschenstill. Edith schien völlig in ihre Zeitung versunken.

„Wir nehmen es." Die alte Frau sah nicht mal auf.

Erst als Paulina zur Anprobe des nächsten Kleidungsstücks in ihrer Kabine verschwand, umspielte ein Lächeln den faltigen Mund.

*

„Zum Donnerwetter haben Sie eigentlich noch alle Tassen im Schrank?!"

Lukas musterte emotionslos das Gesicht seines Dienststellenleiters, dessen Farbe allmählich von rosa in purpurrot wechselte. Ihm war schon auf der Fahrt zum Tatort klar gewesen, dass es dem Chef nicht gefiele, wenn er die Ermittlungen vor Ort der Schreibaufgabe vorzog. Üblicherweise verzog sich der Sturm rasch. Saß er die Sache aus, käme er vielleicht dazu, seine neuen Erkenntnisse mitteilen zu können. Er riskierte einen Blick auf seine Armbanduhr. Sein Boss, ein kurzatmiger, kleinwüchsiger Mann, trug nicht nur schwer an seinem Körpergewicht, sondern offenbar auch an seiner Verantwortung. Fasziniert beäugte Lukas den Knopf seines Hemdes, der sich unter der Anspannung des sich hebenden und senkenden Bierbauchs sichtlich sträubte, dort zu bleiben, wo er hingehörte.

„Kommissar Felden! Hören Sie mir überhaupt zu?", schnaufte die Plauze und Lukas zwang seine Aufmerksamkeit zurück in das erboste Konterfei seines Vorgesetzten.

„Die Berichte liegen morgen auf Ihrem Schreibtisch."

Zeit, dem Lamentieren ein Ende zu setzen. Erwartungsgemäß verkniff sich sein Chef weitere Vorhaltungen und brummelte stattdessen in seinen Backenbart. Er trotzte seinem Lieblingsermittler nie lange.

Endlich konnte Lukas seine Trumpfkarte ausspielen. Ein lavendelfarbenes Tuch, sorgsam in einem Plastikbeutel versiegelt, klatschte auf den kaffeefleckenübersäten Cheftisch. Er war sich nicht sicher, ob das Geräusch ihm mehr Befriedigung verschaffte als die braunen Spritzer auf dem hellblauen Hemd seines Gegenübers, oder umgekehrt.

„Was soll das sein?", grunzte der Dienststellenleiter und hob den Beutel mit spitzen Fingern aus der Kaffeelache.

„Das ist ein Beweisstück."

„Das sehe ich selbst, Sie Klugscheißer!", raunzte sein Boss. „Spucken Sie's schon aus, ich kann's kaum erwarten!"

Er genoss die plötzliche Aufmerksamkeit, auch wenn diese vor Ironie troff.

„Das ist der Beweis dafür ...", den Teil kurz vor dem Aha-Effekt liebte er besonders.

„FELDEN!", donnerte es und Lukas hob die Hand. Er beugte sich vor und senkte seine Stimme zu einem Flüstern.

„... dass einer der Bankräuber entweder schwul oder ...",
„Oder was?!"

Sein Chef riss die Augen auf. Lukas betrachtete seine Fingernägel.

„... oder eine Sie ist."

*

Sie fuhren mit dem Taxi nach Hause. Angesichts der zahllosen Tragetaschen, Tüten und Schuhkartons hatte Edith dem gequälten Gesichtsausdruck Paulinas und Tabeas Protest nachgegeben. Der Taxifahrer empfing drei kichernde Teenager und drehte gutmütig den Ohrwurm im Radio lauter, damit seine gutgelaunte Fracht mitsingen konnte. Er ertrug die schiefen Töne, klatschte den Takt auf dem Lenkrad und strich ein großzügiges Trinkgeld dafür ein. Höflich trug er den Großteil des Einkaufs bis zur Haustür und verabschiedete sich, nicht ohne ein Kompliment für die beiden hübschen Damen und einen ehrerbietenden Handkuss für die ältere, die daraufhin errötete wie ein Backfisch.

„Das war großartig!"

Tabea half ihrer Gönnerin aus dem Mantel, die sich zunächst gegen die Hilfestellung sträubte. Paulinas Freude war verhaltener, zeichnete sich jedoch unmissverständlich auf ihrem Gesicht ab. Erstaunt vernahm Edith die Befriedigung, die sich in ihr regte, als sie ihre neuen Freundinnen so aus dem Häuschen sah. Trotzdem winkte sie ab, betrachtete Tabea streng, Paulina prüfend und nahm schließlich Letzterer die Tragetasche aus der Hand.

„Du wirst jetzt schlafen. Und zwar so lange, bis du es nicht mehr in den Federn aushältst. Vor morgen Nachmittag will ich dich nicht mehr wiedersehen."

Dankbar erwiderte Paulina Ediths Blick, der keinen Widerspruch duldete. Tatsächlich fühlte sie sich unendlich müde. Sie umarmte ihre Freundin und nach kurzem Zögern auch die alte Frau, die sofort in ihren Armen erstarrte. Schnell ließ sie den steifen Körper los und stolperte die Treppen hinauf. Vollbekleidet fiel sie auf ihr Bett, schon war sie der Welt entglitten.

„Denk daran, morgen hast du frei."

Ediths verlockende, letzte Worte begleiteten sie in einen traumlosen Schlaf. Gemeinsam mit einem blassen Gesicht und den durchdringenden Augen eines Fremden darin.

*

Als Lukas Felden spätabends in sein Eigenheim zurückkehrte, war er euphorischer Stimmung. Und heillos betrunken. Zusammen mit den Kollegen hatte er den Ermittlungserfolg, der als Lichtstrahl im Dunkel dieses Falls gewertet wurde, ausgiebig begossen. So ausgiebig, dass weder sein Partner Jochen noch Otto ihn davon abhalten konnten, sich hinter das Steuer zu setzen. Zu allem Übel schneite es, so dass die Welt mit Zuckerguss überzogen war. Und das im November. Sein Wagen war auf Sommerreifen den Waldweg entlang geschlittert und mehr als einmal tauchte sein Verstand aus dem Alkoholnebel auf und riet ihm eindringlich, den Volvo stehen zu lassen. Lukas befand sich nicht nur bezüglich der Bereifung seines Fahrzeugs im Hintertreffen. Er trug nur einen Anorak und besaß weder Mütze noch Handschuhe. Also kam die Alternative, sich zu verlaufen und anschließend zu erfrieren, nicht wirklich in Frage. Stattdessen war er bei Tempo vierzig über die Autobahn gekrochen, hatte die falsche Ausfahrt genommen und schlich nun in Schrittgeschwindigkeit Schlagerlieder grölend heimwärts. Als das Haus in Sicht kam, gab der Motor erleichtert den Geist auf und das Auto rollte zur Belustigung seines Fahrers in eine Schneewehe. Nach minutenlangem Kampf mit dem Sicherheitsgurt trat er ins Freie und stolperte über die vergessenen Müllsäcke in der Hofeinfahrt. Er fiel auf den Rücken und schloss die Augen.

Als er blinzelnd zur Besinnung kam, musste er bereits eine ganze Weile im Schnee gelegen haben. Er spürte seine Zehen und Finger kaum, als er sich aufrichtete. Flocken rieselten in sein Gesicht und klebten an seinen Wimpern. Er konnte sich nur mühsam orientieren.

Der Flur empfing ihn kalt und dunkel. Umständlich schälte er sich aus seinem Anorak. Er erinnerte sich verflucht nochmal nicht an die zweite Strophe des Mallorca-Gassenhauers, also summte er behelfsweise weiter, ehe er lauthals den Refrain intonierte. Dabei kam es ihm plötzlich dringlich vor, in der Kleiderkammer nach seinen Wintersachen zu suchen.

Auch hier in dem kleinen Raum waltete die Nacht. Der herrschenden Eiszeit gesellte sich jahrelanger Staub hinzu. Lukas zerrte den ersten Karton hervor, den er kurzerhand aufriss und darin herumwühlte. Seine Finger ertasteten einen warmen Wollstoff. Er trat an das Fenster, um im Mondlicht erkennen zu können, welchen Pullover er gefunden hatte. Es dauerte einige Augenblicke, bis er begriff, dass er ein Wollkleid in die Höhe hielt. Mit einem Schlag war er nüchtern. Veras Lieblingskleid. Klaren Verstandes hätte er das Ding flugs in die Pandora-Kiste zurückgelegt, diese verschlossen und möglichst rasch vergessen. Was er tat, geschah intuitiv und widersprach ihm völlig. Er presste sein alkoholerhitztes Gesicht in die feingewebte Wolle.

Auf die Wucht des Schmerzes war er nicht vorbereitet. In den Maschen hatte sich der vertraute Geruch verfangen und beschwor Erinnerungen herauf, deren Eindringlichkeit ihn fast besinnungslos machte.

Die Wut folgte unmittelbar. Schreiend schleuderte Lukas das Relikt seines verdrängten Kummers von sich, griff nach dem nächstbesten Gegenstand und schlug zu. Das Krachen des zerberstenden Stuhls hallte in das Gebälk bis in den oberen Stock. Einige Fledermäuse flatterten durch das gekippte Dachfenster hinaus. Dem Ersten folgte ein zweiter Schlag, ein dritter und unzählige darauf, die das Haus in den Grundfesten erzittern ließen. Er randalierte wie ein Wahnsinniger. Seine Tobsucht heiligte weder das Regal mit Einweckgläsern noch den alten Schaukelstuhl und auch nicht das Schüttelbrett mit den Weinflaschen. Innerhalb von Minuten verwandelte Lukas Felden, der verlassene Ehemann, seinen Zorn in ein mondbeschienenes Bild aus Splittern und Scherben. Erneut füllte er seine Lungen mit Luft, vereinte all seine Kräfte und brüllte aus Leibeskräften. Die Fensterscheibe mit dem feinen Riss darin erzitterte und zersprang.

Als nichts übrig blieb, das er hinausschreien konnte, und seine Finger nichts mehr fanden, das er zerstören wollte, brach er schluchzend in die Knie. Die Erschöpfung war schon zu lange in ihm, als dass er ihr weiter zu widerstehen vermochte. Schwitzend, blutend und heulend legte er sich zu den Bruchstücken seiner Vergangenheit. Er zog die Schenkel an den Unterleib und gab dem Drang nach, den Daumen in den Mund zu stecken. Was ihm erst peinlich war, sich aber dann sonderbar beruhigend anfühlte. Fast sofort schlief er ein. Dass sein letzter Gedanke der jungen Frau galt, die er heute nahezu überfahren hätte, vergaß er augenblicklich.

6. Kapitel

*„Dinge sich selbst zu überlassen,
führt vom Regen in die Traufe."*
Fünfte Erkenntnis aus Murphys Gesetz

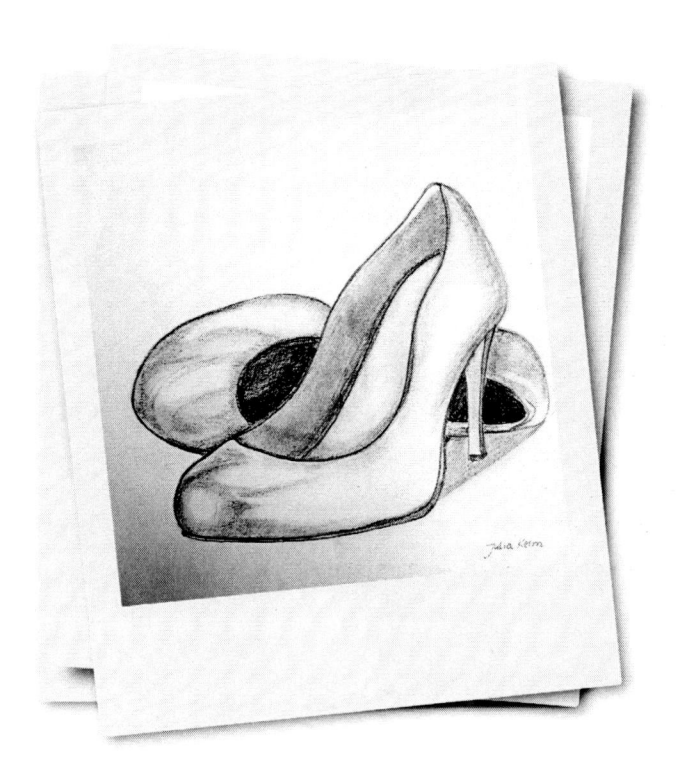

Paulina schlummerte nicht nur bis zum nächsten Nachmittag. Es dunkelte bereits, als sie ihre Augen aufschlug. Jemand hatte vorsorglich das Nachtlicht angeschaltet und ihre Geister ausgesperrt. Bestürzt und amüsiert zugleich stellte sie fest, dass sie nahezu sechsundzwanzig Stunden durchgeschlafen hatte. Sie fühlte sich ausgeruht und völlig klar im Kopf. Und ihr Magen knurrte vernehmlich.

Das Bild, das sich ihr bot, als sie die Küchentür aufdrückte, machte sie im ersten Moment sprachlos. Ihre Freundinnen saßen einträchtig bei Kerzenschein an dem ausladenden Esstisch, der von Fotografien übersät war. Edith lauschte aufmerksam und nickte andächtig, während sie Tabeas Bilderklärungen folgte. Das Gesicht ihrer Freundin schien seltsam entrückt.

„Das war das Ladenschild ... wir brauchten Tage, um das sperrige Ding waagrecht anzubringen ... und das ist meine Aushilfe Samira. Stell dir vor, sie hat Chinesisch studiert, ohne einen blassen Schimmer von Land und Leuten, nur weil sie das Fach cool fand. Sie kannte nicht mal den Unterschied zwischen Sojasoße und Worchestersoße. Ich meine, wie durchgeknallt muss man sein ... hier siehst du die Käsetheke, wir führten sogar Biokäse aus den Anden im Sortiment ..."

Die Erkenntnis traf Paulina wie eine längst überfällige Ohrfeige. Wann hatte sie sich jemals die Ladenbilder zeigen lassen? Hatte sie sich je wirklich dafür interessiert, was ihre beste Freundin machte und ob sie es gerne tat? Was es für Tabea bedeutete, den Laden aufzugeben, den sie unzweifelhaft geliebt hatte? Sie hatte ihr nüchtern und emotionslos von der Schließung erzählt. Nie war ihr der Gedanke gekommen, dass diese starke, lebensfrohe Frau tiefen Kummer in sich trug, der nicht ausschließlich aus der räumlichen Trennung von Stefan herrührte.

Tabea hob kichernd das nächste Foto in die Höhe. Sie sprudelte förmlich und ihr ganzer Körper wogte begeistert mit. Die Augen funkelten und ihre Stimme bebte. Doch diesmal bemerkte Paulina auch die kontroversen Regungen, die unter der Schicht aus fröhlichen Anekdoten schwelten. Verlust lag darin. Und Traurigkeit.

Sie wusste nicht, wie lange sie reglos am Türrahmen gelehnt hatte. Ihr Blick blieb an Ediths Gesicht haften, die ihr unbeabsichtigt ihre eigentliche Rolle demonstrierte. Wie sie mit gefurchter Stirn die Fotografien durch ihre Lesebrille begutachtete und interessiert jedes Detail erfragte, wurde Paulina das Gefühl nicht los, dass Frau von Dahlen in Begriff stand, eine viel eindringlichere Position in ihrer aller Leben einzunehmen, als ihr persönlich lieb war. Die alte Dame hielt ihr einen Spiegel vor. Und sie bezweifelte, ob ihr das Bild darin gefiel.

Erst als ihre Zehen vor Kälte prickelten, räusperte sie sich. Beide Köpfe schossen in die Höhe, ein Augenpaar blickte sie betreten, das andere amüsiert an. Sie fühlte sich wie ein Eindringling.

„Da bist du ja!"

Über Tabeas Umarmung hinweg schauten Paulina und Edith einander an. In dem Mienenspiel der alten Frau lag keine Regung. Eine Ewigkeit sah Edith direkt in sie hinein. Endlich erschien ein Schmunzeln auf den faltigen Lippen. Seelenruhig stapelte sie die auf dem Tisch ausgebreiteten Fotografien übereinander und schob sie in die Umschläge zurück.

„Ah, die Langschläferin. Auf, junge Damen. Werft euch in Schale, damit ich sehe, ob sich die unwesentliche Erhöhung meines exorbitanten Schuldenbergs gelohnt hat. Wir gehen aus!"

*

Obwohl Paulina Champagner für ein vollkommen überschätztes Getränk hielt und sie das edle Gesöff kaum von einem Sekt oder Prosecco unterscheiden konnte, fand sie das Prickeln auf der Zunge recht angenehm. Noch immer kam sie sich in dem prächtigen Foyer deplatziert vor und riss sich enorm zusammen, um nicht unentwegt mit halboffenem Mund die vorbeiflanierenden Herrschaften in Abendrobe anzustarren. Selbst vor dem Kellner in der schmucken Livree machte ihr Staunen nicht halt. Schon seit Minuten hielt er ihr ein Tablett mit Häppchen unter die Nase. Nach dem Fünfgangmenü im Gourmetrestaurant nebenan verursachte ihr der Gedanke an ein Kaviarpastetchen Übelkeit. Tabea hingegen schmatzte mit vollen Backen, erging sich in entzücktem Beifall und schüttete jedem Bissen einen Schluck Champagner hinterher. Sie ignorierte Paulinas gezielten Fußtritt, plapperte ununterbrochen und zeigte dabei mit dem Finger auf die in Glitzer und Pelz gehüllten Opernbesucher.

„Wie kann man nur Nerz tragen? Die armen Tiere!"

Edith quittierte ihre Empörung mit hochgezogenen Brauen. Paulina erwartete eine scharfe Zurechtweisung von der Unternehmergattin, die sich vermutlich ihr ganzes Leben in eben diesen pelzausstaffierten Kreisen bewegt hatte. Doch Edith wirkte nicht einmal peinlich berührt, obwohl Tabeas Stimme unüberhörbar durch den meterhohen Raum hallte, in dem man zu flüstern beliebte. Stattdessen sah die alte Dame nachdenklich der grellen Blondine nach.

„Womöglich ist das der Preis dafür, dass sie seine Ehefrau nicht über den aktuellen Stand der Dinge informiert."

Ihr Sarkasmus stach wie eine Lanze in die Menge, woraufhin sich der Rücken der Pelzträgerin eine Spur straffte. Paulina schlug sich die Hand vor den Mund und riss die Augen auf. Der finstere Blick des übergewichtigen Begleiters bestätigte, dass Edith ins Schwarze getroffen hatte. Tabea feixte. Unversehens puffte ein Ellbogenknochen in Paulinas Seite.

„Entspanne dich, Kindchen. Es gibt Momente im Leben, da sollte man kein Blatt vor den Mund nehmen. Die richtigen Leute wissen das gewiss zu schätzen. Deine Freundin meistert diese Übung bestens."

Sie wies mit dem Kinn zu einem Herrn im Anzug, dessen Verzückung soeben in Tabeas Ausschnitt plumpste. Paulina brauchte diesmal einen größeren Schluck. Der Alkohol hinterließ ein warmes Gefühl in ihrem Bauch. Trotzdem verkrampfte sie innerlich. Sie taxierte misstrauisch die Umgebung, suchte nach einer Teppichfalte, einer versteckten Stiege oder irgendwelchen anderen Murphys, die auf sie lauerten. Ihre Finger umklammerten den leeren Kelch, während sie nach der Champagnerflasche griff. Sie fuhr zusammen, als ein Gong ertönte, und das Glas entglitt ihr. Eine beflissene Servicekraft bückte sich sofort nach den Scherben.

„Fein, es geht los!", quietschte Tabea, knuffte den Kellner freundschaftlich in die Seite, dessen Tablett gefährlich schwankte, und ergriff Paulinas Hand. Ohne den Protest weiter zu beachten, zog sie ihre widerstrebende Freundin die Stufen hinauf. Edith lächelte nachsichtig und folgte den beiden in gebührendem Abstand.

*

Lukas fand die Idee völlig absurd. Nicht nur nötigte ihn der geliehene Anzug dazu, unentwegt die Luft anzuhalten, sondern erinnerte ihn schmerzlich an ehemals durchtrainierte Zeiten. Sein Kollege Jochen war größer und wesentlich schlanker, so dass Ärmel und Hosenbeine unsichtbar mit Sicherheitsnadeln gekürzt werden mussten, während er nur mühsam den mittleren Jackettknopf schließen konnte. Zum einhundertsten Mal in dieser Woche nahm er sich einen Studiobesuch vor, um die zehn Kilo Übergewicht loszuwerden, die ihn daran hinderten, sich wie ein Mensch zu fühlen. Kommissar Felden stand inmitten der Menge aus gegelten Männerfrisuren und verführerischen Frauendekolletés und kam sich wie ein Außerirdischer vor.

„Du siehst aus, als hättest du Zahnschmerzen", Simona knuffte ihn liebevoll in die Seite.

„Ich habe Zahnschmerzen!" *Und hasse deinen Ehemann, der mit vierzig Grad Fieber auf dem Sofa liegt und die Champions League bejubelt. Vermutlich kippt er grinsend ein temperatursenkendes Bier auf seinen Kumpel. Den Trottel, der ihm nichts abschlagen kann.*

Lukas hatte nicht eine Sekunde gezögert, als Jochen ihn hustend und schniefend gebeten hatte, Simona an seiner statt zu der Opernaufführung zu begleiten, auf die sie sich seit Monaten freute. Er schuldete ihr den Gefallen, schon wegen der unzähligen Abendessen, denen er beiwohnen durfte.

Trotzdem bereute er seine spontane Zusage zutiefst, erst recht, nachdem er das Fernsehprogramm studiert hatte. Er hatte sich noch nie gern in Schale geworfen, aber allein der Gedanke an zwei Stunden Operngejaule trieb ihm den Schweiß auf die Stirn. Auch wenn er zugab, dass die anläßliche Rasur bitter nötig gewesen war. Zu allem Übel drängte Simona ihm ein Glas Yuppie-Brause auf, die sein Magengeschwür einer absoluten Zerreißprobe unterzog. Was gäbe er jetzt für ein Weizenbier mit besänftigender Hefe darin. Diese Spießer hier soffen natürlich nur Champagner. Scham-pan-jär. Was für ein hochnäsiger Name für ein durchweg widerliches Gebräu, vom Preis ganz zu schweigen. Doch offenbar musste er da durch. Also rang er sich ein gequältes Lächeln ab. Nichts läge ihm ferner, als Jochens Frau diesen Abend zu verderben. Er würde den Verräter sämtliche Berichte der nächsten drei Jahre tippen lassen, schwor er rachsüchtig.

Der langgezogene Gong kündigte den Beginn seines Martyriums an. Lukas straffte den Rücken und bot seiner Begleiterin galant den Arm.

„Auf in die Löwenhöhle", brummelte er, besänftigt durch Simonas perlendes Lachen, die sich fröhlich unterhakte. Sie reihten sich in den Fluss aus Nerz, Pailletten und Frackschößen ein, die in den Opernsaal strömten.

*

Paulina kauerte reglos auf ihrem Sitz. Hoffmanns Erzählungen war ihr erstes Opernstück und was soeben mit ihr geschah, brachte sie absolut durcheinander. Mehr aus Nervosität als aus echtem Interesse hatte sie kurz das Programmblatt überflogen und sich auf einen todlangweiligen Abend eingestellt. Zudem konnte sie sich nicht einen der Hauptdarsteller merken.

Doch als das Licht herab dämmerte, bis nur noch der Schein der Wandleuchten den Saal erhellte und schlagartig Mäuschenstille herrschte, hielt sie den Atem an. Das Rascheln der Programmzeitschriften, das Räuspern, selbst Tabeas Flüstern verschwanden aus ihrer Wahrnehmung. Die zaghaften Töne des ersten Aktes schlugen eine Saite in ihr an, die ihr bis dato vollkommen fremd gewesen war. Ohne Vorwarnung rauschte die Musik durch ihren Körper hindurch und löste Unaussprechliches aus. Die Handlung des Stücks verblasste völlig. Mit dem Auftakt zur Barkarole erreichten die Stimmen ihr Herz. Sie erschauerte und schluckte, unfähig, den Blick von der Bühne abzuwenden. Etwas drückte auf ihre Kehle und gelangte auf natürlichem Weg hinaus.

Edith beobachtete Paulina fasziniert. Im Halbdunkel der Loge zeichnete sich das Profil der jungen Frau nur schemenhaft ab, umso deutlicher bemerkte sie das verräterische Glitzern in den Augen ihrer Begleiterin. Sie selbst erinnerte sich nur zu genau an ihre erste Oper, deren Zauber sie innerhalb von Minuten erlegen war. An diesem Tag ruhte die Wut, welche der 14-Jährigen innegewohnt hatte, und der Saal entließ eine gereiftere junge Frau. Noch während die letzten Töne verklangen, verschwand Paulina Richtung Waschräume. Edith nickte selbstzufrieden.

*

Lukas ließ den Rauch bedächtig aus seiner Lunge entweichen. Rasch nahm er den nächsten Zug, dankte insgeheim der verständnisvollen Simona und zelebrierte so in der ihm eigenen Art das Ende der ersten Halbzeit. Er wusste nicht, ob er unbefugt auf dem Balkon stand oder ob es zu verzeihen war, dass er seinem dringenden Bedürfnis außerhalb des Dunstkreises etwaiger Tabakverächter nachkam. Die angelehnte Tür hatte ihn quasi aufgefordert hinauszutreten. Die Nacht war sternklar und die Luft rein wie der Schoß einer Jungfrau. Erfreulicherweise hatte er an der kleineren Bar im zweiten Stock ein frischgezapftes Pils auftreiben können. Die meisten Besucher waren zur Pause in das großzügige Foyer geströmt und prügelten sich um den Champagner. Den Weg hinauf hatten lediglich einige Leidensgenossen gefunden, die sich ihre Durchhaltebelohnung diskret an der Bar hinter die Binde kippten. Er nahm einen großen Schluck und spielte mit dem Gedanken, dem verständnisvollen Barkeeper die Füße zu küssen, obwohl das Bier unverschämt teuer war.

Erneut sog er an dem Stäbchen, das Ende erglühte als roter Punkt in der Finsternis. Auf der Balustrade herrschte absolute Windstille, im gegenteiligen Fall hätte er das fast lautlose Schniefen mit Sicherheit überhört. Sein Beruf hatte zwangsläufig seine Sinne geschärft, Lukas entgingen Dinge nie, die sich dort befanden, wo sie nicht hinpassten. Er zwinkerte angestrengt und lauschte mit angehaltenem Atem. Diesmal hörte er es deutlich. Er war nicht allein auf dem Balkon.

Paulina rang verzweifelt um Fassung. Sie war aufgewühlt und verwirrt, in ihrem Bauch stritten die widersprüchlichsten Gefühle miteinander. Hatte sie zunächst ihren Tränen freien Lauf gelassen, verebbte ihr Weinen nun zu einem stillen Schluchzen. Unschlüssig trat sie auf der Stelle. Sollte sie sich von der Brüstung stürzen oder tanzen?

Ärgerlicherweise blieb sie nicht ungestört. Ein Mann betrat die Galerie und machte ihren spontanen Suizidgedanken zunichte. Sie wich vom Geländer zurück und drückte ihren Rücken gegen die Wand. Bestimmt würde derjenige angesichts der schneidenden Kälte rasch den Rückzug antreten. Leider erwies sich ihre Hoffnung als trügerisch. Der Fremde beabsichtigte offenbar, ihr rauchenderweise Gesellschaft zu leisten. Mittlerweile drang der Frost empfindlich durch ihr Kleid. Sie bezwang das Zittern und umschlang mit beiden Armen ihren Leib. Musste sie eben die Zigarettenlänge aussitzen.

„Hallo? Ist da jemand?"

So ein Mist. Ein Klicken ertönte und einen Sekundenbruchteil später flammte ein Feuerzeug auf. Der Lichtstrahl stach schmerzhaft in ihre nachtgeweiteten Pupillen, erschrocken hielt sie die Handfläche vor ihr Gesicht. Jetzt lief auch noch ihre Nase und ihre Handtasche lag auf ihrem Stuhl im Opernsaal. Ihr blieb nur der Angriff nach vorne.

„Haben Sie viel-leicht ein Tasch-sch-en-t-tuch?", schniefte sie, bemüht, nicht mit den Zähnen zu klappern. Was eindeutig misslang.

„Nein. Aber einen Mantel."

Die Stimme war ebenso überraschend weich wie der Mantelstoff, der sich plötzlich um ihre Schultern schlang.

„D-d-anke." Wie peinlich. Wie wunderbar wollig warm.

„Keine Ursache. Ich sage Bescheid, wenn ich dran bin."

Ein merkwürdig einvernehmliches Schweigen breitete sich aus.

Paulina nieste. Der gesichtslose Fremde trat von einem Bein aufs andere.

„Wir k-könnt-ten rein gehen."

„Das könnten wir." Er rührte sich nicht vom Fleck.

„Eine w-wunder-b-bare Nacht-t."

Irgendwas musste sie schließlich von sich geben. Allmählich kehrte das Leben in ihre Glieder zurück und prickelte unter ihrer Haut.

„Hm hm."

Nun. Enorm redselig war er nicht gerade. Was ihr prinzipiell entgegen kam. Sie besaß keine Übung darin, mit laufender Nase Smalltalk zu halten. Ehrlicherweise hielt sie überhaupt nie Smalltalk. Zumal sie ihr Gegenüber nicht mal deutlich sah.

„Dort hinten befindet sich der große Wagen. Zugegeben, das einzige Sternbild, das ich benennen kann ..."

Überrascht nickte Paulina. Bis ihr einfiel, dass er ihre Zustimmung im Dunkel nicht sehen konnte. Spontan setzte sie hinzu:

„Mein Vater zeigte ihn mir jede Nacht vor dem Schlafengehen. Er erinnert mich immer an zuhause ..."

Ihr Magen krampfte sich zusammen. Was redete sie da bloß? Sie klang wie eine drittklassige Schauspielerin in einer rührseligen Seifenoper. Aber ihre neue Balkonbekanntschaft trat interessiert näher, so dass sie sein Profil erahnte. Ein ziemlich männlicher Umriss, dessen Kinn sich himmelwärts erhob. Schwach drang der Geruch nach Zigaretten und Bier in ihre Nase.

„Paulina?! Bist du hier oben?", schallte Tabeas Stimme von drinnen.

Sie erwachte jäh aus ihrer Starre. Geschmeidig glitt sie aus dem Tweedmantel, hielt ihn dem Fremden entgegen und erschrak, als ihre Finger kühle Haut berührten.

„Ich glaube, ich gehe besser rein ...", wisperte sie und wunderte sich über ihr Bedauern. Sie hatte gerade Gefallen an der Unterhaltung gefunden. Mit drei großen Laufschritten, soweit ihr enggeschnittenes Kleid dies zuließ, erreichte sie die Balkontür.

„Danke für den Mantel. Das war nett."

Sie lächelte ins Dunkel und schlüpfte durch die Vorhänge.

Lukas stand selbstvergessen am Geländer. Der Wollstoff über seinem Arm barg noch eine Spur ihrer Wärme. Paulina. Er merkte nicht, dass auch er inzwischen vor Kälte schlotterte. Nur einen Sekundenbruchteil lang war das Salonlicht auf ihr schmales Gesicht gefallen. Als er den Schreck des Erkennens überwunden und sein Sprachzentrum endlich die Frage nach ihrem Nachnamen formuliert hatte, war sie fort. Sein Mund schloss sich und entließ lediglich winzige Atemwölkchen in die Nacht.

*

„Ist alles in Ordnung mit dir?"

Simona beugte sich nach vorne und sah ihn prüfend von der Seite an. Lukas fuhr konzentriert, die Großstadtlichter flogen an ihnen vorbei, Leuchtreklamen tollten durch das Fahrzeuginnere. Seine Gedanken hatte er in der eisigen Kälte auf dem Balkon gelassen. Er warf seiner Beifahrerin einen knappen Blick zu.

„Warum fragst du?"

Sie verschränkte die Arme und grinste.

„Na ja, du gibst seit einer Stunde keinen Mucks von dir. Ich warte nach wie vor auf das vernichtende Urteil ob des musikalischen Hochgenusses."

„War nett", antwortete er einsilbig. Nach der Pause war der zweite Teil der Oper mehr oder weniger schemenhaft an ihm vorbeigezogen. Sosehr er sich bemüht hatte, der dunkle Saal hatte alle Gestalten und Gesichter verschluckt. Später im Foyer hatte er Paulina im Gedrängel der vielen glitzernden Menschen erst recht nirgendwo ausmachen können.

„Nett?!" Simona betrachtete ihn amüsiert. „Nun, nach wem auch immer du Ausschau gehalten hast, sie scheint einen bleibenden Eindruck hinterlassen zu haben."

Lukas vergaß andauernd, dass sie einen Polizisten geheiratet hatte. Ihre Spürnase war untrüglich.

„Erzähl keinen Blödsinn", brummelte er und lenkte den Volvo in die Einfahrt des hellerleuchteten Einfamilienhauses. Sie schmunzelte und drückte einen flüchtigen Kuss auf seine Wange. Ein Hauch von Mandel und Vanille drang in seine Nase.

„Danke, dass du dich geopfert hast. Ich fand den Abend wunderbar."

Die Haustür öffnete sich, kaum dass der Motor erstarb. Ein Gefühl von Neid überfiel ihn, als Jochen seine Frau umarmte und ihm hinter ihrem Rücken verschmitzt zuzwinkerte. Lukas hob die Hand zu einem kurzen Gruß, deutete mit einer unmissverständlichen Geste an, dass sein Kollege ihm etwas schuldete, und brauste davon.

Er empfand ungewohnte Erleichterung, als sein Haus zwischen den Bäumen auftauchte. Wie üblich saß er eine Weile in seinem Wagen und wartete auf die unvermeidliche Beklemmung, die ihn sonst beim Anblick der dunklen Ruine heimsuchte. Doch die blieb aus. Stattdessen fiel ihm auf, dass ein Anstrich nötig war und er neue Fenster einsetzen sollte. Die Fassadenfarbe harrte seit Monaten in der Garage und die Telefonnummer des Fensterbauers haftete an der Kühlschranktür. Ohne sein Zutun strebte sein Körper Richtung Garagentor. Er hatte weiß Gott lange genug gewartet.

*

„Sag es lauter."

Edith trommelte mit ihrem Siegelring auf die Tischplatte.

„Ich kann das nicht."

„Sei nicht albern, Mädchen. Natürlich kannst du."

Paulina verdrehte die Augen und pustete eine Strähne aus ihrer Stirn, die sich aus der ramponierten Hochsteckfrisur gelöst hatte. Einige Herren reckten die Hälse. Offenbar tranken sich nur selten zu so später Stunde drei Grazien in Abendrobe durch die Cocktailkarte der Hotelbar.

Tabea grinste selig. Seit geraumer Zeit himmelte sie den Pianisten am Flügel an, dem ihre Hingabe etwas unheimlich zu sein schien. Paulina gab es auf, ihre Freundin davon abzubringen, den Musiker dazu zu nötigen, Weihnachtslieder zu spielen, da er keines arabischen Volksliedes mächtig war. Also ertrug sie das vierte Jingle Bells an diesem Abend und schwor sich, ihr nie wieder einen Mai Tai zu trinken zu geben. Sie kämpfte im Augenblick sowieso mit anderen Problemen.

Offensichtlich wollte Edith ihr zu mehr Durchsetzungsvermögen verhelfen. Seit sie das Opernhaus verlassen hatten, manövrierte die selbsternannte Lehrmeisterin sie in allerlei pikante Situationen.

In der ersten Cocktailbar nötigte sie Paulina, einen Longdrink zu beanstanden, obwohl der Cuba-Libre einwandfrei daherkam. Anschließend musste sie in einem Gourmettempel einen nächtlichen Snack ordern, der überhaupt nicht auf der Karte stand. Nur knapp waren sie dem Zorn des Chefkochs entkommen, der sich beharrlich weigerte, Pommes mit Mayo und Ketchup zuzubereiten. Im nächsten Etablissement balancierte sie ein Tablett mit etlichen Sektgläsern durch den Raum und ließ sich von ein paar angetrunkenen Fußballspielern auf den Hintern klopfen. In einer Karaoke-Bar intonierte sie dünn „Leaving on a jet-plane" von John Denver, wobei sie so zitterte, dass ihr das Mikro aus der Hand fiel. Ihr Körper revanchierte sich mit einem hartnäckigen Schluckauf für die erlittene Demütigung. Trotz der Standing Ovations kam sie sich mittlerweile vor wie in einer Manöverübung beim Militär. Und Edith von Dahlen entpuppte sich als beileibe nicht zimperlicher Feldmarschall. Sie sorgte dafür, dass Paulinas Alkoholpegel konstant auf Hemmungsschwund blieb und die Grenze zum Kontrollverlust nicht überschritt. Nach der dreiundzwanzigsten Trainingseinheit fand Paulina beinahe nichts mehr dabei, sich lächerlich zu machen. Sie wollte nur noch ins Bett. Also ignorierte sie ihr banges Herz und brüllte:

„Kann mir bitte jemand ein Taxi ordern?!"

Sämtliche Köpfe drehten sich nach ihnen um.

„Letzte Übung für heute, Kind. Teile den netten Herren dort hinten mit, dass sie freundlicherweise ihren Billardtisch für uns freigeben dürfen."

Edith nippte ausdruckslos an ihrem Martini. Tabea gluckste in sich hinein, machte allerdings keinerlei Anstalten, ihr zu Hilfe zu eilen.

„Aber ich kenne nicht mal die Billard-Regeln", trotzte Paulina.

„Umso besser. Eine Dame spielt solch profane Spiele auch nicht."

„Warum wollen wir dann den vermaledeiten Spieltisch?!"

„Aus Prinzip."

Paulina rutschte seufzend von ihrem Barhocker und schritt erhobenen Hauptes in den rückwertigen Bereich der Bar. Der Raum verschwamm bereits vor ihren Augen. Sie lehnte sich lässig über den grünen Tisch. Ihre bedauernswerten Zehen spürte sie längst nicht mehr. Also stützte sie sich behelfsweise mit dem Ellbogen auf die Filzkante, was im Ergebnis eine reichlich wackelige Angelegenheit darstellte. Immerhin entlastete sie ihre Füße.

„Guten Abend, Jungs ...", allmählich wurde ihre Zunge schwer. Bildete sie sich das ein, oder hob und senkte sich der Kristalllüster?

„Meine durchgeknallte Oma will Billard spielen. Was muss ich für die letzte Partie der Herrschaften bezahlen?"

Die beiden Kerle sahen einander amüsiert an. Der eine zwinkerte und trat so nah an sie heran, dass sie seinen fauligen Mundgeruch nach zu viel Kaffee und Zigaretten roch. Sie verzog das Gesicht und drehte sich leicht zur Seite.

„Wir nehmen nur Naturalien, Süße", feixte er und legte seine Hand auf ihren Hintern. Der Zweite hob den Daumen und fiel in das schlüpfrige Lachen ein. Normalerweise hätte sie sich in das nächste verfügbare Mauseloch verkrochen. Mit offensiven Männern konnte sie noch nie umgehen, erst recht nicht mit Exemplaren, die ihre gute Elternstube vergaßen. Doch normal schien hier schon lange nichts mehr. Sie war blau wie ein Pfau, wollte nach Hause und ihre Ängstlichkeit hatte sich infolge der letzten zwölf Stunden in Gleichmut verwandelt.

„Sie haben versehentlich ihre Finger dort platziert, wo sie ohne mein Einverständnis nicht sein sollten", sagte sie schleppend und schlug seine Pranke beiseite. Allerdings beeindruckte das den Lüstling nicht die Bohne. Er grinste bloß und knetete ihre Pobacke. Sie fuhr blitzschnell herum und verpasste dem überraschten Kerl eine Ohrfeige. Fast ebenso perplex betrachtete sie daraufhin ihre brennende Handfläche. Tabea steuerte mit geballten Fäusten den Billardtisch an. Der Zweite packte seinen Kumpel am Hemdsärmel und schob diesen, eine Entschuldigung murmelnd, Richtung Ausgang.

„Gut gemacht Mädchen!", echote es von der Bar. Edith fischte ihr Portemonnaie aus der Manteltasche und legte dem Barkeeper ihre leidgeprüfte Kreditkarte auf die Theke.

„Wir bezahlen, junger Mann."

7. Kapitel

*„Jede Lösung birgt mindestens
zwei neue Probleme."*
Sechste Erkenntnis aus Murphys Gesetz

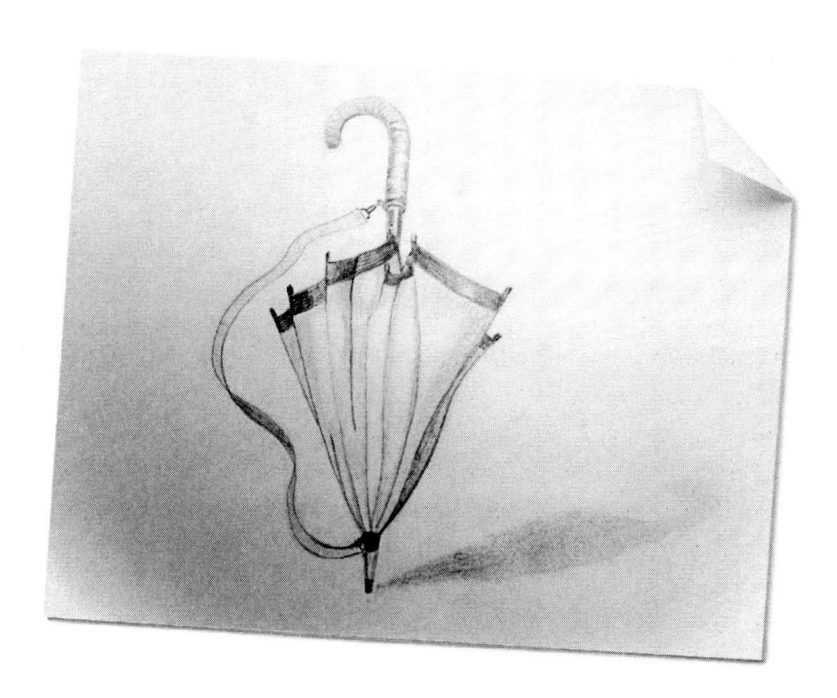

Henriette Lachmeyer saß an diesem Dezembermorgen mit schweren Lidern in ihrem gläsernen Kasten und zählte mühsam die Scheine in die Hand der Kundin. Ihr alljährlicher, persönlicher Weihnachtswahnsinn hatte begonnen und läutete den obligatorischen Konkurrenzkampf Ihres Gatten mit dem Nachbarn ein. Nachdem man den sommerlichen Zwist wegen der ordnungsgemäßen Bepflanzung der Grundstücksgrenzen beigelegt hatte, ging man nun dazu über, einander mit opulenter, weihnachtlicher Außenbeleuchtung zu übertrumpfen. Da die Gegner sich in ihrer Hartnäckigkeit in nichts nachstanden, leuchtete das Lachmeyersche Grundstück schon am 2. Dezember so grell in der Wohnsiedlung, als hielte es sich für die Landebahn des Weihnachtsmanns. Von dem peinlichen Getue der Männer abgesehen, war es aufgrund der hunderttausend Elektrolämpchen auch nachts taghell im Haus und Henriette tat kein Auge mehr zu.

Nach dem dritten Anlauf entließ sie die Kontoinhaberin mit der gewünschten Summe vom Schalter. Ihr müder Blick blieb an einer jungen Frau hängen, die soeben durch die Drehtür ins Foyer trat. Etwas an der Dame, die den Portier freundlich begrüßte, kam ihr vage bekannt vor, doch vermochte sie weder den pelzbesetzten Poncho noch das dezent geschminkte, brillenlose Gesicht einer vertrauten Person zuzuordnen. Erst als das Mädchen mit seiner Tasche an einem der bunten Tannenbäumchen hängenblieb, die den Eingang flankierten, und über die Läuferkante stolperte, dämmerte es ihr. Sie kniff die rotgeränderten Augen zusammen und ignorierte den Kunden, der mit seiner Geldbörse auf den Tresen trommelte.

Es gab keinen Zweifel. Es handelte sich um Paulina Jacoby, die gewohnt eilig und mit gesenktem Kopf die Schalterhalle durchschritt, an der zweiten Säule scharf links abbog und die Anlageberatung ansteuerte. Allerdings nahm sie nicht, wie üblich, die Wendeltreppe ins Obergeschoss, sondern folgte rechts den Stufen, die hinunter ins Souterrain führten. Henriette Lachmeyer schnalzte mit der Zunge. Ihr waren die unschönen Gerüchte zugetratscht worden. Im Stillen bewunderte sie das Mädchen enorm, das erhobenen Hauptes zum Dienst antrat. Sie hätte sofort die Kündigung eingereicht. Der Kunde räusperte sich und warf einen demonstrativen Blick auf seine Armbanduhr. Pflichtschuldig erinnerte sich Henriette ihres berühmten Dienstleistungslächelns und wendete sich ihrer Arbeit zu.

Paulinas Brustkorb fühlte sich an, als trommelte ein Heer winziger Fäuste von innen dagegen. Daran änderte auch die Tatsache nichts, dass sie sich nach den Tagen und Nächten unter der Dahlenschen Knute wie gewandelt vorkam. Eine Woche lang hatte sie den Geschmack einer anderen, größeren Welt genossen, zumeist in Form von schillernden Galadinnern, Theater- und Konzertbesuchen und Vernissagen. Das tägliche Wellness-Programm hatte ihr die letzte Dünnhäutigkeit von den Knochen geschält. Unablässig konfrontiert mit Menschen der höheren Gesellschaft und mittels der unbarmherzigen Übungen Ediths hatte sie gelernt, belanglos zu kommunizieren und zu kokettieren. Und ihren Willen kundzutun. In dem straffen Programm fand sich kein Raum für Zögerlichkeiten, und seit sie vergaß, über ihren nächsten Schritt nachzudenken, blieben sogar die gefürchteten Murphys aus.

Kaum fiel jedoch die Glastür der Schalterhalle hinter ihr zu, sackte ihr Rückgrat in sich zusammen. Gewohnt unsicher schlich sie den unvertrauten Weg das Kellerarchiv hinunter. Die Augen starr auf das Leder ihrer fabrikneuen Schuhe gerichtet, bog sie am Ende des Ganges nach rechts ab, wo das Laminat zuletzt in graue Bodenplatten überging. Das Klackern ihrer Absätze trippelte die Betonwände hinauf. Unwillkürlich duckte sie sich und hob erst an der Türschwelle den Kopf. Sie griff zögernd nach der Klinke, während sie nach dem Lichtschalter tastete.

Beim Anblick des Büros hielt sie verblüfft inne und machte kehrt. Sie hatte sich eindeutig in der Tür geirrt. Doch unter der

Plastikverkleidung des Türschilds prangte die korrekte Raumnummer, die auch nach wiederholter Überprüfung keinen Zweifel ließ. Sie befand sich im richtigen Zimmer. Ungläubig trat sie ein und drehte sich einmal um ihre eigene Achse. Hier wurde nicht nur entrümpelt und saubergemacht. Neue Möbel verströmten den typischen Geruch nach frischer Beize. Ein schmucker Holztisch stand an der Längsseite, an den sich ein samtbezogener Armsessel schmiegte. Hängelampen ersetzten die Neonleuchten und tauchten die Kammer in ein dezentes Licht. Ihre Füße versanken in einem Teppich, die Wände schimmerten in sanftem Orange. Ihre Sachen lagen sortiert auf dem Tisch und von den Regalen lächelten ihre gerahmten Fotografien auf sie hernieder. Den Computer flankierten ein brandneuer Scanner, ein Laserdrucker und eine Maschine, deren Funktion sich ihr nicht erschloss. Auf der Tischplatte begrüßte sie ein Blumenstrauß. Sie fiel in den Sessel und starrte die blauen Blüten an. Ihr Telefon schrillte.

„Willkommen zuhause."

„Jo?"

„Die Kollegen lassen grüßen. Alle freuen sich, dass du wieder bei uns bist. Gehst du nachher mit mir Mittagessen?"

„Furchtbar gern. Aber nur, wenn ich bezahlen darf."

„Gebongt. Ich hole dich um halb eins ab!"

Ihr geflüstertes „Danke" entschwand im Freizeichen der Leitung. Sie sah sich in dem Raum um. Angesichts der Kisten, die sich auf dem Boden stapelten, sank ihr Mut erneut.

„Na, dann wollen wir mal."

Paulina gab sich einen Ruck und machte sich an ihre neue Aufgabe. Die Aktenablage.

Wider Erwarten fand sie das Arbeiten in Begleitung des leise dudelnden Radios entspannend und gar nicht so öde. Sie stand unter keinerlei Leistungs- oder Termindruck. Zunächst klopfte ihr

Fuß den Takt zu einem Popsong. Nach der zehnten Akte summte sie die Melodie mit. Nach dem ersten Karton verlor sie allmählich ihre Hemmungen. Geistesabwesend schob sie den Lautstärkeregler nach oben, bevor sie die zweite Kiste öffnete. Inzwischen wogte ihr Oberkörper im Rythmus vor und zurück, und weil es sowieso total egal war, sang sie schließlich mit. Zwar nicht sonderlich schön, aber dafür laut.

Im Laufe des Nachmittags leerte sie vier große Kartonagen und deponierte die bearbeiteten Vorgänge auf einem Metallwägelchen. Später musste sie die Dokumentenmappen im Hauptarchiv alphabetisch einordnen. Überrascht stellte sie fest, dass sie ihr anvisiertes Tageslimit erreicht hatte.

Sie lehnte sich in ihrem Sessel zurück, stützte die Beine auf die Tischplatte und führte sich eine Akte zu Gemüt, die sie beiseitegelegt hatte. Sie konnte nie genug über erfolgreiche Anlagegeschäfte lernen. Vielleicht benötigte sie diese Fachkenntnis, sollte sie doch nicht gekündigt werden. Ihr Fuß wippte den Takt zu „Moonwalk" von Van Morisson und sie biss herzhaft in ihr Thunfisch-Sandwich. Unerwartet stolperte sie über ihren eigenen Namen.

Sie holte Luft, vergaß, dass sie ein Stück Toast kaute, und hustete. Als sie mit noch immer tränenden Augen die Seitenreiter durchgeblättert hatte und schließlich bei den Anlagefonds innehielt, beschlich sie ein merkwürdiges Gefühl. Irgendetwas stimmte hier nicht. Die Zahlen kamen ihr falsch vor. Vor allem beunruhigte sie, dass sie sich nicht an den Inhalt erinnerte, obwohl unter der Bearbeitung ihr Kürzel stand.

Sie überflog den Sachbearbeitungsindex und betrachtete den Schutzumschlag. Schlug die Mappe erneut auf und blätterte die erste Seite um. Auf dem Deckblatt prangte deutlich ein dunkler Fleck.

Plötzlich fiel ihr ein, wann sie diesen Hefter schon einmal gesehen hatte. An dem Tag ihres Kaffeemissgeschickes lag der Vorgang unbearbeitet auf ihrem Schreibtisch und musste bei ihrem Sturz in die Kaffeelache gefallen sein. Jemand hatte den Umschlag ausgewechselt, den Kaffeefleck jedoch übersehen, das Kundenkonto gelöscht und den Ordner anschließend in die Ablage verräumt. Es handelte sich eindeutig um eine Akte aus Natalie Soltaus Portfolio.

Spaßeshalber tippte sie ihr altes Kennwort in ihren Computer und drückte die Entertaste. Der Bildschirm färbte sich schwarz. Enttäuscht ließ sie die Schultern sinken. Doch Minuten später piepste die Maschine und das Zugangsfenster öffnete sich. Ein breites Grinsen überzog ihr Gesicht. Tatsächlich hatte die Geschäftsleitung es versäumt, ihren Generalzugang zu sperren. Sie tat also nichts Verbotenes, wenn sie den Fall überprüfte. Konzentriert begann sie, die Beträge mit den Kundenangaben abzugleichen.

*

Als Paulina nach gefühlten Stunden den Kopf hob, purzelten in Ihren Gehirnwindungen Zahlen und Daten durcheinander. Ihr Feierabend hatte längst begonnen. Zwischenzeitlich hatte sie mehrere Mappen mit Kaffeeflecken in den Kisten gefunden. Offenbar war der gesamte Stapel von ihrem Schreibtisch in die Ablage gewandert. Auch diese Vorgänge kamen ihr in ähnlicher Art und Weise manipuliert vor und trugen ihr Kürzel, obwohl sie die Akten definitiv nie bearbeitet hatte.

Ein lapidares Gefühl flüsterte ihr ein, dass sie auf unsaubere Geschäfte gestoßen war, die auf Natalie Soltau hinwiesen. Doch ohne handfeste Beweise konnte sie nichts ausrichten, zumal sie sich als Verdächtigte ohnehin in einer schwachen Position befand.

Also stütze sie das Kinn in die Hände und suchte weiter.

Vor allem verursachte ihr die merkwürdige Unstimmigkeit

zwischen Anlagevermögen, Anlageform und den daraus erwirtschafteten Gewinnen Kopfzerbrechen. Zudem kam Paulina die an die Bank geflossene Provision viel zu niedrig vor.

„Bei diesem exorbitanten Anlagegewinn müsste die Tantieme für die Kreditgesellschaft eigentlich höher ausfallen ..."

Sie runzelte die Stirn und griff nach dem Taschenrechner, um abermals die Summen einzugeben. Am Ende prangte immer dasselbe Ergebnis auf dem Display. Sie blätterte zu den Kontoauszügen, um nachzusehen, wohin der Gewinn geflossen war.

Unüblicherweise hatte man die Rendite gesplittet ausgezahlt. Ein Teil ging zu einer Kölner Privatbank und der andere, wesentlich höhere Betrag an ein Konto bei der Deutschen Bank in Berlin. Das Depot in Köln gehörte eindeutig dem auftraggebenden Kunden, einem Dr. Hegemann. Die Kontoinhaberin in Berlin, eine gewisse Marlies Schneider, tauchte nirgendwo in der Akte auf.

„Was genau, Natalie, hast du in meinem Namen veranstaltet?" flüsterte Paulina.

Natürlich mochte das Ganze reiner Zufall sein. Vermutlich besaß dieser Dr. Hegemann Familie in der Hauptstadt. Dennoch keimte ein unerhörter Verdacht in ihr auf. Stammte die Soltau nicht ursprünglich aus dem Osten? Mehr als einmal war ihr die unverkennbare Klangfärbung in Giraffennatalies Stimme aufgefallen und ständig schwärmte sie von ihren ausufernden Shoppingtouren im Kaufhaus des Westens. Nach kurzem Nachdenken loggte sie sich mittels ihres Generalzugangs in die Personalakten ein und googelte anschließend eine digitale Straßenkarte im Internet.

„Welch seltsamer Zufall", murmelte Paulina.

Berlin lag nur einen Katzensprung von Natalies alter Heimat entfernt.

Sie griff nach den anderen beiden Ordnern und schrie auf. Auch hier wurden die Gewinne gesplittet und an zwei unterschiedliche Empfänger überwiesen. Ein Betrag an den Kunden und der Zweite zwar nicht an eine Marlies Schneider, aber zweifelsfrei ... auf ein Berliner Konto.

Ihr Finger trommelte auf der Schreibtischplatte herum, mit einem Knacken brach der Bleistift in ihrer Hand entzwei. Sie warf die gesplitterten Teile achtlos in den Mülleiner.

Die Wahrheit ruhte einen Telefonanruf entfernt. Paulina betrachtete unschlüssig die Kontaktdaten des Kunden. Sie traute sich nicht, Dr. Hegemann privat zu belästigen, um ihn zu fragen, ob er eine Marlies Schneider kannte. Nicht auszudenken, stäche sie mit ihrer Neugier in ein Wespennest. Es musste einen anderen Weg geben, um herauszufinden, ob die Soltau etwas mit dieser Frau zu schaffen hatte.

Vage dachte sie an den sterilen Arbeitsplatz ihrer Kollegin. Wahrscheinlich ein sinnloses Unterfangen, Natalie würde kaum Beweismaterial in ihrem Schreibtisch bunkern. Andererseits stellte die Suche dort eine weitaus angenehmere Alternative zu dem späten Anruf bei der ahnungslosen Familie Hegemann dar. Um diese Uhrzeit befand sich mit Sicherheit kein Angestellter mehr im Haus. An ihrem Schlüsselbund baumelte der Generalschlüssel und zeigte den sorglosen Vorständen eine lange Nase.

Im Grunde fand Paulina nichts Unerlaubtes daran, wenn sie in ihrem alten Büro nach eventuell vergessenen Papieren sah. Allenfalls liefe sie den Putzleuten über den Weg, für die sie ein bekanntes Gesicht darstellte. Nach kurzem Zögern fuhr sie ihren Rechner herunter, stopfte die Akten in ihre ausladende City-Bag und schlüpfte in ihren Poncho. Sie schulterte den Riemen der schweren Handtasche und begab sich entschlossen auf den Weg hinauf in die Anlageabteilung.

Das Treppenhaus lag gespenstisch im Dunkeln. Der Mond warf einen schwachen Schein durch die Glaskuppel der Schalterhalle, der sich zwischen die Glasfassaden zwang und als Abbild seines mehrfach gebrochenen Lichtstrahls auf die Stufen tröpfelte.

„Stell dich nicht so an, Mädchen. Das Mondlicht beißt nicht, du stolperst allenfalls über deine eigenen Füße, wenn du vor Angst die Augen zukneifst. Also schau gefälligst auf deinen Weg!" Ediths hochmütige Stimme im Ohr, betrat sie zögernd den Wendelgang.

Die Großraumabteilung lag vor ihr wie ein längst vergessener Ort. Sie verbot sich jede gefühlsduselige Anwandlung, als ihr ehemaliger Arbeitsplatz sie leer und verlassen begrüßte. In der untersten Schublade wurde sie fündig und steckte befriedigt den Alibifund in Form eines Porzellanhündchens in ihre Tasche. Zielstrebig steuerte sie Natalies Schreibtisch an. Sie konnte sich eine gewisse Häme nicht verkneifen, als sie den Aktenberg sah, der sich auf der sonst so aufgeräumten Fläche türmte. Offenbar fand sich nach ihrer Versetzung kein Dummkopf, der sich der blauen Akten annahm. Sie blätterte in dem Tischkalender und ließ ihn kurz darauf enttäuscht sinken. Natürlich hatte die umsichtige Giraffennatalie ihre Berlinbesuche nicht in der Kladde eingetragen.

Paulinas Miene erhellte sich unvermittelt. In Hagen Schneiders Büro hing der Jahresplaner, in den alle Abteilungsmitglieder ihren Urlaub eintrugen. Sie griff im Vorübergehen nach einem Schreibblock und klaubte einen Kuli aus der Stiftbox. Natalies Lieblingsstift. Nur recht und billig, wenn das hübsche Ding in ihr Eigentum überwechselte.

Etwas knirschte unter ihren Sohlen, Paulina bückte sich und hob eine silberne Halskette in die Höhe. Natalies Amulett. Der Verschluss war gerissen, aber der kleine Anhänger schien intakt. Sah aus wie ein Schließfachschlüssel. Lustig. Die eingravierte Nummer darin bestand aus den Zahlen ihres Geburtsdatums. 2312. Sie widerstand der Versuchung, die Kette in den Mülleimer zu werfen und drapierte das Schmuckstück ordentlich auf der Schreibtischunterlage.

Wie erwartet stand der Name Soltau quer über allen Brückentagen des gesamten Jahres und siedelte in den begehrtesten Monaten außerhalb der Ferienzeiten. Diese Urlaubstage konnte sie mit etwaigen Kontobewegungen auf Marlies Schneiders Konto abgleichen. Unter Bankangestellten erteilte man ihr in Berlin sicherlich bereitwillig Auskunft, stellte sie es geschickt an. Paulina kritzelte das letzte Datum auf ihren Block, als sie plötzlich erstarrte. Ein Telefon schellte.

Sie kehrte Hagen Schneiders Büro den Rücken und spähte am Türrahmen um die Ecke. Nach wie vor lag der Raum im Dunkeln. Die Putzfeen werkelten noch in den unteren Stockwerken. Wer zum Teufel erhielt um diese Uhrzeit einen geschäftlichen Anruf? Und falls es sich um ein privates Anliegen handelte, wer sollte dieses jetzt entgegennehmen?

Sie musterte paralysiert den Schreibtisch. Fast automatisch folgten ihre Beine dem Klingeln. Der Apparat ihrer Kollegin schrillte unverdrossen. Paulinas Hand arbeitete schneller als ihr Verstand. Schon presste sie die Muschel an ihr Ohr.

„Hallo?"

Ein Knacksen und Rauschen ließ erahnen, dass der Anrufer von einem Mobilteil aus telefonierte. Mutig geworden, meldete sie sich erneut.

„Wer spricht da?"

„Natalie Soltau?" Die raue Stimme klang fremdländisch.

Sie schüttelte den Kopf und antwortete „Ja?", noch ehe sie ihr vorlautes Mundwerk stoppen konnte.

„Paket im Paul's Club. Elf Uhr an Sektbarr."

Paulina suchte fieberhaft nach einer Entgegnung. Doch ihr Widerspruch tönte in das Freizeichen. Er hatte aufgelegt.

*

Keine Ahnung, welcher Teufel sie ritt. Als sie sich ins Auto setzte, tat sie dies in dem festen Vorsatz, umgehend nach Hause zu fahren. Nicht nur weil ihr Mitteilungsdrang sie fast zerriss. Ihr Magen knurrte und sie fühlte sich erschöpft und müde. Trotzdem steuerte sie ihren Wagen in die Innenstadt.

Sie kannte das Paul's. In der hoteleigenen Bar des Dorinth spielte man Livemusik bis in die Morgenstunden, jeder Köln-Führer beschrieb die Veranstaltungen als legendär. Die Musik animierte zu einem Hüftschwung auf der Tanzfläche, die Bar war zumeist überfüllt von Messebesuchern und schnöseligen Anzugträgern. Man munkelte, dass sich dort Edelprostituierte herumtrieben, welche Paulina allerdings nie von all den anderen freizügig bekleideten Damen unterscheiden konnte, die sich sektlaunig in der Lounge verlustierten. Im besten Fall ging sie in den Menschenmassen unbemerkt unter. Sie beabsichtigte beileibe nicht, anstelle Natalies irgendwelche krummen Dinger zu drehen. Mit Drogen hatte sie nichts am Hut. Nur einen winzigen Blick wollte sie riskieren, interessiert, mit welch zwielichtigen Gestalten die Soltau Geschäfte betrieb. Sie würde in gebührendem Abstand am Tresen ein Gläschen trinken und nur ein zufälliges Auge auf das Geschehen werfen.

Als Paulina das Paul's kurz vor elf betrat, war der Raum leer, abgesehen von einem Männertrupp an der Theke und den Musikern auf der Bühne. Auf der Eckcouch flirteten zwei leichtbekleidete Damen mit den Herren, die eine Runde Tequila kippten und sich sichtlich über das unverhohlene Interesse der Sofamädels amüsierten. Sie sollte postwendend den Rückzug antreten. Die Müdigkeit ließ sich kaum noch zurückdrängen. Was für eine blödsinnige Idee, Natalie hinterher zu schnüffeln! Die Soltau mochte zwar ein Miststück sein und hier und da ein Näschen Schnee passte zweifellos zu ihrem überkandidelten Wesen. Kriminelle Machenschaften dieses Kalibers traute sie ihr jedoch nicht zu. Als sie eine Kehrtwendung vollführte, rempelte sie gegen eine schmale Gestalt.

„Natalie Soltau?"

Das Gesicht des Mannes wurde teils von der Kapuze seines Hip-Hopper-Sweatshirts verdeckt, halb hielt er sich von ihr abgewandt, so dass sie nur eine Reihe gelblicher Zähne aufblitzen sah. Ein indifferenter Geruch strömte von ihm aus, der an eine Mischung aus Marihuana und Mandelkeksen erinnerte. Sie nickte spontan, wenn auch ungewollt und senkte sofort den Blick. Im nächsten Augenblick übergab er ihr ein Päckchen, groß wie ein Taschenbuch, leicht wie eine Zigarettenschachtel. Perplex musterte sie das verschnürte Paket, doch ihre Abwehr lief ins Leere. Der Kurier war wie vom Erdboden verschluckt.

Die Furcht überfiel sie jäh und unerwartet. Mit einem Mal brach ihr der Schweiß aus, ihre Hände zitterten. Der Barkeeper beobachtete sie aufmerksam, während er unentwegt dasselbe Cognacglas polierte. Sie fand ihn plötzlich überaus verdächtig und sich selbst in extrem brisanter Lage. Nicht auszudenken, liefe sie jetzt der Polizei über den Weg. Nervös betrachtete sie die scherzenden Kerle an der Theke, die Trinklieder anstimmten. Hatte sie nicht gelesen, dass verdeckte Ermittler so was inszenierten? Und sah der eine Typ nicht ständig zu ihr herüber? Höchste Zeit unterzutauchen. Zögernd wendete sie sich um. Der Kapuzenmann war Richtung Haupteingang verschwunden und sie scheute sich, denselben Weg hinaus zu nehmen. Vielleicht kam dem Boten die Übergabe im Nachhinein seltsam vor. Was, wenn er draußen mit gezücktem Messer auf sie lauerte und ihr das Päckchen abnahm, noch ehe sie einen Blick hineinwerfen konnte? Oder sie es gar mit einer ganzen Bande Drogendealer, Junkies oder was auch immer zu tun bekam?

Suchend sah sie sich nach einem Fluchtweg um. Das grüne Notausgangsschild mit dem Toilettensymbol blinkte einladend. Sie könnte das Paket dort in Ruhe in Augenschein nehmen und danach entscheiden, wie sie mit dem Inhalt verfuhr. Notfalls würde sie das Kokain gleich die Toilette runterspülen und durch den Hinterausgang verschwinden. Also lächelte Paulina den Herren an der Bar zu, woraufhin sich der eine gemächlich erhob. Im nächsten Moment schloss sich hinter ihr die Tür.

Erleichtert zog sie die Kabine zu, schob den Riegel vor und lehnte sich mit dem Rücken gegen das weißlackierte Sperrholz. Ihr eröffnete sich der Blick auf eine gelbgeränderte Toilettenschüssel, in der ein Fetzen braunverschmierten Papiers schwamm. Sie drückte mit spitzem Finger die Spülung. Erst jetzt klappte sie den Deckel herunter, setzte sich und hob die Knie an. Nur falls einer nachsah. Sie lauschte noch einmal nach draußen, verknotete ihre Beine zum Schneidersitz und widmete sich der Kordel ihres Drogenpäckchens.

Knoten waren schon in jungen Jahren ein Problem für ihre ungeschickten Hände gewesen. Ihre Kindergärtnerin hatte ihre vergeblichen Versuche, Schuhe zuzubinden, mit hochgezogenen Augenbrauen als „feinmotorisches Defizit" bezeichnet und Paulinchen daraufhin wochenlang genötigt, alles zu einer Schleife zu binden, was nach zwei Schnüren aussah. Papa lachte nur, als sie sich standhaft weigerte, sämtliche zusammengebundenen Schuhe der Familie Jacoby aufzudröseln. Er hatte seiner heulenden Tochter ein Taschentuch gereicht und kommentarlos zur Schere gegriffen.

Das Trauma ihrer Kindheit wiederholte sich ausgerechnet unter unerträglichem Zeitdruck. Fluchend fingerte sie an dem Band herum und schlug kurzerhand ihre Zähne in die renitente Hanfschnur.

Endlich entblätterte das Packpapier sich. Der Triumphschrei entfuhr ihr in eben dem Moment, als jemand rüde die Tür aufstieß.

Sie raffte das Papier zusammen, presste das Päckchen an ihre Brust, bemüht, auf dem wackeligen Toilettensitz nicht das Gleichgewicht zu verlieren. Sie atmete durch den geöffneten Mund und schielte ängstlich nach der Schnur auf dem Boden.

Die schlurfenden Schritte verhielten genau vor ihrer Kabine und ein Paar braune Herrenschuhe gelangten in ihr Blickfeld. Wie in Zeitlupe senkte sich die Klinke. Paulina zog die Knie höher und barg ihr Gesicht im Schoß. Sie war geliefert.

Doch die Waschraumtür ging erneut mit quietschenden Angeln, der Kabinengriff schnellte zurück.

„He he ... Rudi, falsche Tür, Mann. Dat iss'n Damenklo, du Depp!"

Die Schuhe verschwanden. Jemand lachte meckernd und ein Klatschen ertönte. Sie hauten sich gegenseitig auf die Schultern. Wieso machten Kerle das dauernd?

„Hab' mich schon gewundert, wo die Pissbecken sind."

Paulina fiel beinahe in Ohnmacht. Noch Minuten später kauerte sie wie angetackert auf ihrem Toilettensitz und wusste nicht, ob sie erleichtert war oder einfach nur unter Schock stand. Sie musste die Schachtel loswerden, und zwar in Windeseile. Vergiss den Inhalt, bloß weg hier, beschwor sie sich und wickelte das lose Papier um das Päckchen. Kurzerhand legte sie dieses auf die Ablage zwischen Spülkasten und Fensterbank. Aus den Augen, aus dem Sinn. Ihre Neugier hatte sich in äußerst dünne Luft verwandelt.

Dann entriegelte sie die Tür und steckte den Kopf aus der Kabine. Erst in der Gewissheit, dass der Waschraum verwaist im Neonlicht lag, trat sie hinaus. Ihr Spiegelbild blickte ihr erschrocken entgegen und riet ihr dringend, das Weite zu suchen. Genau das hatte sie vor.

Paulina flog aus der Notausgangstür und durchquerte zügig

den spärlich erleuchteten Hinterhof. Sie umrundete die Müllcontainer, bog um die Ecke und ließ den Club hinter sich, ohne sich umzusehen. An der Straße angelangt, begann sie zu laufen.

„Halt! Warten Sie!"

Au Backe. Paulina rannte noch schneller.

„He! Stopp!"

Bloß nicht umsehen. Sie legte an Tempo zu. Als trainierte Läuferin wäre sie mit Leichtigkeit ihrem Verfolger entkommen. Doch sie war nun einmal, wer sie war. Das Hindernis sah sie zwar, reagierte aber viel zu spät. Wich einem Pärchen aus, das innig umschlungen mitten auf dem Gehweg flanierte. Verpasste jedoch den Absprung über den Altpapierstapel, der zur morgigen Abholung bereitlag. Ihr rechter Fuß verhedderte sich zwischen Schnüren und Zeitungen, ihr linker schlitterte in die grinsende Julia Roberts. Mit einem Schrei ging sie zu Boden.

Als sie die Augen aufschlug, lag sie hilflos auf dem Rücken und starrte in entsetzte Mienen, während kalte Flocken auf ihrem Gesicht schmolzen. Jemand hielt ihr eine behandschuhte Hand entgegen. Kaum auf beiden Beinen, von denen keines gebrochen schien, obwohl ein stechender Schmerz in ihrem Knöchel wummerte, wehrte sie die Passanten ab, die sich mittlerweile um sie scharten. In ihrer neuen Strumpfhose klaffte ein Riss, bedauernd wischte sie den Schmutz von dem ruinierten Kleid. Mit zusammengebissenen Zähnen hüpfte sie auf der Stelle, ihren Helfern demonstrierend, dass ihr nichts fehlte. Lächelte und verkniff den Schmerzensschrei. Glücklicherweise verstreuten sich die Leute, wenn auch zögerlich.

„Pardon ...", meldete sich eine weibliche Stimme.

„Alles in Ordnung, gehen Sie ruhig weiter."

Jemand streckte ihr ein braunes Päckchen entgegen. Paulina sah auf. In der schüchternen Frau erkannte sie eines der Sofamädels.

„Sie sind so schnell weggelaufen ... das hier haben Sie auf der

Toilette im Paul's Club vergessen. Ich wollte Sie nicht erschrecken, tut mir leid."

Sie erwiderte die Entschuldigung mit einem betäubten Nicken. Schüttelte den Kopf, obwohl der Schmerz ihre fröhliche Miene Lügen strafte, sah rasch von links nach rechts und steckte das Paket in ihre Tasche. Ihre zitternden Hände verbarg sie unter dem Poncho.

„Vielen Dank. Das ist sehr freundlich von Ihnen."

Dann kehrte sie der Blondine und ihrem fragenden Blick den Rücken und humpelte, so zügig es eben ging, davon.

*

„Was zum Henker soll das sein?"

Ratlos betrachtete Tabea die auf dem Esstisch verstreuten Papiere. Edith nippte an ihrer Kaffeetasse, während Paulina irritiert den Personalausweis einer Marie Weller in ihrer Hand drehte.

Mit Drogen oder Falschgeld hatte Natalie Soltau tatsächlich nichts am Hut. In dem Päckchen befanden sich lediglich Unmengen von Inhaberpapieren.

„Ausweispapiere, Gehaltsbescheinigungen ... und Mietverträge."

Tabea sortierte mit flinken Fingern die Unterlagen zu akkuraten Häufchen.

„Insgesamt sechs Personen. Herta Meier, Klaus Hühnemann, Gerd Sander, Marie Weller, Ruthild Gilbert und ... Mathilde Boden."

„Wozu braucht die Soltau das alles?"

„Keine Ahnung."

Konsterniert überflog Paulina eine Mietbescheinigung und las das Dokument erneut. Selbst Maximilian schnüffelte an dem Blätterstapel, ließ aber enttäuscht davon ab. Nicht essbar, lautete sein

Urteil. Niedergeschlagen rollte er sich auf ihrem Schoß zu einer braunen Fellwurst zusammen.

„Die Urkunden sehen authentisch aus."

Edith schnalzte missbilligend.

„Vollkommen nebensächlich, ob echt oder nicht. Die Frage ist: Wofür kann man diese Schriftstücke brauchen?"

„Moment!"

Ein völlig abwegiger Gedanke schoss durch Paulinas Kopf. Das war unmöglich. Oder doch nicht? Sie dachte an die Akten in ihrer Tasche. Die Unterlagen passten wie die Faust aufs Auge zu ihrem Verdacht.

„Mit diesen Papieren könnte man ein Flugticket kaufen", grinste Tabea.

„Oder einen Kredit aufnehmen", nickte Edith zustimmend.

„Ja, das könnte man ...", Paulina verstummte mitten im Satz.

„Was?!"

„Man könnte damit aber auch ein Konto eröffnen."

8. Kapitel

*„Das Geheimnis der Freiheit liegt in der Einsicht,
dass sowieso alles egal ist."*
Siebte Erkenntnis aus Murphys Gesetz

Tabea bügelte das Oberhemd erneut. Es gelang ihr einfach nicht, die Baumwolle durchgehend zu glätten. War sie mit einer Seite fertig und drehte das Hemd auf links, verspottete eine mit Bügelfalten übersäte Rückseite ihre Bemühungen. Wütende Tränen schossen in ihre Augen.

Stefan hatte bei dem allmorgendlichen Telefonat ungehalten und enttäuscht reagiert, als sie ihm beichtete, dass sie noch immer kein Ticket nach Dubai besaß. Allzu treffend entlarvte er Tabeas Argumentation von wegen Schneetreiben und Verkehrschaos als lahme Ausrede. Er begriff ihr Zaudern nicht und drängte sie, die Koffer zu packen. Am Schluss zweifelte er sogar an ihren Gefühlen.

Tabea verstand sich ja selbst nicht. Die Hitze, die kulturellen Unterschiede und Sprachbarrieren würde sie meistern. Auf die Ehefrau des deutschen Ingenieurs wartete ein finanziell sorgenfreies Dasein mit allen Annehmlichkeiten. Aber allein der Gedanke an ein Leben in einem arabischen Land löste in ihr Beklemmungen aus. Alles in ihr sträubte sich, das Vertraute missen zu müssen, Köln, ihre Familie, ihre Freunde. Die letzte Chance auf einen beruflichen Wiedereinstieg, auch wenn sie keinen Schimmer hatte, wie der aussehen könnte. Schon in den heimatlichen Gefilden bewältigte sie kaum ihren Alltag. Die ominöse Übelkeit setzte sie täglich außer Gefecht, als reagierte ihre Psyche unmissverständlich auf ihre Zweifel. Langsam sollte sie einen Arzt konsultieren.

Kurzerhand schaltete sie den Hitzegrad auf höchste Stufe, biss die Zähne zusammen und presste das Eisen auf den Bügeltisch. Es zischte und dampfte, der Ärmel knisterte entkräftet. Der Geruch von verbranntem Textil stieg vom Bügelbrett auf.

„Was genau machst du da eigentlich?"

Edith ließ die Morgenzeitung sinken. Seit einer knappen Stunde wohnte sie den frühmorgendlichen Hausarbeiten bei. Tabea schrubbte unverdrossen den Fußboden, der bereits blitzrein glänzte, wischte erneut blanke Flächen ab und legte Wäsche zirkelgenau aufeinander. Wahrhaftig drehte sie sämtliche Tassen im Schrank mit den Henkeln in dieselbe Richtung.

„Ich bügele."

„Das sehe ich. Mir erschließt sich nur nicht, wieso du ein fertig gebügeltes Hemd dazu nimmst."

„Dieses Ding ist NICHT gebügelt!", brüllte Tabea und hielt anklagend die Brandlöcher in die Höhe, „sondern reif für den MÜLLEIMER!"

Sie warf das gute Stück auf den Boden und trampelte darauf herum. Edith faltete den Stadtanzeiger zusammen und verschränkte die Arme vor der Brust. Als das Textil per gezieltem Fußtritt durch die Küche flog, nickte sie zufrieden.

„Fein. Beenden wir damit dein Hausfrauendasein, für das du offenbar nicht geschaffen bist." Die alte Dame schälte sich aus der Eckbank, glättete ihren Tweedrock und ging an der kurzatmigen Tabea vorbei. Sie bückte sich nach dem Wäschekorb und verschwand samt ihrer Last im Flur.

„He, was machst du da?"

„Wir überlassen das Bügeln denjenigen, die etwas davon verstehen. Auf dem Weg zu meinem Haus befindet sich eine Wäscherei."

„Wir fahren zu ... dir?"

„Komm schon, Mädchen. Retten wir meine Habseligkeiten vor den Aasgeiern, ehe der Rest unter den Hammer kommt."

Tabea zuckte die Schultern und bekämpfte den Drang, sich zu übergeben. Sie konnte kaum behaupten, Besseres zu tun zu haben.

*

Zum x-ten Mal wählte Paulina Jos Anschluss im Kundencenter an. Erfolglos. Sie musste dringend mit jemandem sprechen, der sich mit Bankgeschäften auskannte. Ihr fiel nur ein Mensch in diesem Gebäude ein, dem sie vertraute.

Bereits am frühen Morgen hatte sie vorgeblich einer Fehlbuchung bei der Deutschen Bank im Berliner Süden angerufen und gottlob eine freundliche Sachbearbeiterin erwischt, die ihren Köder ohne Nachfragen schluckte. Bereitwillig hatte sie die Kundendaten einer Marlies Schneider aufgerufen und bedauernd festgestellt, dass das Konto nicht mehr existierte. Die unerhebliche Summe in Höhe von 75.000 Euro hatte die Kundin am 2. November persönlich abgehoben und die Bankverbindung anschließend gekündigt. An diesem Tag, einem Brückentag vor Allerheiligen, hatte Natalie Urlaub genommen.

„Du riefest nach mir, holde Paulina?"

Ihr Kollege stand lächelnd im Türrahmen. Er schnippte mit den Fingern und wies mit dem Kinn zu Paulinas kleinem Transistorradio.

„Hey, guter Song. Rangierte 2003 auf Chartplatz 14, in Großbritannien sogar auf 4."

Sie drehte die Lautstärke herunter und blickte ihn strafend an.

„Erstens, wo steckst du dauernd? Zweitens, kann ich mit dir reden?"

„Was habe ich verbrochen?"

Schelmisch zog er an ihren Haaren und ließ ihre Fragen unbeantwortet. Paulina schüttelte den Kopf und hob abwehrend die Hand.

„Okay, lass uns was trinken gehen. Ich liebe dieses Ladde maschiado."

„Latte macchiato."

„Na wie auch immer. Kaffee halt."

Er vollführte einen Diener und öffnete die Tür. „Nach Ihnen, junge Frau."

*

„Wow! Das ist ja ein Palast!"

Tabea kam aus dem Staunen nicht mehr heraus. Sie war schon mächtig beeindruckt, während sie das Käfercabrio nach Marienburg, das teuerste Viertel Kölns, gesteuert hatte. Aber sobald das schmiedeeiserne Tor hinter ihnen lag und sie die eichengesäumte Auffahrt hinauffuhren, verschlug es ihr völlig die Sprache. Sie hatte sich kaum getraut, aus dem Auto auszusteigen.

Nun standen sie seit geraumer Weile vor der schweren Sicherheitstür. Schließlich ließ Edith den Schlüssel sinken, der weder mit gutem Zureden noch mit roher Gewalt in das Schlüsselloch passte. Ungehalten stampfte sie mit dem Fuß auf.

„Dieser elende Gerichtsvollzieher."

Tabea fühlte Mitleid, trotzdem entschlüpfte ihr ein Grinsen. Die alte Frau war fuchsteufelswild. Sie entzog sich ihrer Umarmung, drückte ihr Maximilians Leine in die Hand und verschwand um das Gebäude.

„Edith. Lass uns nach Hause gehen!"

Natürlich erhielt sie keine Antwort. Resigniert sank sie auf die marmornen Stufen und kraulte den Mops, der seine Schnauze auf ihr Knie legte und grunzte. Das Grundstück als Garten oder Wiese zu bezeichnen, wäre eine Beleidigung. Vor ihr erstreckte sich definitiv ein Park, mitsamt griechischer Götterstatue und Goldfischteich. Vielmehr Goldfischsee.

„Hereinspaziert!"

Lautlos schwang die Haustür von innen auf. Tabea schaute rasch von rechts nach links und lugte in das Foyer.

„Ist das nicht irgendwie Einbruch?"

Ihr Blick glitt ehrfurchtsvoll durch die Halle. Sie legte den Kopf in den Nacken und betrachtete die Stuckverzierungen, die die gesamte Decke einnahmen. Dieses Haus musste ein Vermögen wert sein. Ehrlich gesagt, wollte sie gar nicht wissen, was es kostete.

„Rede keinen Unsinn, Mädchen. Das hier war vierzig Jahre lang mein Zuhause. Man kann in sein eigenes Leben nicht einbrechen."

Edith stieg zielstrebig die opulente Freitreppe hinauf, die in den oberen Stock der Villa führte.

„So gesehen, hast du natürlich recht", murmelte Tabea. Selbst das Geländer überzog eine kunstvolle Goldplattziselierung. Ihre Füße versanken in einem zentimeterdicken Teppich, als sie die Stufen hinter Edith hinaufeilte.

*

„Moment, damit ich das korrekt verstehe ..."

Jo rutschte auf seinem Sitz nach vorne, so dass die Sprungfedern quietschten und Paulina sein Rasierwasser riechen konnte. Tabac Original. Offenbar war ihr Kollege nostalgisch veranlagt, dabei schätzte sie ihn kaum älter als Mitte dreißig.

„Du meinst also, jemand in der Blau & Cie. veranstaltet krumme Dinger mit fiktiven Konten, auf denen er unlautere Provisionen und Spekulationsgewinne parkt?"

So formuliert klang das Ganze tatsächlich ziemlich phantasievoll. Kein Wunder, dass er glaubte, sie mache Witze. Sie verschränkte die Arme vor der Brust.

„Gut, nochmal langsam: Wenn ein Bankkunde sein Vermögen investieren wollte, so würde dies ein Fachberater der Anlageabteilung für ihn tun. Im Allgemeinen bestimmte der Kunde, ob sein Geld sicher mit niedriger Gewinnspanne oder spekulativ mit hohem Gewinn angelegt wird. Die Bank nimmt die Tantiemen ein, die Erträge gehen an den Anleger", fasste Jo ihre Ausführungen zusammen. Paulina nickte.

„Gelangt der Auftraggeber allerdings an einen windigen Bankberater, buchte der heimlich die stabile Anlageform zu einer risikoreichen um. Durch diese Umbuchung fällt eine erhöhte Prämie ab. Summe eins für den Betrüger. Okay, das verstehe ich. Und weiter?"

„Zum Zweiten entsteht ein bedeutend höherer Gewinnertrag, von dem der Kunde natürlich nichts weiß. Der Berater schüttet die Gewinnsumme aus der ursprünglichen Anlage aus, ein Bruchteil des erwirtschafteten Geldes. Die Differenz streicht der Bösewicht ein. Summe Zwei."

Jo hob eine zweifelnde Augenbraue.

„Aber der Zaster muss doch nachzuverfolgen sein!"

Paulina nickte.

„Gut erkannt. Das Kapital landet von der Blau & Cie. aus auf einem Zwischenkonto unter falschem Namen ... in Berlin beispielsweise. Ein solches Konto eröffnet man problemlos mittels gefälschter Papiere: Personalausweis, Gehaltsbescheinigung und Adressnachweis. Der Berater hebt das Geld in bar ab und löscht danach das Transferkonto. Vermutlich besitzt er noch diverse fiktive Konten bei verschiedenen Bankhäusern. Die unlauteren Provisionen und Gewinne zahlt er wiederum dort ein und prompt ist das Vermögen verschwunden. Aufgrund der Bareinzahlungen und weil die vermeintlichen Kontoinhaber nicht existieren, kann niemand irgendjemandem was nachweisen."

Jo pfiff anerkennend durch die Zähne.

„Von wie viel Schotter reden wir da?"

„Das geht je nach Einlage in die Tausende, eventuell eine Nullstelle mehr. Funktioniert das Geschäft, merkt keiner was."

„Teuflisch genial!"

„Teuflisch ist treffend ausgedrückt. Und ich glaube, der Chef hat die Finger mit drin."

„Hagen Schneider? Wieso der denn?!" Er lachte ungläubig, als mache sie Witze.

„Er benimmt sich merkwürdig." Paulina riss ihr Zuckertütchen in Fetzen, wobei braune Kristalle auf den Tisch rieselten.

„Und wo kommst du ins Spiel?"

„Ich bin der Depp, der auffliegt, falls eine Spekulation schief läuft."

„Weil dir die Sachbearbeitung untergeschoben wurde und du die Anlagen unterschrieben hast ..."

„In treuem Glauben, dass sie so vom Kunden beauftragt waren. Eine bestimmte Akte habe ich beispielsweise nie gesehen, dennoch trägt sie mein Kürzel. Das Gegenteil kann ich nicht beweisen." Sie seufzte und wischte mit der Handfläche über die Tischplatte.

„Das Ganze hat nicht zufällig etwas mit deiner neuen Freundin und dem Dahlenunternehmen zu tun?"

Überrascht sah Paulina auf. Jo sah sie ernst an.

„Darf ich dir einen Tipp geben, Paulina?"

Sie scharrte mit den Füßen, so dass ihre Absätze ein unschönes Schleifgeräusch unter dem Tisch verursachten. Jo wirkte mit einem Mal nicht mehr besonders gesprächig. Plötzlich zweifelte sie dran, dass es eine gute Idee gewesen war, ihren Kollegen um Hilfe zu bitten. Im Grunde kannte sie ihn kaum. Immerhin entdeckte sie Besorgnis in seinen braunen Augen.

„Ich verstehe, dass du dich schuldig fühlst. Aber wenn deine Vermutungen nur ansatzweise ins Schwarze treffen, rate ich dir dringend, die Finger davon zu lassen. Das sollten die Profis erledigen, die die Sache untersuchen. Du bringst dich unnötig in Gefahr. Hast du irgendeinen Namen oder einen genaueren Hinweis gefunden?"

Paulina dachte an Natalie, die Inhaberpapiere und an Marlies Schneider. Sie schüttelte den Kopf.

„Nein."

Sichtlich erleichtert lehnte Jo sich zurück.

„Dann schlage ich vor, wir stecken das anonym dem Vorstand und die sollen sich um alles Weitere kümmern. Ich übernehme das."

„Okay, wenn du meinst ..."

Sie lächelte gezwungen, während ihre Gedanken Achterbahn fuhren. Kein Mensch würde ihr glauben, schon gar nicht die Geschäftsführung.

„Gib mir einfach die verdächtige Akte und ich sehe, was ich für dich tun kann."

Jo zwinkerte ihr zu und zählte den Rechnungsbetrag auf seinen Unterteller, ehe er der Bedienung winkte. Das Gespräch befand sich an dieser Stelle eindeutig in einer Sackgasse. Und die Hegemannsache konnte sie vergessen.

„Wir möchten bitte zahlen."

*

„Was soll das heißen, das Paket wurde ausgeliefert?! Wann genau war das?! Welchen Trottel hast du damit beauftragt, Igor?!"

Wütend sauste ihre Faust auf die Platte der Vitrine, so dass die fragilen Flakons erzitterten. Die Verkäuferin hob überrascht den Kopf.

„Du hast im Büro angerufen?! Bist du denn komplett verblödet?!"

Natalie wendete sich dem Fenster zu und senkte mühsam die Stimme.

„Nein, ich rege mich nicht ab! Wem auch immer dein dämlicher Kurier die Lieferung übergeben hat, ich war's jedenfalls nicht!"

Auf dem Rhein dümpelte ein Containerschiff an den Ausflugsbooten vorbei. Die Stadt erstickte an diesen Touristen, die selbst die eisige Kälte nicht schreckte. Wie sehr sehnte sie sich nach südlichen Gefilden. Doch scheinbar machte ihr jemand einen Strich durch die großzügige Rechnung, die sie für allezeit in ein anderes Leben bringen sollte. Allen voran ihr sauberer Geschäftspartner, der ein Hirn in Erbsengröße besaß.

„Das ist sogar ein Riesenproblem, du Vollprofi! Die Bezahlung kannst du dir in deinen russischen Hintern schieben! Ach leck mich!"

Die junge Verkäuferin fuhr zusammen und sah sie furchtsam an. Unverdrossen hielt sie ihr das edle Parfumfläschchen entgegen, wenn auch die zarten Finger bebten und ihr Lächeln einer Maske glich. Ihr Hasengesicht mit den Engelslocken kam Natalie höchst gelegen. Sie schnupperte und verzog den tiefrot bemalten Mund.

„Widerlich. Ich fragte nach einem erotischen Duft! Diese Note können Sie allenfalls als Lufterfrischer für die Gästetoilette benutzen und selbst das fände ich fragwürdig! Vielleicht sollten Sie Ihre Berufswahl überdenken."

Die Fachverkäuferin stellte das Parfum in die Vitrine zurück. Der Flakon kippte und riss im Dominosteinsystem das gesamte Dior-Sortiment mit sich. Ein betäubender Parfumcocktail stieg aus dem Glaskasten auf. Sie ist genauso ungeschickt wie die Jacoby, dachte Natalie verächtlich. Und hielt im selben Moment die Luft an.

Ihr fiel nur eine einzige Person ein, die so bescheuert wäre, den Feierabend im Büro zu verbringen. Sinnierend musterte sie die Verkäuferin, die immer noch wie angewurzelt vor ihr stand und aussah, als bräche sie jeden Augenblick in Tränen aus.

„Verschwinden Sie!", herrschte sie das Mädchen an. Schwache Menschen reizten sie maßlos. Zuhause gab es diesen Schlag im Überfluss. Gutgläubige Idioten allesamt. Und ihre Eltern hatten ganz vorne mitgespielt. Zur Belohnung hatte man sie verraten und verkauft. Dieser elende Stasi-Spion.

Die Verkäuferin flüchtete aus der Abteilung. Während Natalie dem gebeugten Rücken hinterher sah, fasste sie einen grimmigen Entschluss. Ihre Finger schlossen sich um das Mobiltelefon.

„Igor? Dein Versehen trägt den Namen Paulina Jacoby. Bring das in Ordnung, wenn du nicht willst, dass die Polizei einen sachdienlichen Hinweis bezüglich deiner kleinen, sauberen Truppe bekommt."

Ihr Daumennagel schickte seine erboste Antwort ins Nirgendwo.

*

„Edith?"

Tabea betrat den Flur im ersten Stock und blickte sich verwirrt um. Der cremefarbene Gang verzweigte sich vielfach vor ihr. Hier konnte man sich glatt verlaufen. Bewundernd strich sie im Vorübergehen über die Goldintarsien eines Sekretärs. Unschlüssig blieb sie vor der nächstgelegenen Tür stehen und drückte vorsichtig die Klinke. Ihr stockte der den Atem. Das Zimmer gehörte einem Kind.

Verwundert betrachtete sie die winzigen Möbel und Gegenstände, die sich mit bemerkenswerter Vehemenz in Rosa und Magenta hielten. Seltsam. Edith hatte nie eine Tochter erwähnt.

Der Mops hob schnüffelnd die Nase und grunzte. Ein merkwürdiges Gefühl beschlich sie. Dieser Raum unterschied sich kaum von jedem beliebigen Kinderzimmer, doch schien das Spielzeug vollkommen unbenutzt. Wirkte die Atmosphäre deshalb so ... verlassen? Als sei das Mädchen dem Zimmer nicht entwachsen, sondern ... sie runzelte die Stirn. Sie konnte nicht benennen, was genau ihr komisch vorkam. Sie würde Edith später einfach danach fragen.

Von nebenan drangen Geräusche heftiger Aktivität zu ihr, jemand öffnete und schloss Schranktüren und Schubladen. Maximilian drängte keuchend dorthin. Im Schlafzimmer fand sie eine schwitzende Edith vor, die in einem Schrank von der Größe eines Containers wühlte. Das Bett mochte gut und gerne einer sechsköpfigen Familie Platz gewähren, sowohl längs als auch quer. Über der Kopfseite prangte ein wundervolles Gemälde. Sie vergaß das rosafarbene Mädchenzimmer sofort.

„Mannomann, das ist ein verflucht guter Druck!"

„Das ist kein Druck."

Ungerührt kramte Edith in dem überdimensionalen Kasten herum. Schließlich hob sie eine verschlissene Schachtel in die Höhe.

„Du meinst, da hängt ein ECHTER Miró?!" Entsetzt starrte Tabea das Kunstwerk an.

„Hm hm", Edith streichelte abwesend einen grünen Seidenhut. Sie bückte sich und schloss das Rollköfferchen, welches vor Kleidungsstücken überquoll.

„Wir können gehen."

Tabea registrierte verwundert, dass die Augen der alten Dame feucht schimmerten. Ebenso verblüfft blieb ihr Blick auf dem schlichten Hut hängen.

„Gott Edith! Im Ernst, hier stehen unermessliche Werte rum und du willst nur ein paar Klamotten und einen ollen Hut mitnehmen?!"

Fassungslos zeigte sie auf die goldene Wanduhr, die chinesischen Vasen und das Werk von Miró. Allein für den Bettüberwurf mussten tausende bedauernswerter Seidenraupen sich zu Tode gesponnen haben.

Edith betrachtete sie schweigend. Mit keinem Blick würdigte sie die wertvollen Gegenstände, stattdessen durchbohrte sie Tabea mit ihren eisblauen Augen. Ihre Lippen kräuselten sich.

„Alle Papiere liegen bei meinen Anwälten. Der Rest ist nur schnöder Mammon, Kindchen. Ein Rahmen ohne Bild. Ich habe mehr als einmal viel Bedeutenderes verloren."

Tabea machte ein betroffenes Gesicht.

„Wahrscheinlich willst du das nicht hören, aber mach nicht denselben Fehler, Tabea. An was sich deine Unzufriedenheit auch festmacht, besinne dich lieber auf den Inhalt deines Lebens und nicht das Drumherum!"

Was meinte sie denn nun damit? Edith umklammerte die grüne Hutkrempe und kehrte dem Schlafzimmer den Rücken. Tabea blieb nachdenklich zurück.

*

Paulina fühlte sich vollkommen hilflos. Vielleicht hatte Jo recht und diese Sache war wirklich eine Nummer zu groß für sie. Wahrscheinlich sollte sie de facto die Zeit in ihrer Verbannung aussitzen und darauf vertrauen, dass die Prüfungskommission der Bank die Dinge aufklärte. Also nahm sie sich den nächsten Karton vor und zog einen Stapel Hefter daraus hervor.

Minuten später starrte sie noch immer wie paralysiert auf das Deckblatt der Akte, ohne wahrzunehmen, was dort stand. Stattdessen schielte sie andauernd nach ihrer Tasche, in der die verdächtigen Vorgänge lagen. Es war zum Haare raufen. Ihre Gedanken kreisten satellitenartig um den Anlagebetrug. Vielleicht konnte sie sich mit schnödem Mammon ablenken. Vor einigen Tagen hatte sie in irgendeiner Morgenzeitung das Werbeblatt eines neuen Kaufhauses entdeckt. Sie brauchte dringend einen neuen Wintermantel.

Auf dem Zeitungsstapel schrie ihr eine reißerische Schlagzeile entgegen. Bankräuber in Köln. Sie lächelte schief. Wie lustig, die Ganoven hatten direkt vor den Augen der Polizei sämtliche Schließfächer ausgeräumt. Bestimmt lenkte die amüsante Story sie von allen Betrugs- und Anlageangelegenheiten dieser Hemisphäre ab.

Bereits während sie las, tauchte eine flüchtige Erinnerung in Form eines baumelnden Silberkettchens aus ihrem Unterbewusstsein auf. Wie von der Tarantel gestochen sprang Paulina von ihrem Stuhl, das Blatt segelte zu Boden.

„Schließfach", murmelte sie und musterte das zerknitterte Zeitungsblatt. Sie erinnerte sich genau an die eingeprägte Ziffernfolge auf Natalies Schlüssel. 2312. Ihr Geburtstag. Warum in die Ferne schauen, wenn das Offensichtliche so nahe lag! Kein Mensch wäre so töricht und deponierte belastende Unterlagen ausgerechnet am eigenen Arbeitsplatz. Und eben deshalb war dies der sicherste Ort der Welt! Die Soltau war noch viel abgebrühter, als sie angenommen hatte!

Der Schließfach- und Tresorraum lag nur ein paar Meter weiter den Gang hinunter, direkt neben der Sicherheitszentrale. In den Tresoren befanden sich Millionenwerte und der Wachmann galt als äußerst dienstbeflissen. Bedauerlicherweise hatte er so wenig zu tun, dass er alles und jeden verdächtig fand, der sich zufällig in sein Büro verirrte. Vermutlich verwehrte er sogar seiner Mutter den Zutritt in sein Refugium. Vielleicht konnte sie zumindest einen Blick auf die Schließfachnummern erhaschen, nur um sich zu vergewissern, dass die Nummer 2312 überhaupt existierte.

Sie lächelte in sich hinein. Die letzte Weihnachtsfeier stand ihr deutlich vor Augen. Günther Schnabel mochte ein Bullterrier sein. Doch er besaß eine Vorliebe für warmen Schokoladenkuchen. Zufälligerweise machte die Konditorei an der Straßenecke die beste Schoko-Tarte von ganz Köln.

*

Günther Schnabel versah seit nunmehr zehn Jahren seinen Dienst in der Sicherheitszentrale der Blau & Cie. Bank. Die penibel gepflegte Uniform, verbunden mit seiner Körpergröße und dem dort innewohnenden, als cholerisch verschrienen Wesen sicherten ihm den Respekt der Bankangestellten. Dass sein Steuerboard über zahlreiche Tasten und Knöpfe verfügte, deren Funktionen sich ihm nicht erschlossen, war sein wohlgehütetes Geheimnis. Ihm genügte es zu wissen, wo das Notfalltelefon stand, und er dachte nicht im Traum daran, komplizierte Bedienungsanleitungen zu lesen. Während seiner Dienstzeit gab es ohnehin nur zwei Vorfälle, die ihn aus der Kellerzentrale gelockt hatten. Vor Jahren hatte sich ein Bankraubalarm als dummer Jungenstreich entpuppt und der zweite Einsatz ereignete sich vor wenigen Tagen. Beim Gedanken an die durchgedrehte Oma rieb er sich die Nase, die der Arzt richten musste und die noch immer schmerzte.

Ansonsten verbrachte er seine Zeit vor den Überwachungsbildschirmen, den Blick auf den Monitor gerichtet, der als Fernsehübertragungsgerät fungierte. Er zelebrierte ein festes Tagesprogramm, das mit den Neunuhrnachrichten begann, zur Telenovela eines Privatsenders wechselte und nach der Gerichtsshow die Mittagspause einläutete. Danach amüsierte er sich über die Schwachmaten, die sich in einer Dokuserie prostituierten, und verfolgte die menschlichen Abgründe in den Schicksalsreportagen. Er holte sich in der Koch-Show Appetit fürs Abendessen und beschloss seinen Arbeitstag mit der letzten Seifenoper und den Sechsuhrnachrichten.

Günther Schnabel war nie ein Angestellter mit Ambitionen gewesen. Sein Tagesablauf passte sich perfekt seinen Bedürfnissen an. In den Pausen machte er sich eine Tasse Kaffee, aß sein Leberwurstbrot und ging auf die Toilette. Unterbrechungen, abgesehen von seiner wohlverdienten Mittagszeit, waren ihm ein Gräuel. So löste er nur widerwillig den Blick vom Bildschirm, als die neue Mitarbeiterin vom Archiv in seiner Tür stand.

„Guten Tag, Herr Schnabel."

Er nickte schweigend. Gerade erwischten die Serienpolizisten den jungen Mann mit einem Päckchen Haschisch. Es interessierte ihn brennend, ob er hinter schwedische Gardinen kam.

„Wie geht es Ihnen?"

Das hübsche Ding war hartnäckig. Er murmelte in seinen Vollbart und hoffte, sie möge rasch verschwinden. Die Mattscheibe ließ er nicht aus den Augen. Da kamen die Polizisten schon. Jetzt wird's brenzlig, Bürschchen!

„Ich dachte, ich bringe ein Stück Schokoladenkuchen vorbei. Selbstgebacken."

Sie lächelte ihn unschuldig an. Schnabel riskierte einen Blick. Tatsächlich hielt sie ihm ein opulentes Viertel Schokoladentorte entgegen. Er liebte Schokoladentorte!

Seine Augen wanderten zwischen Fernseher und Teller hin und her. Der Junge wehrte sich mit Händen und Füßen gegen die Beamten, die ihm Handschellen anlegen wollten. Günther lief das Wasser im Mund zusammen. Fatalerweise trat die Frau näher und platzierte das Tortenstück direkt unter seiner Nase. Seufzend drehte er dem Monitor den Rücken zu und rang sich ein märtyrerhaftes Lächeln ab.

„Aber nur kurz, ich habe zu tun."

„Natürlich. Ich möchte sie gar nicht lange von ihrer Arbeit abhalten."

Irrte er sich, oder klang da Ironie in ihrem Säuseln mit? Sie beugte sich nach vorne und zeigte auf den Bildschirm.

„Oh toll, das gucke ich auch gern!"

Sie strahlte ihn so begeistert an, dass er angesichts der eklatanten Gemeinsamkeit völlig vergaß, den misstrauischen Zeitgenossen zu mimen. Er nickte kauend und registrierte befriedigt die Verhaftung des Junkies.

„Kann ich etwas für Sie tun?" Er beschloss, dass die nette Kollegin seine Aufmerksamkeit verdiente. Sie zauderte sichtlich.

„Oh, ich will Sie wirklich nicht stören. Ich komme später wieder ...", versicherte sie rücksichtsvoll. Das gefiel Günther sehr. Er fand sie immer sympathischer.

Also winkte er lässig ab und wandt sich ihr ganz zu.

„Rücken Sie schon raus, junge Dame. Mit diesem köstlichen Köder bekommen Sie fast alles von mir", dröhnte er. Sie lächelte schüchtern.

„Ich bearbeite die Ablageakten für das Archiv. Und mir ist hier das Beiblatt verloren gegangen. Ob ich Ihren Kopierer benutzen dürfte?"

Paulina hielt den Atem an. Das Kopiergerät befand sich im Hinterzimmer. Schnabel erhob seinen massigen Körper umständlich aus dem Fernsehsessel und streckte sich. Er maß mindestens einen Meter neunzig.

„Kein Problem. Warten Sie kurz, bin gleich zurück."

Er nahm ihr das Blatt aus der Hand. Kaum zeigte er ihr die Kehrseite, schlüpfte sie links in den Schließfachraum. Und stockte mit offenem Mund. Der Raum war riesig, vom Boden bis zur Decke zogen sich hunderte Schließfächer. Ein Tresor stand an der Stirnseite hinter Gittern, der den Ausmaßen nach den Domschatz barg. Sie lauschte dem Entlüftungssirren des Kopierers. Ihr blieb allenfalls eine Minute. Rasch glitt ihr Blick die Fächer entlang. 1098, 2076, 2108 ... sie ging weiter, stutzte und stellte sich auf die Zehenspitzen. Da war es! 2312! Sie zuckte zusammen, als sich eine Pranke auf ihre Schulter legte.

„Was machen Sie da?"

Günther Schnabel sah stirnrunzelnd auf sie herab. In der Rechten hielt er ihre Durchschrift. Paulina stieß einen Schrei aus, drückte das Blatt an ihre Brust und fiel dem Mann um den Hals.

„Sie sind ein Schatz! Vielen Dank!"

Während er verdutzt seine Wange rieb, auf der ihr Lipgloss einen perlmuttfarbenen Fleck hinterlassen hatte, war sie längst zur Tür hinausgelaufen. Er sah das Grinsen nicht, das ihr Gesicht überzog.

*

„Jo, du glaubst nicht ..."

Ihr Lächeln gefror. Gleichzeitig spürte sie ein altbekanntes Gefühl in der Magengegend, begleitet von einem Pochen hinter der Stirn.

„Hallo Jacoby", schnurrte eine sonore Stimme. Rasch legte sie ihre Hände in den Schoß. Bildete sie sich das ein, oder sank die Raumtemperatur um mindestens fünf Grad?

Natalie musterte ihre Kammer, Paulina fixierte die gebräunten Giraffenbeine. Wie immer trug sie den Rock viel zu kurz und durch ihre Bluse schimmerte der Spitzen-BH hindurch. Mitten im Winter wirkte sie in dem Outfit so deplatziert wie eine Orange am Nordpol. Fröstelnd kuschelte Paulina sich tiefer in ihren Pullover. Ein lauernder Blick strich über die Wände, glitt die Schränke entlang und verhielt schließlich auf ihrem Wägelchen. Paulina schob den Aktenstapel zu ihren Füßen unter den Tisch und bedeckte beiläufig ihre Gesprächsnotizen mit der Kaffeetasse.

„Na, das ist ja richtig gemütlich hier."

War es. Bevor Du hereingeschneit bist. Das Lächeln erreichte Paulinas Augen auch mit gutem Willen nicht annähernd.

Natalie indes stand vor dem Regal, in dem die noch nicht erfassten Akten zwischenlagerten. Wie zufällig blätterte sie in den alphabetisch sortierten Unterlagen.

„Die sind staubig. Mach dich nicht schmutzig."

„Ach Pau-li-na. Immer für einen Scherz zu haben."

„Was kann ich für dich tun, Na-ta-lie?"

„Ich wollte nur nach meiner armen, degradierten Kollegin sehen. Du musst in diesem Loch vor Einsamkeit sterben." Sie schnalzte mitleidig mit der Zunge.

„Danke, mir geht es prima."

„Das beruhigt mich. Es muss furchtbar sein, so kurz vor dem Rausschmiss zu stehen."

Sie unterdrückte ein nervöses Zwinkern. Bloß nicht weinen. Natalie sammelte sich für die nächste Abscheulichkeit.

„Sag mal, Pau-li-na ...", ihr Acrylnagel quietschte über einen Metallordner, „hast du gestern eigentlich auch Überstunden gemacht?"

Paulina überlegte krampfhaft. Sie durfte jetzt keinesfalls einen Fehler machen.

„Gestern? Nein, da war ich im Theater. Das Stück hieß ‚Die Bändigung der bösen Frau'. Hätte dir sicherlich gefallen."

Gottseidank. Ihre Stimme holperte nicht, die Lüge glitt sauber von ihren Lippen. Die Raumtemperatur senkte sich um weitere Minusgrade. Natalies frostige Miene löste eine gewisse Befriedigung in ihr aus. Gefährliche Augen bohrten sich in Paulinas Kaffeetasse. Die Soltau brauchte Weißgott keine Worte, um ihr zu drohen. Trotzdem schien sie irritiert, ihre Pupillen schrumpften zu Stecknadelköpfen zusammen. Die Handbewegung kam so rapide, dass Paulina ihr kaum folgen konnte. Mit einem Wisch flogen die Akten von dem Wägelchen, das bar seines Gewichts in die Raummitte rollte. Die mühsam geordneten Unterlagen verteilten sich über den Fußboden.

„Ich warne dich, Jacoby. Komm mir bloß nicht in die Quere!"

Sie stellte einen strassteinbesetzten Pumps auf ein Inhaberpapier, das sich aus der Heftung eines Ordners gelöst hatte, und vollführte eine langsame Drehung. Der Absatz grub sich in das Papier und das Dokument zerriss mit einem feinen „Ratsch". Das böse Lächeln blieb als imaginäre Ohrfeige auf Paulinas Wangen kleben, während Natalie mit erhobenem Kinn das Büro verließ.

Als ihre Tür wenige Minuten später erneut aufgestoßen wurde, sortierte Paulina ihre Akten auf den Wagen zurück. Einige waren unter das Regal an der Wandseite gerutscht, so dass sie bäuchlings auf dem Boden robbte.

„Hier geht es ja zu wie in der Geisterbahn", flüsterte sie und rollte mit den Augen. Ihre Finger krampften sich um einen Aktendeckel.

„Willst du noch etwas runter werfen?!"

Zu verlockend fand sie die Vorstellung, ihrer Biestkollegin den Hefter an den Kopf zu schleudern. Doch Paulina verwarf die Idee sofort. Stattdessen biss sie sich auf die Lippen. Hagen Schneiders hochgewachsene Gestalt zeichnete sich im Türrahmen ab. Zum Glück befand sich in diesem Augenblick sein Gesicht samt Halbglatze im Schatten. Rasch ließ sie die Akte sinken.

„Entschuldigung. Ich dachte, Sie wären jemand anders ...,"

„Davon gehe ich aus, Frau Jacoby."

Er zeigte hinter sich. „Gibt es ein Problem mit Frau Soltau?"

Eins? Iwo. Mehrere

„Nein, wie kommen Sie darauf?"

Er stieg mit verwundertem Kopfschütteln über das Aktendesaster und sammelte einige verstreute Unterlagen auf. Dann verhielt er, wie Natalie zuvor, direkt neben dem Wägelchen.

„Sind Sie sicher, Paulina?"

Hagen Schneider hatte sich nie besonders für ihr Befinden interessiert. Erstaunlich, dass er ihren vollen Vor- und Zunamen überhaupt kannte. Was um Himmelswillen bedeutete dieser plötzliche Sinneswandel? Versuchte er herauszufinden, wie viel sie über ihn und seine Komplizin wusste?

„Frau Soltau und ich sind nicht gerade Freunde."

„Das ist mir aufgefallen", bemerkte er trocken und bückte sich erneut. Sorgfältig legte er die graue Mappe auf den Wagen. Nicht zu fassen! Jetzt glättete er die abgeknickten Kanten.

„Kann ich Ihnen beim Aufräumen helfen?"

Beinahe wirkte sein kantiges Gesicht sympathisch. Paulina jedoch konnte er nicht täuschen. Todsicher ging er nicht nur mit Natalie ins Bett, sondern tauchte seine Finger tief in schmutzige Geschäfte. Warum sonst tat er ständig so geheimnisvoll?

„Nein danke. Ich komme schon klar."

Enttäuscht strich er einen Fussel von seinem Jackett. Hüstelte und klopfte ihr jovial auf die Schulter.

„Sie haben es sich gemütlich hier eingerichtet. Im Vertrauen - Sie können sich jederzeit mit Ihren Fragen und Sorgen an mich wenden. Ganz egal, um was es geht ..."

Paulina war sprachlos. Er gab den Verbündeten. Heuchler.

„Machen Sie Feierabend, Frau Jacoby. Diese Arbeit wird Ihnen nicht weglaufen." Dann folgte er Natalie in ihren parfümdurchwirkten Dunstkreis.

*

Indes mischte sich in Tabeas Küche der Duft von Chanel Nummer fünf mit dem durchdringenden Geruch von gebackenem Käse. Edith rümpfte die Nase und nahm den Daumen von dem Zerstäuber ihres Parfumflacons.

„Dieser Emmentaler besitzt ein wirklich einnehmendes Wesen. Kein Odeur von Welt kommt dagegen an. Hast du eine Wäscheklammer für mich?"

Tabea zog die Auflaufform aus dem Backofen.

„Bio-Käse aus Graubünden. Der kann es an Vornehmheit ohne weiteres mit deinem Wässerchen aufnehmen", meinte sie belehrend und stellte die dampfende Speise auf den Esstisch.

Nach ihrer Rückkehr aus Marienburg hatte Tabea sich in die Küche verdrückt und den restlichen Nachmittag gewerkelt. Sie dachte am besten nach, wenn ihre Hände dabei arbeiteten. Und es gab jede Menge, worüber sie nachgrübeln musste. Mit dem Ergebnis, dass sie nun drei Tage lang eine Fußballmannschaft halbwüchsiger Jungs ernähren konnten.

„Was findest du nur an diesem Bio, Kind? Davon bekommt man Blähungen."

Edith verstaute das Fläschchen in ihrer Handtasche, beugte sich aber schnuppernd über die goldgelbe Kruste.

„Nach nur einer Gabel wissen Sie es, Frau von Dahlen!"

Tabea gab eine Portion Kartoffelgratin auf den Teller. Ediths Augen weiteten sich nach dem ersten Bissen.

„Oh. Wirklich ... vorzüglich!"

Sie kaute mit zunehmender Begeisterung und schaute nur kurz auf, als die Tür ging.

„Kindchen, eile dich. Sonst verspeise ich deine Ration. Rette eine alte Dame vor der Fettleibigkeit. Bist du gerannt?"

Paulinas Wangen waren gerötet und sie war sichtlich aus der Puste. Ihre Stiefel hinterließen auf den gewischten Fliesen sichtbare Spuren, die Tabea entgegen ihrer Gewohnheit ignorierte. Abwesend sah sie zum Telefon. Stefan hatte noch immer nicht angerufen.

„Ihr glaubt nicht, was ich herausgefunden habe!"

Paulina ergriff Ediths Ellbogen, woraufhin die bedauernd der Kartoffelspalte hinterher sah, die auf dem Boden purzelte. Zu Maximilians Verzückung.

„Entschuldigung. Ich weiß, was mit deiner Firma passierte!"

„Du weißt oder nimmst an?" kaute Edith ungerührt.

„Was? Na, ich glaube ... ich denke ... ist doch egal! Natalie steckt hinter den Falschspekulationen!"

Die alte Frau ließ die Gabel sinken, Tabea vergaß ihre Tagträumereien und hob die Brauen.

„Was du nicht sagst!"

Paulina zog die Hegemannakte aus ihrer Tasche und warf diese auf die Tischplatte. Sie verfehlte die Lasagne-Form nur um Haaresbreite.

*

Der Mann schlenderte den Gehweg entlang und verlangsamte vor dem Häuschen mit typisch deutschem Vorgarten seinen Schritt. Seine Augen glitten über das hellerleuchtete Erdgeschoss und kletterten die Regenrinne hinauf bis zur Balkonbrüstung im oberen Stockwerk. Er nickte einem Spaziergänger mit Hund zu, senkte rasch den kapuzenbedeckten Kopf und widmete sich seinen Schnürsenkeln. Der Dackel schnüffelte an seinem Hosenbein, bevor ihn ein heftiger Leinenzug zum Weitergehen zwang. Er verharrte in der kauernden Stellung, bis der ältere Herr nach einem argwöhnischen Schulterblick um die Ecke gebogen war. Erst jetzt erhob er sich.

Aus dem gekippten Fenster drang weibliches Lachen an sein Ohr, durch den Gazestoff des Vorhangs machte er den Umriss einer Frau aus. Sein geübter Blick folgte den im Rasen eingelassenen Steinplatten bis zu dem Türchen an der Garage, welches in den Hinterhof führte. Das Nachbarhaus befand sich weit genug entfernt und der üppige Busch bot ausreichend Schutz. Die Siedlung lag menschenleer in der Dämmerung, offenbar saßen alle Familien beim Abendessen.

Er sah auf seine Armbanduhr und nickte zufrieden. Griff in seine Jeans und nestelte ein Päckchen hervor. Das Feuerzeug gab ein Schnappgeräusch von sich, ehe die Flamme für Sekundenbruchteile das hohlwangige Gesicht mit osteuropäischem Einschlag erhellte. Er saugte an der Zigarette, schnippte die Asche in den Vorgarten.

Dann schlenderte er die Straße hinunter, wo sein weißer Lieferwagen parkte.

*

„Und wahrscheinlich liegen die Beweise für die fiktiven Konten in diesem Schließfach", schloss Paulina, angelte nach ihrem Wasserglas und trank in gierigen Schlucken. In der Küche war es so still, dass man das Pendel der Wanduhr schlagen hörte. Edith sog scharf die Luft ein.

„Worauf warten wir? Wieso hast du nicht längst nachgesehen?" Tabea rieb sich erwartungsfroh die Hände.

„Das geht nicht."

„Natürlich geht das", konterte Edith und fixierte ihr Messer. Sie hatte nicht übel Lust, es dieser Soltau in den Bauch zu piksen.

„Der Schließfachraum liegt direkt neben der Sicherheitszentrale. Und da drin sitzt eine Bulldogge."

„Es gibt Hunde in der Bank?"

Edith drehte die Klingenspitze in die Tischplatte, bis Tabea ungnädig zischte. Max bettelte um ein weiteres Stück Kartoffelgratin. Frauchen knurrte ihn an, woraufhin er das Köpfchen duckte und sich niederlegte, die Gabel aber nicht aus den Augen ließ.

„Das Tier wird kaum ein Problem darstellen"

„Herr Schnabel ist durchaus ein Problem. Er ist äußerst wachsam und bewegt sich leider nie von der Stelle. Und wenn er es tut, so schließt er jede Tür dreimal ab und nimmt den Schlüssel mit."

„Der Hund kann Türen schließen?!" Edith wandt sich hilfesuchend an Tabea.

„Der Wachhund ist ein Mensch", erklärte diese feixend.

„Dann müssen wir uns eben etwas anderes einfallen lassen, um an das Schließfach heranzukommen."

*

Zu vorgerückter Stunde entwendete Tabea die vierte Flasche aus Stefans wohlgehüteter Weinsammlung im Keller. Sie stolperte auf der obersten Stufe und klammerte sich ans Treppengeländer. Beinahe entglitt ihr der sündhafte Tropfen. Das Parkett schaukelte wie die Planken einer Kombüse. Schwankend kehrte sie an den Tisch zurück und suchte Halt an ihrer Stuhllehne.

„Mein Mann wird mich umbringen", giggelte sie, als der Korken mit einem „Plopp" aus dem Flaschenhals sprang. Edith winkte ab und hielt ihr das Glas entgegen.

„Wein ist zum Trinken da. Was nützt das Anschauen, wenn das Zeug schlecht wird?"

„Der wird nicht sch-schlecht", Paulina hob den Zeigefinger, „so-sondern immä besser!"

„Papp-papperla ... Papperlapapp", nuschelte Edith und nahm einen großen Schluck. Tabea kicherte noch immer. „Du trinkst das Zeuch wie Cola ...", bekümmert betrachtete sie das Etikett, zuckte die Achseln und schenkte sich großzügig ein.

„Also, wo waren wir stehengeblieben? Wie lenken wir den Schnabel ab?"

Ein Schluckauf bahnte sich seinen Weg hinauf. Paulina rülpste und schlug sich die Hand vor den Mund.

Edith hob den Finger: „Wir mischen dem Wachhund ein Schlafmittel in den Kaffee!"

„Oder so n´ Durchfallzeugs ... hicks ... dann sitzt er den ganzen Tag aufm Klo, " ergänzte Paulina.

„Oder wir sch-schicken ihm eine Bord-st-steinschwalbe vorbei", kreischte Tabea, woraufhin Edith sie entrüstet anblickte und Paulina schrie: „Ja, und während die Matratze quietscht ... hicks ... schleiche ich in den Schließfachraum und ... Mist, wie kriege ich das Fach auf? Den einzigen Schließfachschlüssel besitzt nur ... hicks ... die Giraffe ...", enttäuscht ließ sie die Hände sinken.

„Das ist alles Unsinn. Wir müssen in größeren Dimensionen denken. Ist das warm hier! Kind, mach doch mal ein Fenster auf."

„Da draußen herrschen minus zehn Grad", wehrte Tabea ab und warf ihr die Zeitung zu. Während Edith sich Luft zufächelte, schielte Paulina auf den auf und ab schwingenden Bankraubartikel.

„Bankräuber müsste man sein."

Mannomann, war ihr schwindelig. Der Zeitungsfächer kam zum Stillstand.

„Was sagst du da?"

„Da steht es: Die Bankräuber ... hicks ... hebelten 150 Schließfächer über Nacht auf ... he he ... da muss die Polizei aber dumm aus der Uniform geglotzt haben ..."

Edith vergaß ihre Hitzewallung. Nachdem sie den Text gelesen hatte, starrte sie schweigend zur Decke, als halte diese eine Lösung parat.

„Warum nicht!"

Ein sektenartiges Lächeln erhellte ihre Miene. Sie wanderte in der Küche auf und ab, gefolgt von Maximilian und zwei irritierten Augenpaaren.

„Wie meinst du das", kicherte Tabea, „sollen wir etwa die Bank ausrauben?"

„Natürlich nicht! Aber wir könnten so tun. Die Aufregung und der Lärm hätten unübertroffene Vorteile. Der Wachdienst verschwände nach oben ...",

„... und Paulina hätte freie Bahn im Schließfachraum!"

Tabea sprang auf, Feuer und Flamme. Der Wein ergoss sich über die Tischdecke, Paulina vergaß vorübergehend ihren Schluckauf. In ihrer Vorstellung schrumpften die Küchenwände auf die Größe einer Gefängniszelle zusammen. Sie sah entsetzt von einer zur anderen.

„Das ist nicht euer Ernst!"

„Inzwischen müsstest du wissen Kind, dass ich alles ernst meine, was ich sage, " antwortete Edith trocken.

9. Kapitel

*„Die Natur ergreift immer Partei
für den versteckten Fehler."*
Achte Erkenntnis aus Murphys Gesetz

Einige Tage später kauerte Tabea auf dem Fahrersitz eines rauchgeschwängerten Suzuki Swifts und zündete sich die dritte Zigarette innerhalb der letzten zehn Minuten an. Natalies getürkte Ausweispapiere hatten sich als echtes Himmelsgeschenk erwiesen. Der unter falschem Namen angemietete Wagen stand vor dem Fußgängerweg in der Marienstraße, auf der rechten Seite, genau gegenüber der verglasten Drehtür des Blau & Cie. Bankgebäudes. Durch die Fensterfront erkannte sie die Geld- und Kontoauszugsautomaten im Foyer, die Sitzgruppen und den Umriss des ausladenden Weihnachtsbaums. Sie hatte ihre Hausaufgaben gemacht, kannte den Kundenbereich in und auswendig. Kniff sie die Augen zusammen und spiegelte die Scheibe nicht allzu sehr, sah sie schemenhaft die dahinterliegenden Schalter.

Sie wusste nicht, zum wievielten Mal sie nervös auf ihr Handydisplay schielte, sich vergewissernd, dass der Akku noch immer geladen war. Entsetzlich, wie quälend langsam der Minutenzeiger voranschritt! Während ihre rechte Hand unablässig den Glimmstängel an den Mund führte, umkrampfte ihre Linke das Steuerrad. Sie schnippte die halbgerauchte Zigarette aus dem zentimetergroßen Spalt der Seitenscheibe. Die Kippe landete vor den Füßen einer Passantin, die sie unwirsch ansah und demonstrativ auswich. Doch Tabea schaute durch das namenlose Gesicht hindurch und wendete den Kopf zur anderen Seite. Wie erwartet, herrschte um die Mittagszeit ein stetes Kommen und Gehen in der Blau & Cie. Tabeas Augen saugten sich an pelzverbrämten Stiefeln, polierten Herrenschuhen und Ballerinas fest, glitten darüber hinweg und bohrten sich schließlich in die Eingangstür des nebengelegenen Cafés.

Plötzlich zweifelte sie an dem Plan, der eben noch so genial schien. Sie spürte, wie etwas ihre Kehle zuschnürte, und schluckte. Trotz ihres Protestes hatte man entschieden, dass sie Schmiere stehen und den Fluchtwagen fahren sollte. Es gelang ihr nicht, den Frosch herunterzuwürgen, der sich just, kurz vor dem Countdown in ihren Hals verirrt hatte. Hilfsweise betete sie das Vaterunser vor sich hin, ohne das Café aus den Augen zu lassen. Nach der zweiten Zeile wusste sie den Text nicht mehr.

„Das ist doch alles Scheiße!"

Wütend hämmerte Tabea auf das Lenkrad. Sie musste die ganze Sache stoppen, ehe es zu spät war. Kaum hatte sie ihr Mobiltelefon aus der Brusttasche gefummelt, entglitt ihr das Gerät und kullerte in den Fußraum der Beifahrerseite. Sie hechtete hinterher, vergaß jedoch, dass sich der Sicherheitsgurt um ihre Brust wand. Als sie sich befreit hatte, donnerte ihr Handballen versehentlich auf die Hupe. Ein Fußgänger blieb aufmerksam stehen.

„So ein Mist!"

Sie ging kopfüber auf Tauchstation. Wenn sie so weitermachte, wanderte sie noch vor dem vorgetäuschten Coup ins Gefängnis. Endlich spürte sie Metall an den Fingern. Sie fasste nach dem Ausreißer und schwang sich zurück auf ihren Sitz. Schuldbewusst ließ sie das Handy sinken. Ediths Gesicht presste sich an die Scheibe, so dass ihre Nase wie eine zerquetschte Kartoffel aussah. Sie wirkte nicht erfreut.

„Was machst du da, Mädchen?"

„Mein Telefon ... wolltest du nicht erst in fünf Minuten aus dem Café ..."

„Ich gehe jetzt rein. Ruf' Paulina an."

Tabea schluckte und drückte rasch den Hörer ans Ohr, während die Kurzwahltaste Paulinas Anschluss anwählte. Edith indes strich ihren schwarzen Rock glatt, rückte Hut und Schleier zurecht. Erneut sah sie von links nach rechts und straffte die Schultern. Die Meisterin war offenbar nicht so gelassen, wie sie vorgab. Tabea beobachtete, wie Edith über die Straße trippelte, vor der Drehtür kurz innehielt und mit der Hand in ihr Täschchen fuhr. Dann verschwand die alte Dame im Innern des Bankgebäudes.

„Jacoby?"

„Ich bin´s. Der Vogel ist im Käfig!"
„Wie bitte?"
„Sie ist drin!"
„Okay."

Tabea sank klopfenden Herzens tiefer in den nach Neuwagen riechenden Autositz und schob ihre Sonnenbrille auf die Nasenwurzel. Jetzt konnten sie nicht mehr zurück. Im Rückspiegel erblickte sie ihr aschfahles Gesicht. Prompt wurde ihr übel.

„Himmelherrgott, lass Edith da ungeschoren rauskommen und Paulina im Schließfachraum fündig werden. Ich will dir nicht drohen und weiß, ich bin nicht gerade das, was man eine eifrige Kirchgängerin nennt. Aber ich warne dich: Haust du meine Freundinnen in die Pfanne, kaufe ich nicht nur ein Ticket in dieses verfluchte Dubai, sondern konvertiere zum Islam!"

*

Als Edith ins Bankgebäude trat, dankte sie Gott für den Trauerschleier. Auch wenn sie ihre Umgebung durch die Gaze nur schemenhaft ausmachte, fand sie es beruhigend, dass der Stoff ihr nervöses Augenzucken verbarg. Sie drückte sich zunächst in den Schatten der lamettabehangenen Zweige des opulenten Christbaums. Dabei gab sie vor, in ihrer Handtasche zu stöbern, obwohl ihre Finger längst den kleinen Notizzettel umschlossen hielten.

Der Portier kehrte ihr den Rücken zu und plauderte mit dem Postboten. Ihr Blick glitt über die Schalterhalle und haftete sich an den Glaskasten Frau Lachmeyers. Sie zwang ihr Rückgrat zu einer kerzengeraden Haltung und hob das Kinn. Zielstrebig schritt sie auf Schalter D zu, beschrieb aber eine Neunzig-Grad-Drehung und reihte sich in die Warteschlange links außen an Schalter A an. Ihre Augen verfingen sich in den Verstrebungen der Deckenkonstruktion. Sie wurde rasch fündig: Das rote Licht blinkte, während die Überwachungskamera ihre automatische Kreisbewegung vollzog. Sie neigte den Kopf halbrechts, so dass ihr verschleiertes Gesicht im Schatten der Kameralinse lag. Verstohlen schielte sie auf ihre Armbanduhr. Sie befand sich als Vierte in der Reihe, die sich nur träge vorwärtsbewegte, da es vorne wohl Probleme mit einer Kundin gab. Der Bankangestellte erinnerte sie mit seinem Backenbart entfernt an ein Walross. Dennoch nickte Edith zufrieden. Sie waren im Zeitplan. Allmählich schlug ihr Herz schneller.

*

Genau ein Stockwerk darunter ließ Paulina ihr Medaillon zuschnappen. Inzwischen beschrieb ein imaginärer Trampelpfad auf dem Teppich ihre unablässige Wanderschaft durch das kleine Büro. Sie vergewisserte sich, dass sowohl die zerlegte Handbohrmaschine als auch der Metallschneider für den Notfall in ihrer Sporttasche lagen, und streifte sich Tabeas Spülhandschuhe über. Erst nach mehrmaligen Versuchen haftete das Gummi wie eine zweite Haut an ihren Fingern.

Sie presste ihre Schläfe an die Tür. Von draußen drang kein Laut an ihr Ohr. Enttäuscht schnalzte sie mit der Zunge. In Indianerfilmen klappte das mit dem Aushorchen immer. Allerdings lagen die Rothäute dabei auf Gleisen und belauschten Dampflokomotiven. Mit Sicherheitstüren schien das nicht zu funktionieren. Ihr erhöhter Puls dröhnte hingegen überlaut in ihrem Gehörgang. Noch fünf Minuten.

Paulina hielt den Atem an, als sie ein unheilvolles Geräusch vernahm. Entsetzt riss sie die Augen auf. Kein Zweifel. Da näherten sich Schritte. Reichlich zielstrebige Männerschritte, die genau vor ihrem Büro innehielten. Ihr Körper flog an den Schreibtisch. Sie schnappte wahllos eine Akte und schlug diese auf. Bestürzt starrte sie auf ihre gummibehandschuhten Hände, als sich im selben Augenblick die Klinke senkte.

*

Allmählich stieg die Temperatur unter dem Schleierhütchen auf tropische Hitzegrade. Edith wippte nervös von einem Fuß auf den anderen. Zwei Kunden waren vor ihr in der Warteschlange verblieben. Schweiß rann an ihren Schläfen herab. Die Zeit dehnte sich endlos. Die dauergewellte Kundin ergoss sich am Schalter in einem nicht enden wollenden Bericht über ihre kranke Mutter. Mittlerweile kannte Edith detailliert das Leiden, welches die bedauernswerte Frau ans Bett fesselte. Sie wusste nur nicht, ob sie die Unbekannte wegen ihrer Krankheit bemitleiden sollte, oder ob die indiskrete Tochter nicht das größere Übel darstellte. Hoffentlich befand sich Paulina noch nicht auf dem Weg in den Schließfachraum. Und Tabea lag vermutlich ohnmächtig im Auto.

Auch das Walross übte sich sichtlich in Geduld, inzwischen wirkte sein reserviertes Lächeln wie angeklebt. Endlich verabschiedete sich das Weib und schlurfte mit Leidensmiene an Edith vorbei. Sie beherrschte den Drang, ihre Handtasche auf die geschmacklose Lockenpracht zu donnern. Manche Menschen konnte selbst ein gezielter Schlag auf den Hinterkopf nicht zu Verstand bringen. Der junge Mann vor ihr fasste sich kurz, offensichtlich hatte er ebenfalls genügend Zeit an die Informationsveranstaltung über Darmverschluss und Stoffwechselstörungen verschwendet. Sie umklammerte das Stück Papier und trat an die Schalterscheibe.

„Guten Tag, was kann ich für Sie tun?" Das Walross fixierte sie ausdruckslos.

Stumm schob Edith das zerknitterte Blatt in die Durchreiche des

Schalters, bemüht, ihr davon galoppierendes Herz zu ignorieren. Er nahm schweigend die Notiz entgegen und strich sich über den monströsen Backenbart, während er las.

Nach einer ihr endlos erscheinenden Weile schwieg er noch immer, räusperte sich und drehte den Schnipsel falsch herum. Sprachlos sah sie sich zusammenziehende Walrossbrauen, gefolgt von einem verständnislosen Walrosskopfschütteln.

„Is dat Altdeutsch?", grunzte er in breitem, kölschen Dialekt.

Ein kleiner warmer Schweißbach floss in ihren Halsausschnitt, gleichzeitig pumpte das Adrenalin eine zusätzliche Hitzewelle durch ihre Glieder. Das Walross schüttelte bedauernd den Kopf.

„Is dat ein W? Oder ein U?"

Er wendete die handschriftliche Notiz auf die Rückseite. Edith schrie innerlich auf. Das durfte nicht wahr sein.

„Ein D!"

„Ach nee. Dat is doch kein D nit!"

Edith sandte ein Stoßgebet zum Himmel. Es war ihre Idee gewesen, höflich zu fragen, statt sofort mit Kanonen auf Spatzen zu schießen. Nun reute es sie, dass ihre Wahl nicht auf die gezückte Spielzeugpistole gefallen war. Verzweifelt sah sie sich um und beugte die Stirn, bis sie mit der Nase an die Scheibe stieß.

„Das ist definitiv ein „D". Und das Wort heißt „*Das*", flüsterte sie.

„Wat? Ich kann se leider nit verstän!", brüllte er durch die Sprechöffnung.

„Warum sagen se denn nit einfach, wat se wollen?"

„Sie Idiot! Da steht: Das ist ein Überfall, geben Sie bitte das Geld heraus!"

Edith erschrak, als einige Lacher hinter ihr ertönten und geriet sofort in Panik. Erkannte sie jemand, war alles umsonst! Das Walross zuckte hilflos die Achseln.

„Tut mer leid, gnädige Frau. Aber se müsse schon deutlich vorbringe, wat ich für se tun soll. Wenn se so dahinwispere, kann ich ihne nit helfe."

„Gibt es ein Problem?"

Plötzlich fühlte es sich an, als merke die gesamte Bank auf, selbst die benachbarten Schalterkollegen reckten alarmiert die Hälse. Unscharf machte Edith den neugierigen Blick Henriette Lachmeyers von Schalter D aus. Das lief nicht so, wie sie sich das vorgestellt hatte. Überhaupt nicht! Ihre Hand fuhr in die Schalteröffnung und entriss dem überraschten Schalterwalross den Zettel.

„Lernen Sie Lesen, Sie Trottel!"

Aus dem Augenwinkel nahm sie ein blinkendes Licht und eine Rotationsbewegung wahr, unseligerweise verrutschte ihr Schleier. Rasch senkte sie den Hut und kämpfte sich in die dichtgedrängte Menge. Als sie mit einer Frau zusammenstieß, flatterte die Notiz auf den Boden und verschwand unter zahllosen Füßen. Der Portier drückte sich in die Masse und kam direkt auf sie zu. Sie flüchtete durch eine Lücke, beschrieb einen Bogen um den Pulk herum und rannte auf die Drehtür zu.

„Halt!", rief der uniformierte Türsteher, fand sich aber eingeklemmt zwischen unzähligen Körpern. Hilfsweise fuchtelte er mit den Armen und schrie aus Leibeskräften.

Doch das Glaskarussell hatte Edith längst auf die Straße entlassen.

*

„Frau Jacoby?"

Hagen Schneider bückte sich unter den Schreibtisch, was angesichts seiner Körperlänge an sich schon ein Kunststück darstellte. Paulina robbte ein kleines Stück aus dem Dunkel hervor und stieß dabei mit dem Hinterkopf gegen die Holzkante. Vorsichtig schubste sie den randvollen Eimer vor sich her und ließ den Putzlappen demonstrativ ins Wasser plumpsen. Befriedigt registrierte sie daraufhin die Spülwasserflecken auf den hellen Ziegenlederschuhen.

„Oh, Herr Schneider", flötete sie und hob ihre gummibehandschuhten Hände, „ich wische gerade die Bodenleisten. Sie glauben nicht, wie schmutzig die sind!"

Scheinheilig lächelte sie zwischen den Tischbeinen hinauf, während ihr Fuß die Sporttasche weiter in die Ecke schob. Gottseidank hatte sie den Behälter letzte Woche neben dem Schreibtisch vergessen. Zwar pumpte ihr Herz wie ein Dampfkessel, doch im Schutz der Dunkelheit bemerkte man davon nicht viel. Hagen Schneider schien ihr Verhalten zwar merkwürdig, nicht aber verdächtig zu finden. Er schmunzelte.

„Frau Jacoby, nun liegen Sie mir schon wieder zu Füßen. Muss ich mir Sorgen machen?"

Ha ha, sehr witzig. Ihr Lachen fiel einige Oktaven höher als notwendig aus, was ihrem Chef ebenfalls entging. Schuldbewusst krabbelte sie unter dem Tisch hervor. Die Gummihandschuhe ließen sich nur widerwillig von ihren Händen zurren. Mit einem schmatzenden Geräusch lösten sie sich von ihrer Haut.

„Hat Ihr Besuch einen bestimmten Grund?"

Er spionierte ihr nach. Hoffentlich roch er den Braten nicht. Doch der Abteilungsleiter ging nicht auf ihre Frage ein. Vielmehr stellte er die gefürchtete Gegenfrage.

„Gehen Sie zum Sport?"

Mist. Er bückte sich tiefer und zeigte auf ihre Sporttasche.

Mist. Mist. Mist! Sie flog auf!

„Ja, direkt nach Feierabend", gurrte sie und fahndete krampfhaft nach einer Ablenkung. Ihr Blick fiel auf ihre Kaffeemaschine.

„Möchten Sie einen Kaffee? Ich habe auch Cappuccino oder Milchkaffee ... oder ..."

Schneider fixierte ihre Tasche. Seine Nasenflügel bebten, die

Stirn legte sich in Falten. Sie hörte förmlich, wie es hinter seiner Halbglatze arbeitete.

„Espresso?"

Der letzte Versuch. Plötzlich fühlte sie sich ganz schwach. Sie musste sich setzen. Hagen musterte sie schweigend. Ihr Kiefer pochte. Nein, bitte nicht. Gleich würde sie haltlos mit den Zähnen klappern. Sie könnte notfalls in Ohnmacht fallen...

„Espresso wäre prima", antwortete er nach einer kleinen Ewigkeit.

*

Schon von weitem las sie in Ediths verkniffener Miene, dass es schiefgelaufen war. Die alte Dame eilte diagonal über die Fahrbahn auf den Suzuki zu und ballte die Faust, als ein weißer Transporter hupte und scharf bremste. Als das Fahrzeug auf der vereisten Straße zum Stehen kam, trennten nur wenige Millimeter die Stoßstange von Ediths Knien. Tabea schrumpfte in ihrem Sitz zusammen. Ein Hustenanfall schüttelte sie, angewidert warf sie die letzte Zigarette aus dem Wagen und die leere Schachtel gleich hinterher. Als sie den Kopf hob, war Edith verschwunden.

Vorsichtig öffnete sie die Autotür. Edith lag rücklings im Matsch und umklammerte ihr Schienbein. Sie zog die alte Frau auf die Beine, schleifte sie um die Front herum und bugsierte den schwerfälligen Körper auf den Beifahrersitz. Edith stöhnte, schimpfte und wimmerte. Panisch schlug Tabea die Tür zu, schlitterte auf die andere Seite und sank aufatmend auf den Fahrersitz. Ihr Blick flog zur Fensterfront des Bankgebäudes. Zwischen dichtgedrängten, bemäntelten Leibern entdeckte sie das wutverzerrte Gesicht des Portiers. In seiner erhobenen Hand hielt er Ediths Zettel. Trotz der Entfernung erkannte sie das grausame Grinsen, als er mit dem zerknitterten Beweisstück winkte. Oh. Mein. Gott.

Der Motor heulte auf. Tabea legte ihre Rechte auf den Schalthebel und hatte plötzlich den totalen Blackout. Sie starrte den Knauf an und für den Bruchteil einer Sekunde - der ihr endlos schien - passierte nichts. Sie wusste nicht mehr, was dieses Ding war und was man damit anstellte. Sie schielte nach der Drehtür, die soeben den Pförtner ausspuckte. Während sie unendlich langsam anfuhr - bestimmt hatte sie auch vergessen, wie man bremste - dachte sie: Das war's. Stefan würde sie zu einem akkuraten Päckchen falten, wenn er sie aus dem Gefängnis holen musste.

„Fahr los, Mädchen!"

Ediths Stimme klang erstaunlich gefasst. Eine Hand krallte sich in ihren Oberschenkel und drückte kraftvoll ihr Bein auf das Gaspedal.

„Oh nein, oh nein!"

Der Suzuki hüpfte vorwärts, die Reifen drehten auf dem rutschigen Untergrund durch, fanden jedoch plötzlich Halt. Ein Stoß erschütterte das Auto, als Tabea das Lenkrad herumriss und dabei einen blauen Fiat rammte. Dann schoss das Fluchtauto auf der Marienstraße davon.

*

Lukas riss die morschen Dielen aus dem Wohnzimmer und warf sie kurzerhand in den Vorgarten. Sollten sie da draußen im Schneematsch verrotten, bis der Sperrmüll kam. Er rieb sich die Hände, klopfte den Schmutz von seiner Latzhose und betrachtete befriedigt sein Tagewerk.

Zum Erstaunen des Dienststellenleiters und zum allgemeinen Entsetzen der Kollegen hatte Kommissar Felden sich drei Tage beurlauben lassen. In Erinnerung an die ungläubigen Blicke, die ihm gefolgt waren, als er pfeifend das Revier verlassen hatte, überzog ein Grinsen sein Gesicht. Müde und abgespannt fühlte er sich immer noch, er sehnte sich nach einer Dusche und sein juckendes Kinn benötigte dringend eine Rasur. Doch was er bis dato vollbracht hatte, erfüllte ihn mit unverhohlenem Stolz.

Zunächst hatte er sich von all den Dingen getrennt, die ihn an seine Vergangenheit erinnerten. Einen Tag und die darauffolgende Nacht durchwühlte er vergessene Kisten, zerriss Fotos, sortierte Papiere und fuhr Veras Sachen kofferweise zur Heilsarmee. Anschließend fielen die furnierten Möbel seiner zornigen Axt zum Opfer und das Porzellan der Schwiegermutter zerschellte auf dem Küchenboden. Er fegte die hunderttausend Scherben seiner Ehe zusammen und warf sie in den Glascontainer. Zurück in den halbleeren Wohnräumen, packte er sofort den restlichen Müll in Säcke. Als sein altes Leben fein aufgereiht in blauen Tüten am Gartenzaun lehnte, genoss er eine wohlverdiente Pause. In der zweiten Nacht schlief er traumlos und erwachte am nächsten Morgen beinahe als ein Anderer.

Nun saß er im Schneidersitz auf den frischgebeizten Holzpaneelen seiner Veranda, rauchte eine Zigarette und bemerkte erstmalig den Kirschbaum, dessen Zweige bis ans Küchenfenster reichten. Er spürte leises Bedauern, als ihn sein Pieper zu einem Notfall ins Revier rief.

*

Paulina vernahm das hektische Fußtrappeln auf dem Gang und fand sich damit ab, dass ihr Vorhaben misslungen war. Krampfhaft hielt sie das Gesicht ihrem Gesprächspartner zugewandt. Das falsche Lächeln hatte sich für alle Zeiten in ihre Wangenmuskeln eingegraben und ihr Nacken schmerzte vom andauernden Nicken. Von einem Austausch konnte kaum die Rede sein. Seit zwanzig Minuten lag ihr Chef behaglich in ihrem Bürosessel und ergoss sich in einem weitschweifigen Monolog über seinen letzten Urlaub auf Bali. Anscheinend hatte er ihr Kaffeeangebot als Signal zur Vertraulichkeit verstanden. Er schwärmte von seinen Tauchgängen und schilderte detailliert, wie man einem Babyhai mittels Harpune den Garaus machte und ihn anschließend zerlegte. Die zartgrüne Färbung ihrer Miene ignorierte er vollkommen. Markerschütterndes Gebrüll von draußen ließ seinen blutigen Vortrag gottlob unvollendet. Sie erhob sich mit verwirrtem Gesichtsausdruck, während er sich aufrappelte und sein Blick zur Tür flog. Eine zornige Stimme ertönte auf dem Gang. Hagen zuckte zusammen, als er seinen Vorgesetzten Dr. Grüneberg erkannte.

„Was sind Sie bloß für eine Schnarchnase, Sie Sicherheitsbeamter, Sie?!"

„Aber ... ich versichere Ihnen, ich habe den Bildschirm nicht aus den Augen ...," -

„Das kann ich mir allerdings vorstellen. So fesselnd ihre Seifenoper auch sein mag, es ist ihr Job, die Kameras zu überwachen, Sie Versager!"

„Ja Chef ... Tut mir leid ..."

Sie stellte sich Herrn Schnabels zerknirschtes Gesicht vor und bekam sofort ein schlechtes Gewissen.

„Welch Glück für Sie, dass die Bankräuberin unverrichteter Dinge entwischt ist! Betrachten Sie das als Warnung. Sind Sie beim nächsten Vorfall nicht unverzüglich zur Stelle, können Sie sich in die Warteschlange vor dem Arbeitsamt einreihen!"

Die Stimme verebbte. Paulina spürte den Stein förmlich von ihrer Brust poltern. Schneider hypnotisierte derweil die Tür.

„Ich glaube, die sind weg."

Er drückte die Klinke und steckte vorsichtig den Kopf hinaus.

„Wohl besser, ich frage nach, ob mein Typ verlangt wird."

Sein unbekümmerter Ton überspielte kaum die Furcht dahinter. Plötzlich hatte der Abteilungsleiter es furchtbar eilig.

*

Indes hielten die Dienstfahrzeuge der Kriminalinspektion KK2 mit heulenden Sirenen vor dem Bankgebäude. Unter den neugierigen Blicken der Passanten schritt eine Handvoll uniformierter Beamter durch den Haupteingang, wo sie von einem aufgeregten Pförtner in einer albernen Livree, betretenen Bankangestellten und drei Bankvorständen erwartet wurden. Lukas Felden verkniff sich ein spöttisches Grinsen angesichts der bedröppelten Mienen, die ihm schon vorher verrieten, dass es mit den Sicherheitsvorkehrungen in der Blau & Cie. nicht zum Besten stand. Als der Notruf in der Zentrale eingegangen war, befanden sich die Täter längst über alle Berge.

Er setzte sein gefürchtetes Ermittlergesicht auf und wandt sich grußlos an denjenigen Anzugträger, in dem er den Geschäftsführer vermutete. Der schlechtgelaunte Mann stellte sich als Dr. Grüneberg vor und kam ebenfalls ohne Umschweife zur Sache. In knappen Worten umschrieb er den Hergang des fehlgeschlagenen Raubüberfalls und reichte ihm einen zerknitterten Zettel. Lukas nahm ihn mit spitzen Fingern entgegen, ließ ihn in eine Plastikfolie gleiten und trat an die Fensterfront. Die Notiz war in Altdeutsch verfasst. Er las den Satz einmal, zweimal und ein weiteres Mal und runzelte die Stirn. Die eigenwillige Handschrift kam ihm vage bekannt vor.

„Das ist ein Überfall! Bitte geben Sie umgehend Bargeld heraus!"

Ziemlich höflich formuliert. Eine perfide neue Strategie oder ein

Trittbrettfahrer - Trittbrettfahrerin- verbesserte er sich im Stillen und sah auf. In der gegenüberliegenden Parkbucht ging der Fahrer eines blauen Fiats auf eine Kollegin der Streife los, die eifrig ihren Anzeigenaufnahmeblock zückte. Der übergewichtige Autobesitzer deutete erbost auf seine Stoßstange und zeigte anschließend die Marienstraße stadtauswärts. Abermals verfing er sich in dem großgeschriebenen D.

Plötzlich war er sicher, dass ihm der ungewöhnlich geschwungene Buchstabe schon untergekommen war. Nur wo? Eine alte Frau sollte es laut Zeugen angeblich gewesen sein. Er schüttelte den Kopf. Auf Personenbeschreibungen sensationslustiger Gaffer gab er nicht das Geringste. Indes räusperte sich Dr. Grüneberg nachdrücklich. Unwillig wandt er sich dem Bankchef zu.

„Wo befindet sich ihre Sicherheitszentrale? Ich muss die Überwachungsvideos sehen."

Dr. Grüneberg wirkte betreten.

Lukas hakte sofort nach: „Sie haben doch eine Kamera?"

Der Anzugträger nickte rasch. Hinter ihm stand ein uniformierter Mann von der Körpergröße eines Elefanten mit dem Gebaren einer Maus. Er fixierte seine Stiefelspitzen und zerknautschte die Dienstmütze mit seinen riesigen Pranken.

„Sind Sie der Sicherheitsbeamte?"

Der Angesprochene bejahte zögerlich, nicht ohne einen Seitenblick auf das unbewegte Gesicht seines Vorgesetzten.

„Günther Schnabel, Herr Kommissar."

Wenigstens passte die Stimme zu seinem Aussehen, dachte Lukas belustigt.

„Dann zeigen Sie mir mal ihre Aufnahmen."

Schnabel wies zur linksgelegenen Treppe, sichtlich froh, dem Dunstkreis der Vorstandsetage zu entkommen. Zügig schritt er den Polizeibeamten voraus.

*

Paulina traute sich nicht aus ihrer Kammer heraus. Sie wippte auf ihrem Bürosessel, während sie unverdrossen Zahlen und Buchstaben in ihren Bildschirm tippte. Das Radio dudelte im Hintergrund, gezwungen summte sie mit und klopfte rythmisch mit den Füßen. In dem Telefonat mit der aufgelösten Tabea, die gottlob mit der zwar lädierten, aber lebendigen Edith längst zuhause saß, hatten sie sich darauf verständigt, dass es Paulinas Alibi zugute käme, wenn sie ihren Hintern da ließ, wo er war. Obwohl sie vor Nervosität beinahe auseinanderfiel und am liebsten postwendend die Flucht ergriffen hätte. Der unzähligste Versuch, Jo zu erreichen, schlug aufgrund einer Leitungsstörung fehl. Sie musste sich mit ihrer eigenen Gesellschaft und der ihrer Ablageakten begnügen.

Mitten im Lied „Midnight Train to Georgia" von Gladys Knight & The Pips hob sie den Kopf und horchte. Logisch, dass nach einem solchen Vorfall die Herren in Grün auf der Matte standen. Eine polizeiliche Untersuchung war bei derartigen Geschehnissen obligatorisch. Der Ernstfall unterschied sich jedoch himmelweit von jeglicher Theorie. Zumal sie selbst der Anlass für das bedrohliche Geräusch etlicher Polizistenstiefel war, die da draußen den Gang durchschritten.

Unwillkürlich sank sie auf ihrem Sitz zusammen. Ihr Körper pumpte einen Adrenalinschwall durch sie hindurch, der sie in höchste Alarmbereitschaft versetzte. Sie schwitzte und fror gleichzeitig, ihre Halsschlagader pochte, während ihr Gesicht sich anfühlte, als sei es vollkommen blutleer. Alles in ihr schrie danach wegzulaufen. Doch sie rührte sich nicht.

*

Lukas blickte stumm auf den Bildschirm. Die miese Aufnahmequalität machte das Video unscharf und grobkörnig. Er begriff es nicht. Diese vor Reichtum strotzenden Banken gaben Unsummen für hochpreisiges Inventar aus und sparten anschließend beim Herz des Unternehmens, einem ausgeklügelten Sicherheitssystem. Allein die Tatsache, dass die Kontrollzentrale sich völlig abseits im Keller befand, statt nah am Geschehen zu siedeln, ärgerte ihn maßlos. Zudem schien Schnabel mit den Geräten nicht sonderlich vertraut. Nachdem dieser beschämt den Privatfernsehsender ausgeschaltet hatte, drückte er wahllos auf den Knöpfen des Steuerboards herum, ehe er imstande war, die Überwachungsfilme anzuzeigen. Das Band stockte und sprang vorwärts, eine Lücke von drei Minuten lassend, und holperte mit jeder Menge Schnee im Bild weiter. Der Kommissar sog angesichts dieser Beweiskatastrophe scharf die Luft ein.

„Spulen Sie das zurück und lassen Sie es im Zeitraffer laufen!" bellte er, woraufhin der Sicherheitsmann ratlos auf die Schalter blickte. Sein Finger schwebte über einem Kippschalter, schwang jedoch nach links, verharrte und legte schließlich doch den ersten Hebel um. Der Bildschirm wurde schwarz.

„Oh."

Schnabels hochrote Gesichtsfarbe wechselte zu totenbleich. Lukas platzte der Kragen.

„Sagen Sie nicht, dass Sie die Aufnahme gelöscht haben!"

Der Sicherheitsbeamte öffnete und schloss unablässig den Mund wie ein dicker Karpfen in einer Badewanne, der man den Stöpsel gezogen hatte. Lukas' Faust sauste auf die Tischplatte. Am liebsten hätte er dieselbe in Schnabels Gesicht platziert. Oder gleich in dem Dr. Grünebergs. Der starrte sprachlos auf die leere Monitoranzeige.

„Ich nehme die Bänder mit, ehe Ihre Fachleute hier noch mehr versauen! Wir verfügen über versierte Experten, die damit umzugehen wissen", befahl er, war aber längst nicht fertig.

„Und wenn ich einen unverbindlichen Rat erteilen darf: Investieren Sie in moderne Technik und schulen Sie Ihre Leute, falls Ihnen am Vermögen Ihrer Kunden liegt."

Er rang sich ein Lächeln ab und klopfte Schnabel auf die Schulter. Der schien kurz davor, in Tränen auszubrechen.

„Sie können nichts dafür, Mann."

Der Kommissar bedachte den Bankdirektor mit einem verstimmten Blick und nickte seinen Kollegen zu. Die packten zügig die Videobänder ein. In Gedanken befand er sich bereits in der Dienststelle, als er den Gang betrat. Beiläufig registrierte er die geschlossenen Türen und dazugehörigen Raumnummern, an denen er vorbei ging. Hinter einer davon lauschte eine reglose Paulina seinen Schritten, die sich auf der Wendeltreppe nach oben verloren.

*

Tabea war am Rande eines Nervenzusammenbruchs. Unablässig rannte sie von der Küche ins Wohnzimmer und zurück, das Telefon zwischen Schulter und Kiefer geklemmt. Sie schüttete Eis über Tücher, wischte die Wasserflecken von den Fliesen, bückte sich nach dem Schmorbraten im Ofen, spurtete zu Edith, die blass auf der Couch dahinvegetierte, und verabreichte ihr den nächsten kalten Umschlag. Der Knöchel schwoll auf die Größe einer Pampelmuse und nahm die Farbe einer Pflaume an. Dass die Versehrte keinen Mucks von sich gab und nach einer Marlboro verlangte, erfüllte sie mit diffuser Besorgnis. Sie kippte zu Maximilians Verzückung eine komplette Packung Hundeflocken in den Futternapf, verbrannte sich die Finger am Blech und griff fluchend nach einem Küchentuch. Unverdrossen höhnte der Besetztton in ihr Ohr, sie konnte weder den Arzt noch Paulina erreichen.

Schwer atmend beugte sie sich über die Spüle, um einen Zug von ihrer fast verglommenen Zigarette zu nehmen, die sie achtlos in der Seifenschale abgelegt hatte. Sie verzog das Gesicht, als sie Mandelseife schmeckte. Zeitgleich erklang ein Wimmern im Wohnzimmer, in ihrem Ohr meldete sich die Sprechstundenhilfe und Paulina tauchte in der Tür auf.

„Hallo? Ich brauche einen Arzt!"

Einen Moment lauschte Tabea der Antwort, die eindeutig nicht das war, was sie hören wollte.

„Ist mir schnuppe, dass Professor Haberstock keine Hausbesuche macht! Hier liegt eine transportunfähige alte Dame, die Hilfe braucht. Also teilen Sie Ihrem Chef mit, dass Edith von Dahlen nach ihm verlangt!", brüllte sie und warf die Backofentür zu.

„Warum ich das nicht gleich gesagt habe?!"

Wütend nahm sie Anlauf für die nächste Schimpfkanonade, bekam aber rechtzeitig die Kurve, als eine tiefe Stimme am anderen Ende ertönte.

„Oh, Dr. Haberstock. In einer halben Stunde? Das wäre wunderbar!"

Beruhigt legte sie den Hörer auf die Gabel.

Im Wohnzimmer fand sie ihre Freundin kniend auf dem Teppich vor. Sie umfasste Ediths Hand, während diese die Augen geschlossen hielt.

„Ist alles in Ordnung?"

Paulina nickte. Unvermittelt fuhr ein Lächeln über ihr Gesicht. Edith schnarchte ebenso laut wie der Mops an ihrer Seite.

„Ich habe das Büro nicht mal verlassen. Mir kam der Schneider dazwischen."

„Und die Polizei?"

„Die kommt mit unseren Bändern bestimmt nicht weit."

„Und jetzt?"

„Wir warten ab."

*

Das Warten gehörte nicht gerade zu Lukas' Stärken. Der Kommissar trommelte mit seinem Kugelschreiber auf der zerkratzten Platte seines Schreibtisches herum. Seit einer geschlagenen Stunde wartete er auf die Meldung des Technikers, der soeben aus den zweitklassigen Videoaufnahmen der Blau & Cie. Bank verwertbares Material herstellte. Ungeduldig schob er die Unterlagen von einer Seite zur anderen. Allein die Zeugenaussagen zu den Banküberfällen füllten mehrere Ordner. Rastlos wanderte sein Blick zu der mit bunten Notizen und Fahndungsfotos gespickten Pinnwand, verharrte auf den Tatortbildern von der Kreissparkasse und fuhr zurück. Er nahm eine der Mappen zur Hand und blätterte in den obersten Formularen. Selten hatte er in einem Fall so viele widersprüchliche Täterprofile konstruiert. Jeder Depp meinte, seine Beobachtungen zur Anzeige bringen zu müssen, die sich letztlich als unbrauchbar erwiesen. Ein Augenzeuge hatte sich nicht annähernd in der Nähe des Tatortes befunden und ein anderer Wichtigtuer stellte sich als rachsüchtiger Zampano heraus, der seinem Nachbarn mittels Falschaussage eins auswischen wollte. Nicht zu vergessen die Profilneurotiker, die mit den absurdesten Behauptungen seine Zeit stahlen, deren Zuständigkeit eher bei Anwälten, Verbänden oder Psychiatern lag. Die alte Frau von neulich beispielsweise. Oder ...

Lukas stutzte. Er nestelte aus seiner Jackeninnentasche die Plastikfolie mit dem zerknitterten Zettel aus der Blau & Cie. hervor. Vorsichtig glättete er die Hülle und legte sie vor sich auf den Tisch. Er erhob sich und ging in die Anzeigenaufnahme hinüber. Ihm war ein Einfall gekommen, der zwar paradox daherkam, jedoch überprüft werden musste.

Otto war für seine Pedanterie bekannt und zum ersten Mal

amüsierte Lukas sich nicht darüber, sondern war dem Kollegen für seine Ordnungsliebe zutiefst dankbar. Er fand den richtigen Ordner sofort und kehrte in sein Büro zurück.

Das einfältige Grinsen verging ihm innerhalb von Sekunden. Stattdessen glotzte er verblüfft auf das Anzeigenaufnahmeformular und den in Plastik gehüllten Schrieb. Die beiden Handschriften glichen einander wie ein Ei dem anderen. Vor allem das kühne D unter der Anzeige war unverkennbar dasselbe. Er hatte die mutmaßliche Täterin gefunden. Ein albernes Lachen entfuhr ihm. Die Bankräuberin war eine 72-jährige Oma.

„Kommissar Felden, ich hab's hingekriegt!"

Lukas riss dem Polizeitechniker das Abspielgerät beinahe aus den Händen. Der noch unerfahrene Beamte beobachtete interessiert, wie der ältere Kollege seinen Schreibtisch von den Akten befreite, die mit einem Wisch zu Boden fielen, und mit fliegenden Fingern den Rekorder mit seinem Bildschirm verband.

Wenige Sekunden später erschien ein nahezu störungsfreies Bild auf dem Monitor, welches die Schalterhalle zeigte. Lukas bedachte den Knaben mit einem anerkennenden Blick, der diesen vor Stolz erglühen ließ. Das Leuchten auf dem von Aknenarben zerfurchten Gesicht erlosch, als Felden zur Tür wies.

„Danke, das war's", nickte der Dienstältere, dessen Aufmerksamkeit längst der Videoaufnahme gehörte. Er drückte die Suchlauftaste und löste seinen Daumen erst zur Tatzeit von dem Knopf. Gebannt studierte er die ziellos umherlaufenden Personen im Fokus. Innerlich verfluchte er das sinnlose Rotationssystem, mit dem man offenbar glaubte, zusätzliche Überwachungsgeräte einsparen zu können, das eine genaue Aufnahme jedoch unmöglich machte. Dennoch wurde sein geschultes Auge fündig. Mit einem „Bingo!" stoppte er die Aufzeichnung und betrachtete das klare Standbild.

Es zeigte eine zierliche Dame in Schwarz, deren Schleierhütchen zur Seite gerutscht war. Ein durchdringender Blick fixierte ihn tadelnd durch den Kamerafokus. Sie wirkte in der Momentaufnahme so lebendig, dass sogar der abgebrühte Ermittler Felden schluckte, weil der Knabe in ihm zutage trat, der wieder einmal etwas angestellt hatte. Zweifel gab es keine, er besaß ein hervorragendes Gedächtnis für Gesichter. Es handelte sich eindeutig um Edith von Dahlen, die Frau, die vor Tagen ihre Bank wegen Betrugs angezeigt hatte. In der erhobenen Hand hielt sie den Zettel, der als Beweisstück A auf seinem Schreibtisch lag.

*

Gegen dreiundzwanzig Uhr unterschrieb Lukas widerwillig den Observationsbefehl. Er glaubte beileibe nicht, dass die Oma zu den Ganoven gehörte, die er wie Stecknadeln im Heuhaufen suchte. Die Indizien sprachen zwar gegen die bedauernswerte Witwe, aber mit besagter Bankraubserie, die er der organisierten Kriminalität zuordnete, hatte sie gewiss nichts am Schleierhütchen. Doch er durfte sich in der leidigen Angelegenheit keinen weiteren Fehler erlauben. Da sein Dienststellenleiter bereits die Messer wetzte, um ihm das Fell über die Ohren zu ziehen, musste er jedem unsinnigen Hinweis nachgehen. Selbst die winzigste Wahrscheinlichkeit der Komplizenschaft zwang ihn zum Handeln und sei es nur der Form halber, um von dem Verdacht Abstand zu nehmen.

Lukas verzog den schmalen Mund. Er wertete den Überfallsversuch als Akt reiner Verzweiflung, den letzten Ausweg, um rasch an Geld zu kommen. Vermutlich saß sie reuevoll und dem Herzinfarkt nahe in ihrem Ohrensessel, der ihr nicht einmal gehörte. Er überprüfte erneut die Adresse auf dem Postnachsendeantrag. Das Dahlensche Anwesen hatte man seinen Recherchen zufolge vor einigen Tagen versteigert. Vermutlich wohnte sie bei einer Bekannten oder Freundin. Welch ein Abstieg für eine Dame aus höheren Kreisen! Das Dahlenunternehmen hatte bankrott gemeldet, der Mann lag unter der Erde. Und die Witwe wurde von ihren Gläubigern mit Schimpf und Schande aus dem eigenen Heim gejagt. Er schüttelte mitleidig den Kopf.

Überraschenderweise hatte er eine weitere Akte im Archiv gefunden. Sie trug den Namen Lützow und bezog sich auf einen Entführungsfall in den Siebzigern. Taucher hatten das vierjährige Mädchen tot aus dem Rhein geborgen. Trotz der Kooperationsbereitschaft des Unternehmerpaares hatten die Entführer Marie Lützow nicht verschont.

Lukas unterdrückte seine Wut und das Bedauern, welches auf dem Fuße folgte. Diese Sache war verjährt, die Täter gefasst und er musste im Hier und Jetzt seine Pflicht tun. Verbrechen war Verbrechen. Auch der Vorsatz gehörte geahndet und das kriminelle Gedankengut im Keim erstickt. Bestenfalls durfte er die Observation nach einer Woche abblasen und die Alte kam mit einer Verwarnung davon.

Ehe er das Licht löschte, entschloss er sich, in den kommenden Tagen erneut in der Blau & Cie. vorbeizuschauen. Er wollte nachsehen, ob sich bezüglich der Modernisierung des Sicherheitssystems etwas tat, und noch einige Bankangestellte zu dem Vorgang befragen. Wenn sein Antrag durchging, was er nicht bezweifelte, konnte er sich gleich morgen in den Zivildienstwagen setzen und mit der Überwachung beginnen. Er dachte lächelnd an den Bücherstapel, der zuhause auf ihn wartete. Wider Erwarten hatte er Gefallen am Lesen gefunden. Es interessierte ihn brennend, wie sein Krimi weiterging. Diese Observation eignete sich hervorragend für solcherlei Zerstreuungen.

10. Kapitel

„Nichts ist so leicht, wie es aussieht."
Neunte Erkenntnis aus Murphys Gesetz

Zu Ediths Missfallen bestand Professor Haberstock auf einige Tage uneingeschränkter Bettruhe. Gottseidank war ihr Knöchel nur verstaucht, was die Angelegenheit aber weder weniger schmerzhaft noch enorm spannend machte. Edith hasste nichts mehr als Untätigkeit. Der alte Arzt hatte seiner Patientin einen provisorischen Gipsverband verpasst, mit dem sie unbeweglich war wie ein Betonpfeiler. Als gebrechliche Greisin ans Bett gefesselt zu sein, empfand sie als absolute Höchststrafe. Und das sollte jeder in ihrer unmittelbaren Umgebung spüren.

Da sich sonst keine Zerstreuung fand, konzentrierte sie ihre unerschöpfliche Energie darauf, Tabea und Paulina durch die Gegend zu scheuchen. Mit dem festen Vorsatz, das Helfersyndrom der beiden zu durchbrechen, stellte sie die aberwitzigsten Forderungen. Sie brachte Tabea mit ihren Sonderwünschen innerhalb kürzester Zeit dermaßen zur Weißglut, dass diese nur müde abwinkte, als Edith entgegen der ärztlichen Empfehlung am nächsten Tag aufstand und sich mit schmerzverzerrter Miene in der Wohnung umher schleppte.

„Soll sie machen, was sie will. Hauptsache, ich muss nicht wieder los, um Stockfischkaviar oder andere Abscheulichkeiten aufzutreiben", stöhnte Tabea und schüttelte sich angeekelt. Mit halbem Ohr horchte sie Ediths Gemurmel, die soeben ihrem Anwalt telefonisch das Höllenfeuer bescherte, und fühlte zutiefst mit dem unschuldigen Mann.

„Es ist mir gleichgültig, dass das Schweizer Institut meine Kreditkarte sperren wird! Ich besorge mir in Liechtenstein eine Neue! - Natürlich wissen Sie nichts von diesem Konto. Das nennt man Privatsphäre! Konzentrieren Sie sich lieber auf die Klage gegen diese Bankhaie, die sich mein Vermögen einverleibt haben, Sie Anfänger!"

Kaum donnerte der Hörer auf die Gabel, räumte Tabea geschäftig die Spülmaschine aus und Paulina verschwand hinter der erhobenen Tageszeitung. Mit furchterregendem Gesichtsausdruck humpelte Edith in die Küche. Paulinas Zeitung raschelte, Tabea beugte sich tiefer und fiel fast in den Geschirrspüler hinein.

„So, die Damen", sagte sie streng, „wenn wir uns fertig amüsiert haben, sind wir vielleicht in der Lage, unsere Planung zu überdenken."

Tabea verlor das Gleichgewicht und klammerte sich an die Maschinenklappe. Paulina ließ das Journal sinken.

„Wie meinst du das?"

„Na, wir wissen immer noch nicht, was sich in dem ominösen Schließfach befindet!"

Die jungen Frauen wechselten einen Blick.

„Willst du das Ganze etwa nochmal versuchen?"

„Aber natürlich!" Edith hob kampflustig das spitze Kinn.

„Genügt dir das eine Bein im Gefängnis nicht?"

„Papperlapapp! Ihr werdet Euch doch nicht von ein bisschen Pech entmutigen lassen. Wer vom Pferd fällt, tauscht den defekten Sattel aus und setzt sich erneut hinein. Wir bereiten uns besser vor und üben den Ablauf vorher!"

Paulina zuckte die Schultern. „Meinetwegen. Ich hab´ sowieso nichts zu verlieren."

Tabea sah bestürzt zu ihrer Freundin.

„Wer bist du? Was hast du mit meiner Paulina gemacht?", raunte sie und piekste Paulina in die Brust, was diese mit einem sanften Lächeln quittierte.

„Ich sage nur Dubai", murmelte Edith beiläufig.

„Okay. Bin dabei!"

*

Der Kommissar duckte sich in den schlammigen Graben, als der Killer das Feuer eröffnete. Haarscharf verfehlte ihn das Geschoss, pfiff an seinem linken Ohr vorbei und stob in den Ginsterbusch. Schutzsuchend robbte er die Böschung hinauf, während seine Rechte fieberhaft ...

Lukas biss in seine Wurststulle und schlug gebannt die nächste Seite um. Mayonnaise quoll zwischen den Brotscheiben hervor und tropfte auf sein Hemd. Ohne aufzusehen, wischte er über den Baumwollstoff und leckte das Fett von seinem Handrücken. Sein silberner Kombi parkte in der Wüllner Straße zwischen einem weißen Lieferwagen und einem schwarzen Mercedes, schräg gegenüber der Hausnummer 131. In der gehobenen Mittelschichtssiedlung war die Welt noch in Ordnung. Hier lebten Rentner und gutsituierte Paare, Mütter schoben Kinderwägen. Gleich um die Ecke befand sich eine Grünfläche mit Bolzplatz und den Stadtwald erreichte man fußläufig, folgte man dem künstlichen Kanal stadtauswärts. Lukas mochte dieses Viertel, in dem er einige Jahre Streife gefahren war, ehe man ihn ins Zentralrevier zur Kripo beordert hatte. Er und Vera hatten daran gedacht, sich in Lindenthal niederzulassen, entschieden sich damals aber für das Objekt im Bergischen.

Ein bisschen fühlte sich dieser Morgen also nach Heimkommen an, als er den Dienstwagen in die Gasse lenkte, um die sinnlose Observation einer 72-Jährigen zu starten, die neun Banken ausgeraubt haben sollte. Nachdem er darüber geschlafen hatte, hielt er die Überwachungsidee für absoluten Bockmist. Was seinen Dienststellenleiter nicht davon abgehalten hatte, die Maßnahme begeistert abzunicken. Offenbar saß diesem der Polizeipräsident oder sonst ein Wichtigtuer aus der Politik im Nacken. Die Bankraubbande rührte sich seit Tagen nicht und Lukas beschlich das Gefühl, dass die Russen mittlerweile in einer anderen Großstadt ihr Unwesen trieben. Nach neun Überfällen war ihnen logischerweise der Boden unter den Füßen zu heiß geworden.

Kommissar Felden tat jedenfalls seine Pflicht. Und da er sowieso keine Wahl hatte, konnte er die Sache ebenso gut mit Standheizung, SKK-Gedeck (Stulle-Kaffee-Kippe) und seinem spannenden Thriller aussitzen. Da die Grippewelle dauerhaft im Revier grassierte, war sein Partner Jochen, der Computerspezialist, wegen eines schwerwiegenden EDV-Problems in die Kriminalinspektion 3 abkommandiert worden, was Lukas sehr gelegen kam. Sein Protagonist befand sich gerade in einer äußerst brenzligen Situation und er ließ sich nur allzu willig in die Geschichte locken.

Beinahe wäre ihm entgangen, dass sich die Haustür öffnete. Eine Frau trat in die für Anfang Dezember ungewöhnliche Kälte. Sie hatte sich bis zur Nasenspitze in einen Wollschal gemummt und trug die Mütze tief in die Stirn gezogen. Erst als der kleine Hund bellte, schrak Lukas aus seiner Lektüre auf. Das Wurstbrot landete in seinem Schoß und heißer Kaffee schwappte über seine Hose. Sie indes durchquerte den Vorgarten und wartete am Gartentörchen. Scharrte mit ihren eleganten Stiefeln, bückte sich und warf einen Schneeball nach dem Mops. Lukas konnte ein Schmunzeln nicht unterdrücken, als der drollige Kerl mit der Nase voran in einer Wehe verschwand und mit einem Schneehäufchen gekrönt daraus auftauchte. Das verdutzte Faltengesicht war zu lustig. Ihr helles Lachen rief eine diffuse Erinnerung in ihm wach.

Unwillkürlich rutschte er tiefer in den Autositz. Zwei weitere Frauen erschienen an der Tür. Eindeutig handelte es sich um Edith von Dahlen, die, gestützt auf die pummelige Zweite, mit Gipsfuß die Stufen herunter humpelte.

„Tabea Hüsch-Schlemmer", murmelte er. Er hatte seine Hausaufgaben gemacht. Aber wer war die unbekannte Dritte im Bunde?

*

Edith dirigierte den Wagen in das unterirdische Parkhaus des Kaufhofs. Sie parkten auf dem Behindertenparkplatz direkt am Ausgang und bestiegen den Aufzug in den vierten Stock, wo sich die Spielzeugabteilung befand. Keine der Damen hatte den unauffälligen silbernen Volvo bemerkt, der ihrer Route durch die Innenstadt gefolgt war und einige Fahrzeuge neben ihnen in eine freie Parkbucht einscherte.

Der Fahrstuhl hielt auf jeder Etage, empfing und entließ Mütter mit Kindern, ältere Herren und ungeduldige Anzugträger. Nach geschlagenen zehn Minuten, in denen sie einmal komplett bis ins Kellergeschoss gefahren waren, schälten Paulina, Tabea und Edith sich mühsam zwischen den zahllosen Leibern aus der muffigen Aufzugluft und traten erleichtert ins Kaufhauslicht. Ihr heimlicher Verfolger nahm kurzerhand die Feuertreppe.

Spielzeug übte von jeher einen magischen Reiz auf Paulina aus. Nie konnte sie sich an den bunten Päckchen und Schachteln sattsehen. Sie blieb um Längen hinter der zielstrebigen Edith zurück, die, auf Tabea gestützt, auf die Kostümabteilung zusteuerte. In Köln herrschte das ganze Jahr Karneval, dem tat die Weihnachtszeit keinen Abbruch. Paulinas Finger tauchten in flauschiges Plüschhasenfell, streichelten den Rücken eines Steiff-Hundes und stupsten die Nase eines Tigers, dessen Knopfaugen sie anflehten, ihn mitzunehmen. Besonders die Miniaturpferde aus Plastik hatten es ihr angetan. Papas Hände hatten sie zum Leben erweckt, während er bäuchlings auf dem Kinderzimmerteppich gelegen hatte, wieherte und galoppierte. Peinlich berührt sah sie sich um. In dieser Abteilung befanden sich nur wenig Erwachsene ohne Begleitung eines Kindes. Ein Mann studierte vor einer Spielkonsole die Spielanleitung. Prompt sprang der kleine Rappe in ihre Manteltasche. Das schlechte Gewissen folgte auf dem Fuße. Vermutlich bildete sie sich nur ein, dass sich die Augen des Fremden einen Sekundenbruchteil ungläubig weiteten, als ihre Blicke sich trafen. Sie fühlte sich ertappt, sowohl in ihren kindlichen Neigungen und, was viel schwerer wog, sie hatte gestohlen. Sie senkte die Lider und zögerte. Irgendwie kam das Gesicht ihr vertraut vor. Doch als sie sich vergewissern wollte, war er verschwunden.

„Paulina! Wo bleibst du denn?"

Tabea lugte gequält über die Längsseite des Spielregals. Offenbar gab es Unstimmigkeiten. Die Idee, sich für den Bankraub zu verkleiden und mit Spielzeugpistolen auszurüsten, fand Paulina persönlich ziemlich albern. Aber nach ihrer Meinung fragte ja keiner. Ihr oblagen eh nur die Schließfächer, für die Ablenkung waren Tabea und Edith zuständig. SIE würde sicher nicht als Eisbär gehen.

„Ich komme!"

*

Lukas kauerte hinter dem Legoregal und konnte es kaum fassen. „Seine" Paulina war eine mutmaßliche Komplizin der Bankrauboma und besaß kleptomanische Neigungen. Er kicherte vor sich hin und registrierte viel zu spät die nylonbestrumpften Beine, die in sein Sichtfeld traten. Behelfsweise griff er nach einer beliebigen Packung und taumelte auf die Füße.

„Ah! Dieses Modell erfreut sich großer Beliebtheit bei den Jungs. Für Ihren Sohn?"

Lukas sah die dauergewellte Endvierzigerin, die ihn über den Rand ihrer Lesebrille musterte, verständnislos an.

„Ich habe keinen Sohn."

Erst jetzt wurde ihm bewusst, dass er ein Star-Trek-Raumschiff in der Hand hielt. Die Verkäuferin lächelte milde.

„Auch Mädchen mögen die Enterprise."

„Genau", nickte er und spähte um die Ecke. Gottseidank wanderten die Damen in eine andere Abteilung.

„Wie heißt sie denn?"

„Wer?"

Was trieben die Drei da hinten bloß? Aus der Karnevalsecke schallten erregte Stimmen herüber. Anscheinend stritten die Grazien miteinander.

„Ihre Tochter."

„Meine ... Tochter?"

Plötzlich huschte Verstehen über ihr Gesicht. Das mütterliche Lächeln wurde eine Spur sanfter.

„Sie brauchen sich wirklich nicht zu schämen. Es ist nichts dabei, wenn man gerne mit Lego spielt. Das Modell ist selbst für Erwachsene ziemlich anspruchsvoll."

„Wie bitte?"

„Wir führen auch die Voyager ...", jetzt senkte sich die Stimme diskret, „und dort hinten gibt es naturgetreue Miniaturen von Klingonen. Sogar einen kleinen, niedlichen Mister Spock."

Mit einem verschwörerischen Zwinkern verschwand die Verkäuferin samt der Enterprise Richtung Kasse. Lukas schlich an das Ende des Ganges. Gestützt auf eine Kiste Bauklötze, linste er verstohlen um die Ecke. Die Szene, die sich vor ihm auftat, war zwar befremdlich, jedoch äußerst aufschlussreich.

*

„Du kannst nicht solch ein riesiges Ding mit dir herumschleppen! Kalaschnikow hin oder her. Warum nimmst du nicht den hübschen, kleinen Colt?"

„Aber ich wollte schon immer so ein Sturmgewehr haben!"

Tabeas Unterlippe schob sich nach vorne, wütend stampfte sie mit dem Fuß auf. Ungehalten legte Edith das Gewehr ins Regal zurück und reichte ihr stattdessen eine Spielzeugpistole.

„Ich will aber mindestens zwei davon!"

„Meinetwegen."

„Außerdem brauche ich so ein Dings ... Lederholster, damit ich die Hände frei habe!"

Paulina rollte die Augen gen Himmel. Hatte sie es anfangs noch amüsant gefunden, dass sich Edith und Tabea wegen Wasserspritzpistolen an die Kehle gingen, grauste ihr bei der Vorstellung, wie es bei der Kostümwahl zuginge. Sie warf einer ängstlichen Mutter, die ihr Kind an den Streithähnen vorbeizerrte, einen entschuldigenden Blick zu und strahlte den Verkäufer an, der das Ganze sichtlich nicht witzig fand.

„Die beiden lieben Karneval."

Die Erklärung kam, zugegeben, reichlich lahm daher. An seinem Gesichtsausdruck ließ sich mühelos ablesen, dass er ihr kein Wort glaubte. Stattdessen beäugte er misstrauisch Tabeas lieblosen Umgang mit den Spielzeugpistolen. Die kniff ein Auge zusammen, zielte auf seine sorgenvollen Verkäuferstirnfalten und drückte ab.

„Peng-Peng."

Paulina rutschte aus dem Sattel des Plüschschaukelpferdes und dirigierte Tabea und Edith zu den Kostümständern. Noch im Gehen sah sie sich rasch um. Ein leises Unwohlsein kitzelte zwischen ihren Schulterblättern. Etliche Menschen gingen an ihnen vorbei, niemand blieb stehen oder zollte den drei Damen sonderliche Aufmerksamkeit - trotzdem fühlte sie sich beobachtet.

*

Pavel Kossilic hatte schlechte Laune. Seit einer geschlagenen Stunde saß er in dem betagten, weißen Lieferwagen und drehte Tabak in Papierblättchen. Der Winter zog durch jede Ritze der Karre, der man beim Rosten regelrecht zusehen konnte. Von einer Standheizung durfte seinesgleichen nur träumen. Unter normalen Umständen hätte ihn die Kälte nicht weiter gejuckt. In den Masuren bezeichnete man dies vergleichsweise als Frühlingswetter. Die Monate in diesem schrecklichen Staat hatten ihn verweichlicht. Er hustete trocken, der Schmerz zerriss seine Lungen beinahe. Gequält leckte er über den Klebestreifen und zündete das Glimmstäbchen sofort an. Sogar das Rauchen bedeutete im goldenen Westen Luxus, den er sich kaum leisten konnte. Sehnsüchtig dachte er an die klare Luft zuhause und fragte sich zum hundertsten Mal, warum er sich von diesem Vollidioten überreden ließ, nach Deutschland zu kommen. So verlockend anfangs auch der Gedanke an dieses reiche Land und seine Möglichkeiten gewesen sein mochte, hatte ihn die Lebensrealität in dieser Gesellschaft rasch eines Besseren belehrt. Niemand gab ihm ehrliche Arbeit. Die Deutschen sahen auf seinesgleichen herab, da er nur Brocken dieser schwierigen Sprache beherrschte. Sein Cousin Jurek fand nichts dabei, zu stehlen und zu betrügen. Der Junge war dem undurchsichtigen Igor hörig und drängte ihn, Pavel, seinem Boss gefällig zu sein. Was er zähneknirschend tat, weil ihm keine Wahl blieb, wollte er über die Runden kommen und seiner Familie den monatlichen Umschlag schicken.

Missmutig kurbelte Pavel die Seitenscheibe herunter. Das Quietschen ließ den hageren Mann zusammenzucken, prompt schüttelte ihn ein Hustenanfall. Im Seitenspiegel betrachtete er das schwarze Käfer-Cabrio, das verlassen am Ausgang der Tiefgarage stand. Wo blieben die Weiber bloß? Wenn er hier noch weiter ausharren musste, bräuchte er sich um seine Rückkehr nach Hause bald keine Gedanken mehr zu machen. Man würde das, was die Grippe von ihm übrig ließ, in eine Holzkiste werfen und kostenlos nach Polen fliegen.

Seine schwielige Hand rüttelte an dem Rückspiegel, bis er einen Blick auf sein unrasiertes Gesicht erhaschte. Die dunklen Augen glänzten fiebrig und die Wangen wirkten hohl. Er fummelte am Zündschlüssel und legte den Schalter der Belüftung um. Scheißegal, wenn das Benzin kostete, das war ihm die Wärme wert. Er griff nach der Decke und während er sich in den dünnen Wollstoff hüllte, entblößte der das Luftgewehr auf dem Beifahrersitz. Er seufzte. Wie zum Teufel konnte er nur in diese beschissene Lage geraten. Jurek hatte die Paketübergabe versiebt und er war der Trottel, der seiner Schwuchtel von Cousin aus der Patsche half. Igor hatte deutlich gemacht, dass es schmerzhafte Folgen für den Jungen hätte, wenn diese Sache nicht in Ordnung käme. Nicht, dass ihm an dem kleinen, windigen Schleimer läge, der seinen Hintern jedem anbot, solange ein paar Gramm Pulver rüberwuchsen. Doch Pavel wollte seiner Tante demnächst mit gutem Gewissen in die Augen sehen. Polnisches Blut floss halt dicker als Wasser. Und wenn er dafür eine reiche Tussi um die Ecke bringen musste, dann sollte das eben so sein. Er für seinen Teil fand die Aktion reichlich übertrieben. Als genügte es nicht, der Frau das Paket wieder abzunehmen. Aber ihn fragte ja keiner. Er war nur Kossilic, der Bauer, nicht mehr wert als ein Fliegenschiss und erst recht nicht würdig, für voll genommen zu werden.

Er bedeckte das Gewehr mit einer Plastiktüte, ehe ihm ein erneutes Niesen die Tränen in die Augen trieb. Er wischte den Rotz mit dem Handrücken fort und zwang sich, die Tür im Blick zu behalten.

*

Edith von Dahlen saß seit einer geraumen Weile hinter dem Vorhang der Umkleidekabine und starrte unentwegt auf ihre Hände. Sie hatte zu spät reagiert, als die hysterische Frau in der Spielzeugabteilung das Mädchen allzu nah an ihr vorbei dirigiert hatte.

Viel zu spät. Ediths grimmige Miene kümmerte das Kind ebenso wenig wie das Drängen seiner Mutter. Mit leuchtenden Augen hatte die Kleine nach Ediths Armreif gegriffen. Das hatte sie nun davon. Die Berührung der weichen Kinderhand brannte auf ihrer Haut und weckte unwillkommene Geister.

„Noch mal Mama, noch mal!"
Das Mädchen reichte kaum an den baumelnden Holzsitz heran, dennoch zog es beharrlich an der Kette. Sie wusste nicht, zum wievielten Mal Marie „noch einmal" schaukeln wollte. Allmählich verlor sie die Geduld.
„Nein, Marie. Wir müssen jetzt gehen."
Doch die Vierjährige wollte nicht nach Hause. Marie wollte schaukeln.
Edith warf einen Blick auf ihre Armbanduhr und dachte mit schlechtem Gewissen an die Gäste, die sie in einer Stunde erwartete. Nicht einmal den Weißwein hatte sie kalt gestellt. Walther würde sie umbringen.
„Wenn du jetzt nicht kommst, gehe ich ohne dich."
Natürlich dachte sie nicht im Traum daran, ihre Tochter auf dem Spielplatz zurückzulassen. Ein Lächeln überzog ihr Gesicht, halb amüsiert, halb resigniert. Marie ließ keinen Zweifel an ihrer Abstammung. Das Dahlensche Erbgut durchdrang diesen kleinen, zähen Leib mit einer Vehemenz, die selbst Edith an den Rand der Verzweiflung trieb. Bemüht setzte sie eine strenge Miene auf. Ihr blieb nur eines: Marie ein unwiderstehliches Angebot zu unterbreiten.
„Esse ich eben die Pfannkuchen allein!"
Sprach´s und kehrte der Schaukel den Rücken. Noch während sie davon schlenderte, begann sie lautlos zu zählen. Üblicherweise kam sie bis Zehn. Fünfzehn, war Marie allzu trotzig.
Eins. Zwei. Der Park lag in der Abendsonne. Warmes Zwielicht fiel durch die Blätter der mächtigen Ulmen, die die Spielplatzanlage säumten, und sprenkelte den Grund mit Schattengebilden. Drei. Vier. Obwohl längst Abendessenszeit war, herrschte reger Betrieb. Etliche Mütter saßen oder standen zu einem Plausch beieinander, Kindergeschrei flirrte in der

Sommerhitze. Sie betrachtete wohlwollend einige ältere Kinder auf dem Klettergerüst. Fünf. Sechs. Marie traute sich noch nicht in die Seile, die für eine Vierjährige in schwindelnde Höhen ragten. Das gäbe sie freilich nie zu. Sie fand Klettern einfach doof. Ein Junge spähte in einen Kinderwagen und krähte: „Mami, der hat die Windel voll!" Edith grinste. Sieben. Acht. Noch immer wandt sie der Schaukel den Rücken zu und verdeutlichte ihrer Tochter damit die Endgültigkeit ihrer Entscheidung. Neun. Zehn. Sie blieb stehen.

„Was machst du da?", fragte sie eine Kleine mit Pippi-Langstrumpf-Zöpfen, die verträumt im Sand grub. Sie erhielt keine Antwort. Natürlich nicht. Elf. Zwölf. Ein erneuter Blick auf ihre Armbanduhr. Dreizehn. Vierzehn. Wo blieb das Gör nur? Sie drehte sich um, die Rüge auf den Lippen. Auf der Schaukel flog ein Mädchen in den Himmel. Aber es war nicht Marie.

„Noch mal, Mama, noch mal!"

Sie würde die letzten Worte ihrer Tochter niemals vergessen.

*

„Du willst nicht wirklich als Tina Turner gehen!"

Bestürzt betrachtete Paulina den hautengen Hosenanzug und die Löwenhaarperücke. Zugegeben, die Haarpracht verbarg Ediths Gesicht bis zur Unkenntlichkeit, den Rest besorgte die Brigitte-Bardot-Sonnenbrille. Doch die scharfe Entgegnung blieb aus, Edith winkte nur müde ab.

„Und wieso soll sie nicht?"

Tabea stemmte die Hände auf ihre Hüften und trat kampfeslustig aus ihrer Umkleidekabine. Edith indes schwankte orientierungslos den Gang entlang. Paulina musste zweimal hinsehen und gluckste ungläubig in sich hinein. Ihre Freundin war ein Frosch. Sie stieß einen Finger in Tabeas Brust.

„Nein! Auf keinen Fall!"

„Und wieso nicht?", trotzte Tabea und drehte sich um die eigene Achse.

„Du bist türkis. Und zwar von oben bis unten ...". Sie zeigte auf Edith, die sich soeben in die falsche Umkleide tastete, „... und die da ist eine blinde Diskokugel!"

Paulina verlor allmählich die Geduld. Ihr fiel nicht annähernd die passende Metapher für diesen Irrsinn ein. Stattdessen platzte ihr der Kragen.

„Himmelherrgottnochmal! Darf ich dich daran erinnern, dass in drei Wochen Weihnachten und nicht Karneval ist und wir ...", jetzt flüsterte sie, „... eine Bank ausrauben wollen?!"

Sie sog scharf die Luft ein und erhob mit einem Seitenblick auf Edith, die immer noch schwieg, ihre Stimme: „Es geht hier um UNAUFFÄLLIGKEIT!"

Plötzlich raschelte es hinter dem Regal. Ein Gegenstand polterte zu Boden, daraufhin folgte ein unfeines Fluchen. Paulina hob den Kopf, huschte ans Ende des Gangs und spähte vorsichtig um die Ecke. Aber abgesehen von diversen Legoverpackungen, die kreuz und quer über dem Linoleum verstreut lagen, und einer finster dreinblickenden Verkäuferin, die auf Knien die losen Teile zusammen sammelte, vermochte sie im Parallelgang niemanden auszumachen. Merkwürdigerweise verschwand auch das unablässige Kribbeln in ihrem Rücken. Ehe sie sich eingehender damit befassen konnte, klirrte und schepperte es längsseits. Edith war in dem blinden Versuch, in ihre eigene Kabine zurückzufinden, mit der Stirn gegen die Spiegeltür geknallt.

*

Maximilian von Bodelschwingh-Hochfelden fühlte sich vernachlässigt. Er presste seine Nase gegen die halb heruntergelassene Fensterscheibe neben dem Fahrersitz, wo er unerlaubterweise seit fast einer Stunde auf die Rückkehr seiner Menschen wartete.

So maßlos seine Freude über den Zuwachs seines Rudels war, umso heftiger dauerte es ihn, dass niemand ihm derzeit sonderlich Beachtung schenkte. Die Aufzugtür ließ er nicht aus den traurigen Augen. Gelangweilt leckte er an dem Glas, das nach Fensterreiniger und geschmolzenem Schnee schmeckte. Er nieste. Sein Bauch war ebenso leer wie seine Hundeseele. Irgendwo vernahm er eine menschliche Stimme und ein bellendes Geräusch, das wie ein Artgenosse klang. Max stellte sich auf die Hinterpfoten. Streckte er sich nur genug, konnte er den Kopf durch den Spalt drücken. Kummervoll japste er und bellte in Richtung des weißen Lieferwagens, aus dem er den Laut vernommen hatte. Sein Gram hallte in die Tiefgarage hinein, wand sich um zahllose Stoßstangen und kehrte entlang der Karosserien zurück. Erfolglos. In dem großen Gefährt regte sich nichts. Nur eine vorübereilende Frau blieb stehen, sah ihn mitleidig an und ging mit ihren raschelnden Tüten weiter. Menschen befanden sich stets in Bewegung. Sie hielten nie, nicht einmal, um an einer Straßenecke zu schnuppern.

„He Kleiner. Was machst du denn für einen Lärm?" Der Mann, der zu diesem angenehmen Tonfall gehörte, roch nach Wurstbrot und Zigarettenfiltern. Jetzt streckte er ihm einen Finger entgegen. „Äff!", verteidigte Max den Käfer. Leider war er viel zu hungrig, um bedrohlich zu knurren. Also nippelte er behelfsweise an der Fensterkante und grunzte verlegen. Der Zeigefinger kam näher, berührte seine Schnauze und schwang mahnend auf und ab, wie der von Frauchen.

„Na na na ... du wirst das Auto doch nicht aufessen?"

Max setzte sich artig auf seine Hinterpfoten und blinzelte durch das Fenster.

„Braver Kerl. Mein Ben war nie so gehorsam."

Der Mann lächelte und sah sich hastig um. Zu Maximilians Entzücken öffnete sich in diesem Moment die Aufzugtür. Seine Aufmerksamkeit gehörte sofort den vertrauten Gestalten, die auf den parkenden Wagen zusteuerten. Der Geruch nach Wurst und Zigaretten hatte sich ebenso schnell verflüchtigt, wie seine Erinnerung an den netten Mann.

*

„Merkwürdig."

Wiederholt sah Tabea in den Rückspiegel. Sie fuhren stadtauswärts auf dem Ring und seit sie das Kaufhaus verlassen hatten, stritten Edith und Paulina unablässig miteinander.

„Kindchen, wann fängst du an, das Leben von der amüsanten Seite zu sehen?"

„Sobald dir bewusst wird, dass wir kein Geld für eine Kaution haben!", ereiferte sich Paulina und starrte Ediths Profil wütend an. Die hielt beharrlich den Blick nach vorne gerichtet, während sie die Finger in ihre Perückentüte krallte. Tabeas Fahrstil war, zugegeben, nicht sonderlich magenfreundlich.

„Aber ich lache gerne, wenn ich euch im Knast besuche!"

„Papperlapapp", die alte Dame lachte abfällig, „wir gehen nicht ins Gefängnis."

„Warum bist du dir da bloß so sicher?!

„Na, und warum du dir nicht?", schnappte Edith und schürzte die Lippen.

„Weil ihr mit diesen ...", Paulina pikste in die Plastiktüte, „... Kostümen aussieht wie Möchtegern-Bardamen aus einem Italowestern! Der Wachdienst wird Euch noch im Eingang festnehmen! Boah, Tabea, wo fährst du eigentlich hin, mir ist schon speiübel!"

„Könnt Ihr beide mal die Klappe halten?!", fauchte Tabea, die nach der dritten Umrundung des Kreisverkehrs erheblich daran zweifelte, dass der silbergraue Wagen rein zufällig seit zwanzig Minuten hinter ihnen herfuhr. Sie biss auf ihre Unterlippe und trat auf das Gaspedal. Gleichzeitig riss sie an der Handbremse. Der VW-Käfer schlingerte auf der glatten Fahrbahn auf die linke Spur, während er eine haarscharfe Rechtsbiege vollzog. Ein entgegenkommender Lkw hupte und wich aus. Triumphierend registrierte Tabea aus dem Augenwinkel, dass ihr Verfolger geradeaus gefahren war.

„Ich glaube, wir werden verfolgt."

Paulina schnaubte. „Ja, klar! Der Sheriff ist hinter uns her. Peng, peng!"

Es knallte tatsächlich. Nicht hinter ihnen, sondern vielmehr unter ihnen. Tabea trat heftig auf die Bremse, doch die Reifen fanden keinen Halt. Das Fahrzeug scherte aus und drehte sich um die eigene Achse. Ediths erschrockener Ausruf ging in dem durchdringenden Kreischen der Räder unter. Paulina klammerte sich kreidebleich an die Schlaufe des Haltegriffs. Ihre Gesichtszüge versteinerten, als sich vor ihrem geistigen Auge ein längst verdrängtes Szenario auftat. Beinahe erwartete sie, dass von überall her braune Schokoladendrops auf sie hernieder prasselten.

Das Fahrzeug stand mäuschenstill, während sie mit weitaufgerissenen Augen auf Tabeas Hinterkopf starrte. Ihre Nackenhärchen hatten sich aufgerichtet und eine leichte Rötung überzog die blasse Haut. Einen Sekundenbruchteil herrschte Totenstille. Dann drang das Geräusch des Verkehrs an ihr Ohr. Tränen liefen über ihre Wangen. Ihre Hand hielt die Halteschlaufe umklammert, so fest, dass die Knöchel weiß hervortraten. Das Schluchzen drang als qualvoller Laut hinaus aus der Kinderseele, in der es jahrzehntelang gefangen gewesen war.

„Sch sch", eine Hand löste sanft die Verkrampfung.

„Mein Gott, Paulina! Das tut mir leid!"

Verzweifelt bemühte sich Tabea, den Gurt zu lösen, welcher sie eisern umschlungen hielt. Unter Hupen und Reifenquietschen kam der Verkehr in Gang und beschrieb einen Bogen um ihr Fahrzeug herum.

Paulina kauerte völlig aufgelöst in Ediths Armen. Die alte Frau strich über ihren Rücken und murmelte fortwährend vor sich hin.

„So ist es gut ... es wird schon wieder ..."

Sie förderte ein Taschentuch zutage und Paulina vergrub ihr Gesicht darin. Es roch nach Pfefferminze und sie schloss die Augen. Merkwürdig, wie leicht sie sich fühlte, obwohl sie noch immer weinte.

„Tabea! Sieh nach, was mit dem Wagen ist!", befahl Edith knapp.

Endlich ließ der sture Gurt Tabea los. Sie stieß die Fahrerseite auf und stolperte hinaus, weil ihr Fuß sich unterwegs verhedderte. Keine Minute später drückte sich ihr schuldbewusstes Gesicht an Ediths Seitenscheibe.

„Ich fürchte, wir müssen in die Werkstatt. Der Reifen ist platt."

*

„Hm."

Der Mechaniker musterte den Reifen oder vielmehr das, was davon übrig geblieben war. Er sank in die Hocke und fummelte an dem geschmolzenen Gummi herum. Das tat er lange. Sein Finger fuhr an den Nasenflügel und rieb bedächtig auf und ab.

„Was genau haben Sie noch mal damit gemacht? Ich meine ... außer auf der blanken Felge bis zur Werkstatt zu fahren?"

Der schlaksige Mann schüttelte den Kopf, als koste es ihn Mühe, kein „Typisch Frau" hinterherzuwerfen. Seine ölverschmierten

Daumen verhakten sich in den Trägern des Blaumannes. Sacht wippte er auf der Stelle auf und ab, noch immer bohrte er seinen ungläubigen Blick in den Reifen. Beziehungsweise in die unförmige Gummimasse.

Tabea wickelte eine Locke um ihren Zeigefinger. Dass Kerle andauernd so irre wichtigtaten. Vor allem, wenn es Autos betraf.

„Also, wir sind scharf rechts abgebogen, dann hat es irgendwo geknallt und der Wagen kam irgendwie …",

„Sie sind sicher nicht an den Bordstein gekommen."

Das war eindeutig eine Feststellung, keine Frage. Tabea hob die Brauen.

„Nein, ich glaube nicht. Wie meinen Sie das?"

Sie schielte zum Warteraum, in dem Edith Paulina mittels schwarzem Kaffee ins Leben zurück half. Der Mechaniker gab sich nicht sonderlich Mühe, ihrem schlechten Gewissen Abhilfe zu schaffen. Sie biss sich auf die Gaumeninnenseiten und lenkte ihre Aufmerksamkeit auf den Wichtigtuer, der ihr gerade ihre rüden Fahrkünste vorhielt. Der Mann maß zirka zwei Meter, so dass Tabea gezwungenermaßen zu ihm aufschauten musste, was sie angesichts seiner Überheblichkeit maßlos ärgerte. Zu ihrer Verwunderung las sie Besorgnis in seinem Blick.

„Ich will Ihnen ja keine Angst machen, junge Frau …",

„Okay. Was wird mich der Spaß kosten?"

Tabea wappnete sich innerlich für die horrende Summe, die sie gegen die Fahrtüchtigkeit ihres geliebten Käfercabriolets tauschen musste. Wahrscheinlich war die Achse komplett verzogen.

„Ich denke, sie sollten zur Polizei gehen. Scheint mir ein ziemlich derber Scherz zu sein."

Eine unförmige Metallkapsel rollte in ihre Handfläche.

„Was ist das?"

„Jemand hat auf ihren Reifen geschossen."

*

„Was heißt, du hast danebengeschossen?!"

Igors Faust sauste auf die Planken des aus Dielenbrettern zusammengezimmerten Tisches. Staub wirbelte auf und einige der halbvollen Bierflaschen kippten um. Eine glühende Kippe kullerte auf den Betonboden. Der Laut widerhallte in dem leeren Fabrikgebäude und Jurek zuckte zusammen. Ein unkontrolliertes Zittern erfasste den Jungen und er riss seine Augen auf. Augen mit langen Wimpern, wie die eines Mädchens. Pavel hustete und winkte ab, bemüht, Gleichgültigkeit zu demonstrieren. Gemächlich hob er seine Beine von der Tischplatte, als sein Stuhl kippelte, und angelte nach der Zigarette, ehe sie den Schlafsack in Brand steckte.

„Heißt daneben, Boss. Hab' Reifen getroffen. Zweimal. Musste weg, viele Leute."

Der Weißrusse baute sich vor ihm auf. Er war zwar kleinwüchsig, aber ebenso breit wie hoch, was ihm kompakte Ähnlichkeit mit einer Bulldogge verlieh. Und nicht weniger beeindruckend wirkte. Seine fehlende Körpergröße machte Igor Salchev mittels seines aufbrausenden Wesens allemal wett. Nicht einmal der athletische Pole unterschätzte die maßlose Wut in diesem quadratischen Leib, die in ständiger Bereitschaft schwelte. Salchev war ein gefährlicher Mann. Daran zweifelte Pavel seit dem Tag nicht mehr, als er mit angesehen hatte, wie sein Boss sich unliebsamer Geschäftspartner entledigte. Noch immer hörte er die Schreie des Asiaten, während dieser sich selbst in Einzelteilen an die Fische im Rhein verfüttern musste. Allein die Erinnerung bescherte ihm eine Gänsehaut und bis heute blutige Träume, in denen abgeschnittene Zehen ins trübe Wasser platschten.

Er warf einen Seitenblick auf Jurek. Der sank soeben in sich zusammen und kaute auf seiner Unterlippe. Fettige Strähnen umrahmten das ausgemergelte Knabengesicht und sein Adamsapfel rollte wie eine verirrte Murmel in seinem Hals auf und ab. Die Pupillen des Kleinen waren unnatürlich geweitet und erinnerten ihn an überreife Schwarzkirschen. Pavel unterdrückte die Wut, die ihn unmittelbar befiel. Wo war er da nur rein geraten?

Igor trat so dicht an ihn heran, dass der Pole den fauligen Dunst nach Ölsardinen und Alkohol aus seinem Mund riechen konnte. Dennoch wendete er den Blick nicht ab und beherrschte eisern seine Gesichtsmuskulatur. Keinerlei Schwäche durfte er zeigen, wollte er den polnischen Sommer noch einmal erleben. Gelassen räkelte er sich auf dem wackeligen Holzsitz.

„Ey Chef ... kein Problem. Gute Angst. Kriegen Frau genau da, wo wehtut. Paket kommt bald zurück."

Jurek kicherte in sich hinein. Schwer zu sagen, ob sein Cousin sich um den Verstand gespritzt oder gevögelt hatte. Pavel unterdrückte den Impuls, seine Faust in dem verhärmten Mardergesicht zu platzieren. Stattdessen schubste er den Jungen kurzerhand vom Stuhl, bevor sich dieser Schwachsinnige Igors Zorn zuzog. Zumindest das schuldete er seiner Tante Almeta. Sicherheitshalber trat er den am Boden Liegenden gegen das Schienbein, so dass dieser wimmernd davon krabbelte. Irgendwann würde er es ihm danken.

„Schwuchtel!"

Er musste sich kaum bemühen, verächtlich zu klingen. Igor fixierte ihn aus wässrigen Schweinsäuglein. Pavel erwiderte den prüfenden Blick, stoisch um Gleichmut bemüht. Zu seiner Erleichterung überzog ein sardonisches Grinsen das bärtige Gesicht. Mit den gebleckten Zähnen sah er aus wie ein Werwolf. Salchev puffte ihn in die Seite und lachte dröhnend.

„Wirrst schon wissen, was du tust."

Igors Pranke lag schwer auf seiner Schulter. Pavel sog scharf die Luft ein, als der Daumen sich in sein Schlüsselbein bohrte und damit die freundschaftliche Geste als das enttarnte, was sie war: Eine unmissverständliche Drohung. Bloß keinen Schmerz zulassen. Stattdessen grinste er schief. Wieder näherte sich ihm der faulige Atem.

„Aberr tu's zügig, mein polnischer Bluthund."

Er nickte und lächelte ausdruckslos. Um das Morden kam er eh herum. Nach dem heutigen Coup, wenn er endlich seinen versprochenen Anteil in den Händen hielte, würde er verschwinden. Ob mit oder ohne seinen unseligen Cousin.

*

Lukas kam aus dem Staunen nicht heraus. Obwohl die Damen sich haarscharf um Kopf und Kragen gefahren hatten, rauschte der Käfer erneut sämtliche Geschwindigkeitsbeschränkungen missachtend durch den Kölner Stadtverkehr. Diesmal zügelte er sich und achtete darauf, mehrere Fahrzeuge zwischen seinem Volvo und dem kleinen Volkswagen zu belassen. Er ärgerte sich maßlos über seine Unprofessionalität. Wieso bloß ließ er sich derart ablenken. Schon im Kaufhaus war er Paulina nahezu vor die Füße gestolpert, wäre ihm nicht die Verkäuferin mit Mutterkomplex zu Hilfe gekommen. Er rieb sich die Hüfte. Beim Sprung hinter das Regal hatte er sich eine ordentliche Prellung zugezogen. Prompt schwenkten seine Gedanken zu der irritierenden jungen Frau. Ihre Intuition fand er erstaunlich, beeindruckte ihn mehr als ihm lieb war. Oder doch nicht? Lukas war verwirrt.

Das Cabrio bog unvermittelt links ab, der Fahrer vor ihm vollführte eine Vollbremsung, da Paulinas Ökofreundin offensichtlich keine Ahnung vom Gebrauch des Blinklichts besaß. Gezwungenermaßen fuhr er geradeaus weiter, da er nicht rechtzeitig reagieren konnte. Zum zweiten Mal heute. Grimmig zog sich sein Mundwinkel nach unten. Er betätigte den rechten Blinker, scherte an den

Fahrbahnrand aus und harrte ungeduldig darauf, dass der zähfließende Verkehr ihm die Wende erlaubte. Im Seitenspiegel verfolgte er den Kleinwagen, der sich für einen Porsche hielt und auf den leeren Parkplatz eines Einkaufszentrums fegte. Spontan beschloss er, seinen Wagen dort zu lassen, wo er stand. Aus dem Kofferraum holte er seinen Parka und die Schirmmütze, die er sich tief in die zerfurchte Ermittlerstirn zog. Der Gehstock vervollständigte seine Spaziergängertarnung. Setzte er seinen Job eben zu Fuß fort. Wäre ja wohl gelacht, wenn seine Observationssubjekte ihn noch einmal austricksten.

*

„Edith! Humpel schneller!"

Sie biss die Zähne zusammen und beschleunigte ihren Schritt, nicht ohne Tabea, die sich grinsend aus dem Autofenster beugte, einen wütenden Blick entgegen zuschleudern. Nach dem dritten Versuch, die hundert Meter unter zwanzig Sekunden zurückzulegen - und das mit Gips - trommelte ihr altes Herz wie ein afrikanischer Buschmelder. Sie keuchte und wischte sich den Schweiß von der Stirn. Paulina lehnte mit verschränkten Armen an einer Litfaßsäule. In ihrem Gesicht stand nicht die geringste Regung. Im Auto gebärdete Maximilian sich wie wild, fassungslos darüber, dass Frauchen alleine Gassi ging. Paulina zeigte anklagend in Tabeas Richtung.

„Wenn der Hund so kläfft, versammelt sich innerhalb von Minuten eine ganze Meute um euch."

Tabea zuckte die Schultern und krabbelte auf den Rücksitz. Kaum öffnete sich die Seitentür, spurtete Max auf seinen krummen Beinchen zu Edith, die sich schweratmend auf einen Straßenpfosten stützte.

„Dann muss der Mops eben mit."

„Der Mops kann eben nicht mit! Den erkennt doch jeder!"

Paulina trat ärgerlich in eine Schneeerhöhung, das weiße Pulver stob nach allen Seiten. Kurzerhand packte sie ihre Freundin am Jackenärmel.

„DU wirst in die Bank gehen! Und Edith fährt den Fluchtwagen!"

„Ich???" quiekte Tabea, zeigte auf ihren ausladenden Busen und schüttelte heftig die roten Locken. „Garantiert nicht. Erstens muss ich todsicher lachen, wenn ich am Schalter die Spielzeugpistole zücke ... und außerdem ... Edith kann überhaupt nicht Auto fahren."

„Kann ich doch."

Die alte Frau humpelte heran und ließ sich auf den Rücksitz fallen. Maximilian setzte sich enttäuscht in den Schnee.

„Ich habe 1963 meinen Führerschein abgelegt."

Stumm betrachtete Paulina Ediths Brust, die sich angestrengt hob und senkte.

„Und wann saßt du zuletzt hinter dem Steuer?", fragte sie misstrauisch.

„1963."

Tabea prustete in sich hinein, während Paulinas Augen schmal wurden.

„Du bist am Tag deiner Führerscheinprüfung das letzte Mal Auto gefahren?!"

„Wir hatten einen Chauffeur."

In Paulinas fassungsloses Stöhnen dudelte der Titelsong von Miss Marple. Tabea wühlte glucksend in ihrer Handtasche nach dem Mobiltelefon.

„Jahaa?", kicherte sie in die Sprechmuschel, doch das Grinsen wich jäh aus ihrer Miene. Stattdessen nahm ihr gerade noch gerötetes Gesicht die Farbe eines frisch gebleichten Bettlakens an.

„Wie, du stehst am Flughafen?! An welchem?"

Paulina und Edith schauten einander betreten an.

„Ich hole dich sofort, Stefan. Natürlich freue ich mich!"

Noch eine ganze Weile betrachtete Tabea den Hörer in ihrer Faust wie ein ekliges Insekt.

*

Die Fahrt zum Flughafen Köln-Bonn gestaltete sich endlos. Nachdem sie Paulina vor dem Bankgebäude abgesetzt und Edith nach Hause gefahren hatte, quälte Tabea sich durch den Feierabendverkehr der Zubringerstraße auf die Autobahn. Fortlaufend zermarterte sie sich das Hirn. Mit mäßigem Ergebnis.

Warum zum Teufel noch mal kam ihr Mann ausgerechnet jetzt auf die Idee, einen Abstecher nach Deutschland zu machen? Stefan hatte die Geduld seines Auftraggebers mit seinen Sonderurlaubswünschen bereits über Gebühr strapaziert. Ursprünglich wollte er erst zu Weihnachten nach Köln fliegen...

Mit einem Auge in den Rückspiegel tastete sie nach dem zerknautschten Zigarettenpäckchen in der Seitenablage.

Egal, wie sie es auch drehte, es würde Ärger geben. Stefans zugegeben berechtigte Sorge um ihre Ehe trieb ihn nachhause. Das schmeichelte ihr zwar, geschah aber zum denkbar ungünstigsten Zeitpunkt. Nicht nur, dass sie neben Paulina ungefragt eine Fremde im Haus einquartiert hatte ... wie sollte sie um Himmelswillen so kurzfristig das Ticket nach Dubai auftreiben, welches sie angeblich besorgt hatte? Und wie, verdammt, sollten ihre Freundinnen die Banksache ohne sie bewerkstelligen? Ganz abgesehen von dem Reifenschuss, eine beunruhigende Tatsache, die sie vorerst lieber für sich behalten hatte.

Ärgerlich drückte sie auf die Hupe, als ein Fahrzeug knapp vor ihr einscherte. Der gesichtslose Fahrer zeigte ihr einen Vogel und bremste sie aus.

„Idiot!"

Der Käfer hüpfte wie ein Känguru und schlingerte, als sie ebenfalls auf das Bremspedal trat. Im selben Moment lag die Lösung glasklar vor ihr. Ihr Zeitfenster schrumpfte durch den unerwarteten Besucher auf Mäuselochgröße dahin. Stefan besäße nicht das geringste Verständnis für die geplante Aktion und erlaubte ihr niemals, ein Teil des Plans zu sein. Es gab nur eine Möglichkeit. Sie mussten die Bankgeschichte jetzt durchziehen. Was hieß, heute, sofort. Ehe ihr Göttergatte alles zunichtemachte.

„Stefan, verzeih' mir, aber ich kann Paulina und Edith nicht im Stich lassen. Ich mach's wieder gut, versprochen." Keine Ahnung, wie.

Ihr eigenes Abbild betrachtete sie misstrauisch im Rückspiegel. Ein ungutes Gefühl rumorte in ihrem Bauch, als sie den Blinker setzte und den Brechreiz unterdrückte. Das Ausfahrtsschild wies auf die Umgehungsstraße nach Köln hin. Sie zauderte einen Wimpernschlag, ehe sie die finale Entscheidung fällte. Tabeas Mittelfinger kreuzte den Zeigefinger, sie blinzelte und lenkte den Wagen zähneknirschend die Ausfahrt hinaus. Ihre Finger tasteten nach dem Mobiltelefon in der Mittelkonsole.

„Edith? Schlüpf in dein Outfit und ruf Paulina in der Bank an. Ich hole dich in einer Viertelstunde. Wir müssen es jetzt machen."

Sie wartete die Antwort nicht ab. Ehe sie es sich anders überlegen konnte, warf sie ihr Telefon kurzerhand aus dem halbgeöffneten Fenster. Ihr Bedauern, als das neue Handy an der Leitplanke zerbarst, schickte sie direkt hinterher. Ab sofort war sowieso alles egal. Die Einkaufstüte mit ihrem Kostüm lag auf dem Beifahrersitz. Sie würde sich unterwegs auf einer Tankstelle umziehen. Tabea trat auf das Gaspedal und beschleunigte ihre Fahrt zurück in die Stadt.

11. Kapitel

„Alles geht auf einmal schief."
Vervielfältigung von Murphys Gesetz

Lukas Felden saß grübelnd in seinem Dienstwagen. Seine Verwirrung, als das Bankgebäude der Blau & Cie. vor ihm aufgetaucht war, hatte sich etwa zwanzig Minuten später, nachdem Paulina aus Tabeas Auto sprang, um in das Gebäude zu laufen, in dumpfes Brüten verwandelt. Allmählich zweifelte er an seinen Ermittlerfähigkeiten. Nichts passte zusammen. Der schwarze Käfer war längst mitsamt seiner überaus umsichtigen Fahrerin und der Gangsteroma davon gebraust.

Der Portier vor der Drehtür begrüßte die Dritte im Bunde wie eine alte Bekannte. Er schlug ihr freundschaftlich auf die Schulter, was ihr sichtbar nicht behagte. Im Stillen gab er ihr Recht. Man ging so nicht mit einer Frau um. Er musterte den Mann, der wie ein Hotelconcierge aussah, während sein Gehirn verzweifelt lose Fäden zusammensammelte und sinnlose Knoten hinein pfriemelte.

Schließlich schlug er sich mit der Handfläche vor die Stirn. Natürlich! Paulina war Bankangestellte. Allzu perfekt. Vielleicht auch nicht, je nachdem, wie man es betrachtete. Das „Oder" gefiel ihm weitaus besser, zugegeben. Andererseits stand ihm deutlich vor Augen, wie sie im Kaufhaus lange Finger gemacht hatte, selbst wenn es sich nur um ein Gummitier handelte.

Er lehnte sich zurück und starrte an die Decke. Welches verfluchte Puzzleteil fehlte ihm bloß? Leider hielt der sandfarbene Autohimmel keine Lösung für ihn bereit. Lukas seufzte und bedauerte sich zutiefst. Sein Magen knurrte vernehmlich. Nebenan befand sich ein kleines Bistro, dessen Tür einladend offenstand. Ein halbes Wurstbrot hatte er heute gegessen. Beim Gedanken an einen heißen Kaffee und ein Schinkensandwich floss ihm das Wasser im Mund zusammen. Er schluckte und zuckte die Achseln. Irgendwann musste Paulina wieder aus dem Gebäude herauskommen, spätestens an Feierabend. Zu riskant erschien ihm die Möglichkeit, dass sie ihm entwischte, während er in der Personalabteilung nach ihrer Akte forschte. Es sprach also nichts dagegen, mit gefülltem Bauch auf ihre Rückkehr zu warten.

Lukas duellierte sich mit der üppigen Auswahl der Snackkarte, als gegenüber im Bankgebäude, drei Stockwerke höher, eine Gestalt ans Fenster trat. Noch während Kommissar Felden, zwischen guten Vorsätzen und Gelüsten hin und her gerissen, eine grundlegende Entscheidung zugunsten des Schnitzelbrötchens fällte, verfolgte der Beobachter aufmerksam das Geschehen auf der Straße.

Tabeas kleiner Wagen scherte schwungvoll, mehrere Fahrzeuge von Lukas' Kombi entfernt, hinter einem Lieferwagen ein. Der Mann am Fenster schüttelte tadelnd den Kopf. Nach wie vor stand der Dienstwagen einsam auf verlorenem Posten. Vermutlich flirtete Felden mit der reizvollen Bedienung. Typisch. Kaum winkte Essbares in der Nähe, kamen die Kollegen der Kriminalinspektion aus dem Tritt.

Sein Blick glitt nachdenklich zu dem weißen Kleinbus. Eigentlich war nichts Ungewöhnliches an dem Vehikel, welches schon eine geraume Weile dort parkte, ohne dass der kettenrauchende Fahrer Anstalten machte, auszusteigen. Dennoch musterte er misstrauisch die abgedunkelten Fondscheiben. Etwas stimmte hier nicht.

In diesem Augenblick verließ eine grüngekleidete Frau mit Sonnenbrille den VW-Käfer. Sie erinnerte den verblüfften Beobachter vage an eine Musical-Darstellerin der Achtziger Jahre. Er kniff die Augen zusammen, seine Kurzsichtigkeit ausgleichend, und ärgerte sich maßlos über den Kommissar, der seinen Job schmählich vernachlässigte. Ihm hingegen entging nicht der Gegenstand in Tabeas Hand, der blitzschnell in ihrer Handtasche verschwand. Eine Pistole erkannte er auf jede Entfernung.

Seine Rechte griff alarmiert zum Telefon, erstarrte jedoch auf halbem Weg. Das rote Amtsleitungslicht zeigte ihm ein Besetztzeichen für Paulinas Anschluss in der Kammer an. Der kleine Monitor dagegen lieferte ihm das Bild eines verlassenen Büros. Ein sorgenvolles Stirnrunzeln legte sein glattes Gesicht in Falten. Wo steckte sie, verflucht? Hatte sie die verborgene Überwachungskamera entdeckt und eins und eins zusammengezählt? Überlistete sie ihn am Ende und, was er viel bedenklicher fand, trieb sich dort herum, wo sie besser nicht sein sollte? Er drehte grimmig am Vergrößerungsknopf des Bildschirms, bis er endlich den Schreibtisch in Großaufnahme sah. Der Hörer lag neben dem Apparat.

Die Erkenntnis traf ihn wie eine Backpfeife mitten ins Gesicht. Er zögerte nur den Bruchteil einer Sekunde. Dann wählte er entschlossen die Nummer, die er auswendig kannte.

*

„Du hast ... WAS?" Natalie Soltau riss die Augen auf, sah rasch von links nach rechts und senkte die Stimme.

„Ich habe nie von Eleminieren geredet!", fauchte sie in den Hörer. Ihr Herz schlug schneller, nervös nestelte sie an ihrer Gürtelschnalle.

Soeben betrat der Hänfling aus der Kundenberatung ihre Abteilung und sah sich suchend um. Der fehlte ihr noch. Er tauchte permanent auf der Etage auf und schnüffelte herum. Vermutlich im Auftrag seiner kleinen Freundin Jacoby. Sie drehte dem Eingang den Rücken, stieß sich mit den Füßen ab und rollte mit ihrem Stuhl in den toten Winkel zwischen Regal und Paravent.

„Damit meinte ich doch nicht, dass du sie kaltstellen sollst, du Trottel! Ein bisschen Angst solltest du ihr einjagen und sie dazu bringen, die Lieferung herauszurücken. Das Zeug ist Beweismaterial!"

Sie reckte den Hals und schielte durch den Spalt der Trennwand. Der widerliche Schleimer fand offenbar nicht, was oder wen er suchte. Seine Hühnerbrust hob und senkte sich heftig. Natalie zwang ihre Aufmerksamkeit zu ihrem Gesprächspartner zurück. Als wäre es nicht schwer genug, seinem russischen Akzent zu folgen, machte ein beträchtliches Rauschen in der Leitung es unmöglich, ihn zu verstehen.

„Blau ... jetzt ... verrrschwinden ..."

Was faselte der betrunkene Kerl da bloß? Im nächsten Moment klackte und knarrte ihr Telefon und das Freizeichen ertönte.

Die Erkenntnis folgte auf dem Fuße. Ihr Unterleib krampfte sich jäh zusammen, als stieße eine Faust hinein. Salchev brach sein Versprechen, ihre Geschäfte nicht zu stören. Ein heißkalter Schauer kribbelte in ihrem Brustkorb und erfasste von dort ihren gesamten Körper. Dennoch legte sie den Hörer beherrscht auf die Gabel und taxierte wachsam ihre Umgebung. Den Schnüffler konnte sie nirgendwo ausmachen und sämtliche Kollegen befanden sich in der Mittagspause. Lediglich Hagen Schneider stand am Fenster seines Glaskastens und telefonierte, unschwer zu erraten, mit wem. Sein Gesicht wirkte hektisch gerötet, während er die Sprechmuschel beschwor, was Natalie seltsam befriedigte. Noch verlief alles nach Plan. Hagen schmolz wie Wachs zwischen ihren Schenkeln dahin und konzentrierte dank ihrer Intervention sein Misstrauen auf Paulina Jacoby. Igor Salchev konnte sie kreuzweise. Dem hatte sie sowieso nie über den Weg getraut.

Ihre Hand fuhr zu der Silberkette an ihrem Hals und von dort in die Vertiefung zwischen ihren Brustansätzen, bis ihre Fingerspitzen den kleinen Metallgegenstand ertasteten. Sie löste den Verschluss im Nacken und barg den Schlüssel in der Faust. Ein grimmiges Lächeln verdunkelte ihre Züge, als sie katzenhaft vom Stuhl glitt.

*

„Du bleibst mit Max hier!"

Sie hatte sich redlich bemüht, ihrer Stimme jenen resoluten Klang zu verleihen, der eine von Dahlen ansatzweise beeindrucken mochte. Erstaunlicherweise gehorchte die alte Dame lammfromm und blieb zurück, während Tabea auf den Haupteingang des Blau & Cie. Gebäudes zusteuerte. Dennoch entschloss sie sich spontan zu einer zweiten Runde Drehtürkarussell, sich vergewissernd, dass die selbsternannte Fluchtwagenfahrerin tatsächlich im Auto wartete. In der Tat winkte Edith ihr vom Fahrersitz aus fröhlich zu und zeigte den erhobenen Daumen. Hoffentlich führte sie nichts im Schilde.

Tabea wandt der Straßenseite den Rücken und betrat klopfenden Herzens das Foyer. Sofort bog sie rechts in den Kundenwartebereich ab und ließ sich dort auf dem Zweisitzer-Sofa nieder. Zunächst galt es, sich zu orientieren. Also fischte sie die nächstbeste Zeitung aus dem Stehsammler und gab die harmlose Kundin. Beinahe höhnisch entfaltete sich der doppelseitige Leitartikel mit dem verkniffenen Gesicht des Polizeipräsidenten vor ihr. *Bankraubserie in Köln - erste Spuren der Polizei! Ist der Täter eine Frau?* prangte die Schlagzeile darüber. Sie schluckte, faltete das Blatt zusammen und sah auf ihre Armbanduhr. In zehn Minuten würde sich ihr Leben radikal ändern. Ihr Hals fühlte sich wie ein Reibeisen an.

*

Es schien Jahre her, als sie zuletzt in diesem Waschraum stand. Dennoch hatte Paulina die Personaltoilette unverändert vorgefunden und die grünen Fliesen starrten gewohnt hässlich auf sie herab. Wieder beugte sie sich mit flauem Magen über das Becken, während sie ihre Handwurzeln unter den eiskalten Wasserstrahl hielt. Dieselben grauen Schlieren sahen ihr vom Seifenspender trotzig entgegen. Im Handtuchbehältnis befand sich, wie erwartet, kein einziges Blatt Papier. Paulinas Mund verzog sich zu einem Lächeln. Alles wie gehabt. Nur das brillenlose Spiegelbild gehörte einer anderen.

Sie musterte ihren makellosen Teint, der zugegeben blass war, jedoch den üblichen Schatten missen ließ. Zu ihrem Erstaunen entdeckte sie Sommersprossen auf ihren Nasenflügeln. Ihre Augen wirkten unnatürlich groß, betont durch die Umrandung des Eyeliners und den kühnen Schwung der getuschten Wimpern. Doch die Veränderung bezog sich weder auf den frechen Stufenhaarschnitt noch auf das Make-up oder die Kontaktlinsen. Paulina näherte sich ihrem Abbild, bis sie fast mit der Nasenspitze dagegen stieß. Sie öffnete die Lippen und hauchte auf die Glasscheibe, bis ihr Gesicht im Nebel verschwand. Nur einen Moment dachte sie an Ediths strafenden Blick, als sie mit dem Ärmel ihrer Bluse die Fläche blank rieb. Unverändert sah ihr eine selbstbewusste Frau entgegen, die soeben die Nase kräuselte und sie schief angrinste. Es gab nichts daran zu rütteln. Diese Paulina hatte mit der biederen Jacoby nicht mehr viel gemein.

Sie trocknete ihre Hände an ihrer Jeans, nahm die Armbanduhr von der Ablage und sah prüfend auf das Zifferblatt. Zu ihren Füßen lag die seit Tagen präparierte Sporttasche. Merkwürdigerweise empfand sie keine Furcht, nicht einmal Unentschlossenheit. Lediglich ein schlechtes Gewissen befiel sie beim Gedanken an den ahnungslosen Jo Kepler dort oben im Gebäude. Hätte sie ihn in den Plan einweihen sollen? Erneut betrachtete sie die Spiegelfrau, die den Kopf schüttelte. Nein, sie hatte richtig entschieden. Sie konnte ihren freundlichen Kollegen nicht in diese Sache hineinziehen. Giraffennatalie war allein ihre Angelegenheit. Wenn alles gutging, trat sie in einigen Stunden rehabilitiert vor die Geschäftsführung. Sie legte die Uhr um ihr Handgelenk und ließ die silberne Schnalle zuschnappen.

*

Tabea kehrte der Sitzgruppe den Rücken und schlenderte in die Schalterhalle. Nach wie vor beeindruckte sie das imposante Gebäude mit all den polierten Spiegelflächen. Keine andere Bank zelebrierte das Geldgeschäft auf diese impertinente Art und Weise. Der gesamte Raum prahlte mit der Liquidität der Kreditgesellschaft. Kaum ein Besucher erhob in dieser einschüchternden Atmosphäre seine Stimme, so kam trotz der Vielzahl an Menschen der Geräuschpegel merkwürdig gedämpft daher. Die Geschäftsführung nutzte die Weihnachtszeit offenbar als willkommene Gelegenheit, ihr Renommee zur Schau zu stellen. Allein die Christbaumdekoration könnte ein Dorf in Afrika ernähren, dachte Tabea verächtlich und widerstand der Versuchung, eine Silberkugel mit Strassteinbesatz von dem überladenen Zweig zu schnippen. Schade, dass sie diese Aasgeier nicht in Ediths Namen um ein paar hunderttausend Euro erleichtern durften! Erstaunlich, dass die berüchtigte Bankraubbande dieses Haus bislang verschont hatte. Zumal man es hier mit den Sicherheitsvorkehrungen nicht allzu genau nahm.

Sie betrat die Schalterhalle. Automatisch suchte sie in den Verstrebungen der Deckenkonstruktion nach der kreisenden Überwachungskamera. Ihre Augen weiteten sich entsetzt. Unwillkürlich trat sie einen Schritt zurück und drückte sich mit abgewandtem Gesicht an einen Geldautomaten.

Von der Kuppel richteten sich die spiegelglänzenden Fokusse einer gewaltigen Kameraanlage in den Raum.

*

Währenddessen widerfuhr Edith von Dahlen das 21. Jahrhundert in Form von Tabeas kleinem Volkswagen. Erst als Tabea im Bankgebäude verschwunden war, erlaubte sich die alte Frau den Gesichtsausdruck, der ihre wahren Gefühle widerspiegelte. Ratlos betrachtete sie das Armaturenbrett.

Ihr Blick glitt über die kreisrunden Instrumente, in denen sie das Tachometer und den Benzinstandanzeiger vermutete. Die dritte Anzeige entbehrte jeder Logik. Sah aus wie ein Thermometer, aber sie konnte sich auch irren. Max krabbelte vom Rücksitz nach vorne auf die Beifahrerseite. Er neigte das Köpfchen und guckte sie erwartungsfroh an. Ein Speichelfaden troff von seinen schrumpeligen Lefzen und hinterließ einen Fleck auf dem beigefarbenen Sitzbezug.

„Sieh mich nicht so an", murmelte sie und schob das Kinn vor, „natürlich weiß ich, wie man dieses Fahrzeug bedient."

Obwohl sie die letzten vierzig Jahre ausschließlich hinter Johann, dem Chauffeur, gesessen hatte, erinnerte sie sich präzise, welchen Hebel man umlegte, um anzufahren. Dieses Auto konnte sich in puncto Fahrwerk nicht wesentlich von Walthers Rolls-Royce unterscheiden. Allerdings entzog sich ihr der Sinn der vielen Tasten und Schalter völlig. Behutsam strich sie über einen silbernen Knopf und musterte eine Dreierleiste rätselhafter Kippschalter, traute sich jedoch nicht, einen zu betätigen. Ihre Hand wanderte zu dem Zündschlüssel. Sie hielt den Atem an und schloss die Augen. Dann drehte sie ihr Handgelenk im Uhrzeigersinn. Der Wagen sprang anstaltslos an. Na also, ging doch.

Ihr Blick glitt ihre rechte Seite herab. Irgendwo dort befand sich die Schaltkonsole mit dem Hebel, den sie auf D schieben musste. Edith runzelte die Stirn. Die Schaltung kam ihr merkwürdig vor. Der Knauf ragte aus einem Gummisäckchen heraus und statt Buchstaben prangten Zahlen auf dem Plastik. Noch während sie verständnislos auf den seltsamen Sack starrte, drang Walthers Stimme in ihr Bewusstsein. Wörter wie Servolenkung, Zylinder, Seitenairbag und ... Automatik purzelten durcheinander. Danach herrschte vollkommene Leere in ihrem Hirn, stattdessen schoss das Blut in ihre Wangen. Keinesfalls traute sie sich zu, ein Gefährt mit Gangschaltung auch nur einen Meter in die gewünschte Richtung zu bewegen. Sie wusste nicht mal, welches der Pedale im Fußraum die Bremse war. Kurz darauf wechselte ihre Gesichtsfarbe zu kalkweiß, als sie die Tragweite dieser Tatsache begriff.

*

Ein paar Fahrzeuge von der unglücklichen Edith entfernt hatte man ganz andere Sorgen.

„Dieses Miststück hat mich zum letzten Mal einen Trrottel genannt!"

Im rauchgeschwängerten Fond des weißen Lieferwagens drückte Igor Salchev mit wutentbranntem Gesicht seinen Zigarettenfilter in den überquellenden Aschenbecher. Jurek kicherte albern, verstummte jedoch abrupt, als ihn ein zorniger Blick traf.

„Warum warnst du das Miststück dann?"

Pavel Kossilic stierte mit unbewegter Miene von der Fahrerseite aus auf die Rückfront eines silbernen Volvos. Die Antwort interessierte ihn nicht sonderlich. Er hing am Steuer seinen eigenen Gedanken nach, die sich vornehmlich mit dem Kerl im Bistro beschäftigten, der garantiert nicht zufällig hier parkte. Der Wagen passte nicht zu ihm. Außerdem roch Pavel die Bullerei auf Kilometer. Was man von Salchev nicht behaupten konnte. Der arrogante Russe wog sich wie immer in Sicherheit.

„Die Schlampe fickt gut. Wäre schade drrum."

Salchev grinste und fasste sich in den Schritt. Erneut tönte ein nervöses Glucksen vom Rücksitz. Plötzlich wurde Pavel kotzübel.

„Halt die Klappe, Wichserr."

Der Junge duckte sich, ehe Igors Handy seine Stirn traf, und murmelte eine Entschuldigung. Pavel taxierte die Uhr im Armaturenbrett, obwohl die Anzeige seit Monaten nicht mehr funktionierte. Wenn er genauer darüber nachdachte, funktionierte er, Pavel Kossilic, auch schon lange nicht mehr.

„Lass den Jungen in Ruhe."

Der tödliche Blick traf Salchev nicht im Geringsten. Er beugte sich vor und zischte:

„Was hast du gesagt?"

„Lass. Den. Jungen. In. Ruhe."

Jetzt wandt er sich dem Russen zu. Erstaunt suchte er in seiner Brust nach der Angst. Er konnte sie nicht finden. Stattdessen bohrten sich seine Augen in Igors böses Grinsen. Der stutzte. Einen Atemzug lang legte sich Schweigen über die drei schwarzgekleideten Männer. Jurek sog scharf die Luft ein. Zu Pavels Enttäuschung kicherte Igor, stülpte die Wollmütze über seinen Kopf und nickte ihm zu. Aus dem Augenwinkel beobachtete Pavel den Polizisten, der eine Brötchentüte entgegennahm und bezahlte. Kurz dachte er an eine Geste oder ein Wort der Beschwichtigung. Stattdessen traf er eine Entscheidung. Er zog seine Kapuze tief ins Gesicht und tastete nach dem Türöffner.

„Legen wir los!"

Um Punkt 12:00 Uhr sprangen die maskierten Männer aus dem Lieferwagen.

*

Tabea durchlebte soeben die schrecklichsten Sekunden ihres Lebens, als eine Hand an ihre Schulter fasste. Sie zuckte nicht einmal zusammen, sondern starrte weiterhin wie gelähmt auf die Anzeige des Geldautomaten, der sie schon seit 10 Minuten „Herzlich Willkommen" hieß. Im Geiste hörte sie das Klicken zuschnappender Handschellen.

„Kind, was machst du da?"

Die Erleichterung kam ebenso rasch, wie sie verschwand. Natürlich hatte sie nicht im Ernst angenommen, dass Edith brav im Auto wartete.

„Ich veranstalte telepathische Übungen mit dem Bankomat. Und was machst DU hier?!", zischte sie, den Blick unverwandt auf das quadratische Tastaturfeld gerichtet.

„Ich habe eine ... technische Frage. Wie funktioniert nochmal eine Gangschaltung?"

Tabea schielte nach den Kameras. Ein rotes Blinken zeigte den nächsten Schwenk an. In ihre Richtung. Sofort neigte sie den Kopf und zerrte Edith unsanft an ihre Seite.

„Du veralberst mich, oder?"

„Aua, du tust mir weh!" Edith versuchte vergeblich, sich aus Tabeas eisernem Griff zu befreien. Die hielt das dünne Handgelenk wie einen Schraubstock umfasst und sah Edith beschwörend in die Augen. Endlich sah diese sich argwöhnisch um.

„Oben", murmelte Tabea.

Die alte Frau hob das Kinn. Und erstarrte mitten in der Bewegung.

„Heiliger Bimbam!"

Zu allem Übel schallte helles Entzücken durch die Schalterhalle. Tabea erbleichte, als sämtliche Köpfe sich nach ihnen drehten.

„Oh, ist der süüüß!"

Ein rothaariges Mädchen riss sich von der Hand seiner Mutter los und kniete vor Maximilian nieder, der angesichts der unerwarteten Aufmerksamkeit erfreut aufjaulte.

„Der beißt!"

Die gezischelte Abwehr kam zu spät. Max, der Verräter, lag behaglich grunzend auf dem Rücken, während das Kind sein Bäuchlein kraulte. Die Mutter jedoch hatte Ediths Warnung sehr wohl vernommen. Tabea stöhnte innerlich auf, als die mollige Frau alarmiert vom Kontoauszugsdrucker aufsah.

„Anna-Luisa! Lass so-fort den Hund los!"

Der panische Unterton in der Stimme erzielte die erwünschte Wirkung. Zwar nicht auf Anna-Luisa, die soeben ungerührt ihren Finger in Maximilians Schnauze schob, aber auf sämtliche, sich im Umkreis befindlichen Personen. Die Bankkunden blieben stehen, teils misstrauisch, teils belustigt. Tabea spürte die Rotation der Kameras beinahe körperlich, als diese sich auf die unerwartete Darbietung vor den Bankomaten richteten. Edith hingegen starrte paralysiert auf die Szene zu ihren Füßen. Die Mutter eilte kontoauszugswedelnd herbei, packte ihre Tochter am Ellbogen, die unter dem harten Griff aufheulte. Max sprang auf und bellte solidarisch mit, während das Mädchen sein Protestgebrüll sirenenartig in die Höhe schraubte und dabei beide Ärmchen nach dem Mops ausstreckte.

„Er hat sie gebissen!", brüllte Mama und Anna-Luisa heulte noch lauter. Max wedelte entzückt mit seinem Ringelschwänzchen.

Tabea duckte sich unwillkürlich unter den empörten Blicken und zurrte an Ediths Glitzerbluse. Von der alten Dame kam jedoch weder die erwartete Fluchtreaktion noch ein hilfreiches Wort. Nur allmählich erwachte sie aus ihrer Lähmung, die Augen unverwandt auf das Kind gerichtet. Statt sich aus dem Staub zu machen, sah sie zunächst auf ihre Armbanduhr und wühlte dann seelenruhig in ihrer signalroten Ledertasche, ein Lächeln auf den schmalen Lippen.

„Mach sitz, Maximilian."

Der Hund folgte der sanften Ansage sofort. Erst jetzt begriff Tabea und schloss ergeben die Augen. Ein Aufschrei wogte durch die Menge der Umstehenden, als Edith von Dahlen den Revolver zog.

Doch der harsche Befehl, der mit osteuropäischem Akzent über die Köpfe stob, kam aus einer anderen Richtung.

„Auf den Boden! Überrrfall!"

Tabea wirbelte herum. Drei maskierte Gestalten stürmten mit erhobenen Waffen zum Eingang herein.

*

Als Kommissar Felden mit kauenden Backen über die Schwelle des Bistros trat, lag die Straße friedlich in der Mittagssonne. Das Sandwich schmeckte großartig, obwohl es vor Vitaminen strotzte, und war so gesund, dass er sich noch ein Schokoladencookie zum Nachtisch gönnte. Man sollte Diäten nicht allzu radikal beginnen. Er musste sich diesen Laden für zukünftige Einsätze in der Stadt merken. Zufrieden spülte er den letzten Bissen mit seinem Kaffee hinunter und zog das Cookie aus der Papiertüte. Vor dem Schaukasten des benachbarten Juweliers blieb er stehen und betrachtete die Auslage. Er besaß eine Schwäche für teure Uhren. Im Fensterglas spiegelte sich die Silhouette eines weißen Lieferwagens und eines schwarzen Käfercabrios, das Tabea Hüsch-Schlemmers Wagen zum Verwechseln ähnlich ... Lukas stutzte. Erst jetzt hörte er das blecherne Schnarren des Funkgeräts durch die halboffenen Fensterscheiben seines Dienstwagens. Ungläubig flog sein Blick zum gegenüberliegenden Bankgebäude und zu den reglosen Flügeln der Drehtür. Der Schokoladenkeks glitt aus seinen Fingern.

Mit mehreren Sprüngen setzte er zum Auto und riss den Funksprecher aus seiner Halterung.

„... Marienstraße ... Blau & Cie. ...", schnarrte es aus der Hörmuschel.

Das durfte nicht wahr sein! Er stöhnte innerlich auf. Die Zentrale befand sich bereits auf dem Laufenden, dabei hatte er höchstens fünf Minuten in dem Bistro verbracht. Er war ein Volltrottel, ein leidiger Anfänger, ein...

„Felden vor Ort ... drei mutmaßliche Täter ... korrigiere: Täterinnen. Blau & Cie. Bank in der Marienstraße. Ich brauche Verstärkung, sofort!", bellte er in den Apparat, schleuderte das Gerät auf den Beifahrersitz und warf die Tür ins Schloss. Ohne sich umzusehen, rannte er auf das Bankgebäude zu. Seine Hand fuhr an den Hüftgürtel und entsicherte die Walther P99.

*

Als Paulina mit feuchten Hemdsärmeln den Waschraum verließ und die Wendeltreppe zum Keller ansteuerte, stieß sie haarscharf mit einer großen Gestalt zusammen. Fluchend vollzog der Mann im Laufen eine Vollbremsung, strauchelte knapp an ihr vorbei, fing sich jedoch, ehe er über ihre Beine stolperte. Sekundenlang erhaschte sie einen Blick auf ein hochrotes, pausbäckiges Gesicht. In den hervorquellenden Schweinsäuglein stand blankes Entsetzen. Günther Schnabel sah panisch von rechts nach links, fuchtelte mit den Armen und schob die Widerstrebende zur nächstliegenden Bürotür.

„Schließen Sie sich sofort da drin ein und warten Sie auf die Polizei!"

Der Sicherheitsbeamte hechtete bereits die Treppe hinunter, so dass er ihr folgsames Nicken nicht mehr registrierte. Paulina verhärtete ihren Griff um die Trageschlaufen der Sporttasche und wandt sich entschlossen in die entgegengesetzte Richtung.

Die Sicherheitszentrale bot den Anblick eines zweifellos überstürzten Aufbruchs. Schnabels halbgerauchte Zigarette qualmte im Aschenbecher vor sich hin, auf dem fleckigen Läufer lag ein zertretenes Leberwurstbrot. Frei nach Murphy mit der Belagseite nach unten. Der Bürostuhl lag umgekippt in einem See, welcher einer verunglückten Thermoskanne entstammte, und über dem Raum schwebte die strenge Stimme von Barbara Salesch, die soeben einer schluchzenden Frau die Leviten las.

Neugierig trat Paulina an das Steuerboard. Schmunzelte, als sie die zahllosen Klebezettel mit den Bedienungshinweisen bemerkte, die auf der modernen Konsole hafteten, zwang aber ihren Blick auf den benachbarten Monitor. Der Apparat lieferte ein gestochen scharfes Bild der Schalterhalle. Sie beugte sich näher zum Bildschirm. Blinzelte und schluckte.

Dort oben geschah, wie geplant, ein Überfall. Auf dem Boden kauerten ängstliche Bankkunden, umklammerten einander oder bargen den Kopf in der Armbeuge. Doch die bewaffneten Personen, die vor den Schaltern hin und her liefen und rohe Befehle brüllten, waren definitiv nicht Edith und Tabea.

Fieberhaft fuhren ihre Hände über die unzähligen Knöpfe und fanden den Drehschalter mit der Aufschrift „Zoom Cam 1". Das Gerät reagierte sensibler als gedacht. Vor ihr erschien in Großaufnahme eine vermummte Gestalt. Seine schokoladenbraunen Augen glänzten seltsam schwermütig. Sie hielt den Atem an. Der Mann hob die Pistole und zielte direkt in ihr Gesicht. Für einen Sekundenbruchteil flackerte eine Erinnerung auf. Sein Finger drückte den Abzug und braune Schokodrops zersprangen in tausend Stücke.

Paulina starrte sprachlos auf den schwarzen Monitor. Ihre Gedanken überschlugen sich. Sollte sie sich vergewissern, dass es ihren Freundinnen gutging? Sie verwarf die Idee sofort. Was nützte es, diesen kriminellen Elementen vor die Pistolenmündung zu stolpern. Inbrünstig hoffte sie, dass die beiden im Auto saßen und stritten. Dann tat sie gezwungenermaßen das Naheliegende. Sie kehrte den Überwachungsgeräten den Rücken und rannte zum Schließfachraum.

Schnabels Ignoranz zeigte sich unerschütterlich. Trotz der drastischen Drohung Dr. Grünebergs hatte er die schwere Sicherheitstür nicht verriegelt. Klopfenden Herzens übertrat Paulina die Schwelle und eilte genau zu der Stelle, an der sie der Sicherheitsbeamte beim Spionieren erwischt hatte. Die Sporttasche glitt zu Boden, sie kniete nieder und schöpfte tief Luft. Dann öffnete sie den Reißverschluss.

Den handlichen Profi-Minibohrer hatte sie in Einzelteile zerlegt und diese jeweils in ein Kleidungsstück ihres Trainingsoutfits gewickelt. Stundenlang hatte sie das Auspacken, Sortieren und Zusammenstecken der Komponenten geübt und dabei die Zeit gestoppt. Sie benötigte exakt 45 Sekunden, bis das Gerät betriebsbereit in ihren Händen lag.

Paulina erhob sich und stellte sich auf die Zehenspitzen, während sie die Schließfachreihen absuchte. Sie fand das Chromschild mit ihrem Geburtsdatum sofort. Und nicht nur das. In der Nummer 2312 steckte ein Schlüssel.

Ungläubig tippte sie mit dem Finger gegen die Klappe, die dem Druck widerstandslos nachgab. Das Schließfach war leer.

*

Ein Stockwerk höher legte sich bedrohliche Stille über den Raum. Die hochgewachsene Gestalt schlenderte zwischen den eng zusammengedrückten Leibern hin und her. Hier und da ertönte ein Wimmern, furchtsame Augen verfolgten die schweren Stiefel. Der Mann blieb vor einer älteren Frau stehen, die so heftig schlotterte, dass ihre Zähne aufeinander schlugen. Er zögerte. Seine Komplizen hielten die Schalterangestellten mit erhobenen Pistolen in Schach. Igor spie knappe Kommandos in die blassen Gesichter, derweil Jurek die Taschen mit Scheinen füllte. Sie beachteten Pavel nicht, der besorgt die Kundin musterte, die ihn entfernt an seine Tante Almeta erinnerte. Nun zitterte sie nicht nur wie ein welkes Blatt im Gewitterwind, sondern hyperventilierte, als erläge sie jeden Moment einem Herzinfarkt. Ihre Beine hielt sie merkwürdig gespreizt, so dass er die Adern über der pergamentartigen Haut ihrer entblößten Waden hervortreten sah. In einer beinahe rührenden Geste krallte sie die Finger in ihre zerschlissene Handtasche, während ihre Lippen unablässig vor sich hinmurmelten. Er reagierte, bevor er nachdachte. Pavel kniete sich auf Augenhöhe mit dem aschfahlen Gesicht und fasste nach der bebenden Schulter. Aber die beruhigenden Worte blieben ihm im Halse stecken. Ein markerschütternder Schrei entrang der faltigen Kehle. Kossilic erkannte seinen Fehler und zuckte zurück. Zu spät. Die Alte schlug seine Hand beiseite und rappelte sich auf. Die übrigen Geiseln regten sich aufgeschreckt.

„He! Was ist da los?!", brüllte Salchev. Pavel ergriff die rudernden Arme und zwang die Frau eisern zu Boden.

„Ruhig", presste er hervor, sein Blick flog zu Igor, der seinen Posten verließ und in seine Richtung stiefelte. Grob trat er einem Mann in die Seite, der ihm im Weg lag, woraufhin dieser stöhnend zusammensackte. Doch die Frau, besinnungslos vor Angst, reagierte nicht im Geringsten auf Pavels Beschwörungen. Sie schrie, als hätte ihr letztes Stündlein geschlagen, und je fester er zudrückte, desto heftiger steigerte sich das Crescendo ihrer Panik.

„Knall sie ab!"

Wie betäubt sah er an dem ungeduldig wippenden Hosenbein hoch, hielt den dürren Arm umfasst und merkte gar nicht, dass Mütterchen kreischend auf ihn einschlug. Igor sah ungerührt auf ihn herab und lauerte auf seine Reaktion. Pavel erkannte im selben Moment, dass Salchev ihn durchschaute. Und er wusste auch, dass der Russe gewann.

„Knall. Sie. Ab."

Pavel ließ den Arm los, woraufhin die Alte sofort die Flucht ergriff. Ein gemeinschaftliches Stöhnen brauste auf, einzelne Stimmen erhoben sich protestierend, ein Kind weinte. Irgendwo erklang ein Bellen, das in ersticktes Jaulen mündete. Taumelnd kam er auf die Füße, während Salchev grinsend auf die davon robbende Frau zielte.

Dann ging alles rasend schnell, obwohl die Geschehnisse für Pavel Kossilic, den polnischen Bauern, wie in Zeitlupe abliefen. Seine Hand hob sich und sein Pistolenlauf richtete sich auf dasselbe Ziel, welches Igor anvisierte. Er nickte Salchev zu. Als der Russe befriedigt seine Waffe senkte, um dem Polen den Mord zu überlassen, reagierte Kossilic augenblicklich. Er wirbelte herum und drückte den Abzug.

Igor Salchev sackte lautlos in die Knie, ehe der Schuss verhallte. Jurek hob alarmiert den Kopf und ließ den Geldsack los, die Scheine stoben nach allen Seiten. Er schlitterte hindurch, sprang mit einem Satz über die Bedientheke und rannte auf Pavel zu.

„Bist du wahnsinnig?!"

Aber seine Stimme brach, während sich sein ungläubiger Blick auf eine Stelle hinter Pavel richtete. Wie angewurzelt hielt er in vollem Lauf inne und riss die Augen auf.

„Polizei! Waffe fallen lassen!"

Langsam hob sein Cousin beide Hände, seine Automatik polterte zu Boden. Doch Kossilics Finger umfassten den Schaft noch fester. Er straffte den Rücken und drehte sich gemächlich um. Der Bistromann zielte mit seiner Dienstwaffe auf seine Brust.

„Waffe. Fallen. Lassen."

Zufrieden zogen sich Pavels Mundwinkel nach oben. Hatte er richtig geraten. Der Wagen passte nicht zu dem Kerl. Er schloss die Lider, seine Rechte zuckte nach vorne.

Das Geräusch klang überhaupt nicht wie ein Schuss, sondern war vielmehr ein metallisches, dumpfes „Pling". Seine Knie gaben nach und etwas raubte ihm den Atem. Überdeutlich hörte er seinen eigenen Herzschlag und fühlte eine eigenartige Lähmung, die in seinem Brustkorb begann und sich von dort aus verblüffend rasch über seinen Körper ausbreitete. Wie eine Lokomotive, deren Getriebe kräftig pumpte, um Fahrt aufzunehmen, beschleunigte und sich nach und nach entfernte, bis nur ein gedämpftes Pulsieren übrig blieb. Er lächelte. Der Zug würde ihn nach Hause bringen. So oder so.

*

Als die Alarmsirene losheulte, stand Paulina noch immer vor der Schließfachöffnung. Die Erkenntnis, dass Natalie schneller gewesen war, dröhnte wie ein Spottlied in ihren Gehirnwindungen, dessen Text sie nun begriff.

„Heul doch, heul doch ... wenn das nicht reicht, fall auf die Knie und fleh´ noch ... lala ..."

Erst als die Tür zuknallte, hob sie den Kopf. Das metallene Klicken verriet ihr, dass der automatische Sicherheitscode die Verriegelung aktivierte.

„Heul doch, heul doch ... Was, was, was willst du noch ... lalala"

Ein Kichern schlich die Wände entlang und fiel auf sie herab. Paulina lachte, bis Tränen ihre Wangen herunter liefen.

„Heul doch!", schrie sie und verstummte. Ihre Beine gaben nach, der Minibohrer polterte auf die Fliesen. Entkräftet rutschte sie rücklings die Wand hinunter, bis ihre Knie den Betonboden berührten. Sie war eingesperrt.

*

„Es ist vorbei."

Tabea presste noch immer die Lider zusammen und drückte den Mops an ihre Brust, dessen schweratmiges Mäulchen nach Luft japste. Behutsam befreite Edith den Hund aus der Umklammerung. Der sprang sofort auf und schüttelte sich. Unschlüssig öffnete Tabea zunächst das linke, anschließend das rechte Auge und blinzelte. Nur schemenhaft gewann die Umgebung an Kontur, automatisch tastete sie nach ihren Beinen, schaute auf ihren Bauch herunter und hob zögerlich den Kopf. Aus ihrem Mund kam nur ein Flüstern.

„Ist jemand gestorben?"

Ihr Gaumen war taub, sie schmeckte Blut. Offenbar hatte sie sich auf die Zunge gebissen. Hatte sie das alles geträumt? Etwas kniff sie heftig in den Oberarm.

„Aua!"

„Spürst du jetzt, dass du noch ziemlich lebendig bist?"

Edith kniete vor ihr und streckte ihr schmunzelnd eine Hand entgegen. Ihre Augen leuchteten, als amüsiere Frau von Dahlen sich köstlich. Mit einem erstaunlich kraftvollen Zug taumelte Tabea auf die Füße. Ihre Knie waren butterweich. Die Schalterhalle verschwamm vor ihr.

„Kannst du mir mal verraten, weshalb du dermaßen glänzende Laune hast? Wir wären fast draufgegangen!"

Auf ihrer Stirn ertastete sie eine pflaumengroße Beule. Sie verzog das Gesicht. Offenbar war sie beim Sturz mit dem Kopf an die Kante des Bankomats gestoßen. Edith nickte fröhlich einem Polizeibeamten zu, der soeben einem Herrn auf die Beine half. Der Mann stöhnte und hielt sich die Seite.

„Was guckst du nur so trübe aus der Wäsche? Wir haben unsere Mission erfüllt, ohne uns strafbar zu machen!"

Endlich ging Tabea auf, was sie damit meinte, und sie sah sich um. In der Halle und im Foyer herrschte Ausnahmezustand, der sie vage an das Hollywoodszenario eines Gangsterfilms erinnerte. Überall standen Beamte in Uniform, die sich verstörter Bankkunden annahmen. Zahllose Geldscheine lagen auf den Fliesen verstreut, Möbelstücke waren umgekippt und ein Christbaum war mitten in den Gang gefallen. Ein Seufzen hing unter der Kuppel, unterbrochen von leisem Weinen und erregtem Murmeln. Vor einem Schalter hatte sich eine Menschentraube gebildet. Sie reckte den Kopf, konnte aber die Ursache für die schweigende Ansammlung nicht ausmachen. Draußen greinte ein Krankenwagen. Oder handelte es sich um eine Polizeisirene?

„Zwei Bankräuber sind tot", raunte Edith in ihr Ohr. Tabea schluckte. Jetzt erkannte sie die schwarzen Stiefel der Gestalt, die am Boden lag.

„Wir sollten uns dringend aus dem Staub machen."

Energisch zog Edith sie am Ärmel in Richtung Foyer, ihr blieb nichts anderes übrig, als hilflos hinterher zu stolpern.

„Sie da! Halt!"

Die alte Frau legte eine Vollbremsung hin. Bedauerlicherweise waren sie noch nicht einmal in die Nähe der verlockenden Drehtür gelangt. Maximilian röchelte unter dem unerwarteten Leinenzug und schielte enttäuscht nach dem Ausgang.

Ein breitschultriger Mann stellte sich ihnen in den Weg. Seine Miene wirkte alles andere als freundlich, als er seine Dienstmarke zückte. Zugegeben fand Tabea ihn trotzdem attraktiv. Oder eben deshalb? Sie schluckte erneut und sah auf ihre Stiefelspitzen. Ihr fiel verdammt nochmal keine gute Ausrede für den Spielzeugcolt in ihrer Tasche ein.

„Lukas Felden, Kriminalinspektion 2. Frau von Dahlen und Frau Hüsch-Schlemmer, Sie sind festgenommen!"

Edith hob kampfeslustig das Kinn und verschränkte die Arme.

„Und was wirft man uns vor, Herr Kommissar?"

„Verdacht auf Komplizenschaft. Zeigen Sie doch mal, was sie

da in ihrer ... Krokotasche haben."

Tabea schrumpfte unter seinem eisigen Blick zusammen. Sie waren erledigt. Edith hingegen pikste ihren Finger in die geschwellte Brust des Beamten.

„Ich kenne Sie!"

„Das beruht allerdings auf Gegenseitigkeit."

Bildete sie sich das ein, oder zuckte der strenge Mund? Klang da eine Spur von Spott in der nüchternen Polizistenstimme mit? Ergeben hob sie die Hände.

*

Paulina erinnerte sich nur schemenhaft an den Tag ihres letzten Hausarrests. Ihr Vater hatte diese Erziehungsmethode nicht gebilligt, doch er hatte sich meistens auf Geschäftsreisen befunden. Umso mehr Grund für Paulinchen aufzubegehren. Sie war ein wildes Kind gewesen, laut und beratungsresistent. Selbst wenn sie im Nachhinein das Verhalten ihrer ratlosen Mutter verstand, war bis heute die Angst vor geschlossenen Räumen geblieben.

Sie wusste nicht, wie lange sie schon die Betonmauer anstarrte. Es konnten Minuten, aber auch Stunden sein. Die dicken Wände verschluckten jedes Geräusch und kein Laut drang in ihr Gefängnis. Ihr Handy war tot. Ein schaler Vorgeschmack auf das, was sie erwartete. Wenigstens brannte das Licht und sie saß nicht im Dunkeln. Sie hatte in dieser Zeit sämtliche Gefühlszustände, angefangen von Verzweiflung bis hin zu Wut und Gleichmut durchlebt. Jetzt blickte sie stoisch vor sich hin und fragte sich erneut, wieso ihr nichts von dem gelang, was sie anpackte. Den weiteren Ablauf konnte sie sich an allen fünf Fingern abzählen. Man würde sie durch den Verhörfleischwolf drehen und anschließend feuern. Oder direkt in den Knast sperren. Sie war eine Versagerin!

Zornig schleuderte Paulina den Handbohrer von sich. Er schoss davon wie ein übergroßer Kiesel, der über eine spiegelglatte Wasserfläche schlitterte und polterte gegen die Sicherheitstür, auf deren Schwelle er vorwurfsvoll liegen blieb. Wie auf Kommando ertönte daraufhin das gefürchtete Klicken der Verriegelung. Paulina erhob sich.

„Das ist also unser Tresorraum. Seit letzter Woche mit einer modernen Computerschließanlage ausgestattet, die im Notfall ...", abrupt beendete Günther Schnabel den Vortrag. Seine Miene wechselte von Verblüffung in grimmiges Erkennen. Sofort zeigte sein dicker Finger anklagend auf die blasse Frau, die an der Schließfachwand lehnte. Sie hielt ihren Leib mit beiden Armen umschlungen, als fürchte sie auseinanderzufallen.

„Die da hat schon mal hier rumgeschnüffelt!", kreischte er und schnappte nach Luft. Lukas schob ihn ungeduldig beiseite. Dieser Wichtigtuer ging ihm gehörig auf die Nerven und hinderte ihn zudem an seiner Arbeit. Profilneurotiker gehörten eindeutig nicht auf eine Tatortbegehung. Kaum übertrat er die Schwelle zum Schließfachraum, zog ein knirschendes Geräusch zu seinen Füßen seine Aufmerksamkeit auf sich. Er bückte sich und betrachtete das kleine Werkzeug in seiner Hand. Ein Spezialbohrer, Marke frauentauglich. Er hob den Kopf und erstarrte.

12. Kapitel

„Irgendetwas hat man garantiert übersehen."
Zehnte Erkenntnis aus Murphys Gesetz

Hagen Schneider kaute nervös an seinem Daumennagel. Nicht nur, dass er Natalie den Hausschlüssel ohne ihr Einverständnis aus der Manteltasche entwendet hatte, während sie arglos in der Mittagspause weilte. Es war grundsätzlich nicht sein Ding, andere zu hintergehen, schon gar nicht Menschen, die er mochte. Manchmal fragte er sich, was in ihn gefahren war, als er diese unsägliche Affäre mit der attraktiven Natalie Soltau begonnen hatte. Sie hatte ihn mit ihrem Sexappeal schlicht um den Verstand gebracht und nun befand er sich dort, wo er sich am allerwenigsten zu sehen wünschte. In einem fremden Bett.

Der Verkehr tat ihm nicht den Gefallen, zügiger zu fließen. Seit zehn Minuten schob er sich inmitten einer Fahrzeugkolonne durch die Straßen, obwohl Natalies Wohnung nur drei Blocks entfernt lag. Von fern erklang eine Polizeisirene, begleitet vom Heulen eines Krankenwagens. Offenbar war an der Kreuzung ein Unfall passiert. Er spielte mit dem Gedanken, das Auto stehen zu lassen und den Rest des Weges zu gehen. Ihm blieb eine knappe Dreiviertelstunde, um den verlorenen Manschettenknopf zu finden, das Hochzeitstagsgeschenk von Linda. Noch immer brannte ihr argwöhnischer Blick in seinem Gesicht, als er beim Frühstück behauptet hatte, das teure Stück im Büro vergessen zu haben. Er war kein guter Lügner. Seine Frau zu betrügen, bescherte ihm die Hölle auf Erden.

Kurzentschlossen scherte er aus und parkte den BMW in einer Parklücke. Beinahe übersah er die Radfahrerin, als er schwungvoll die Tür öffnete. Die steuerte geistesgegenwärtig in eine Lücke zwischen zwei Fahrzeugen und warf ihm einen wütenden Blick über die Schulter zu. Sicherheitshalber sah er in den Seitenspiegel, ehe er ausstieg. Seine Handteller waren schweißnass. Er zupfte an der Knopfleiste seines Zweireihers und schloss sorgfältig ab. Fehlte noch, dass ihm jemand vor Natalies Wohnung den Sportwagen stahl. Ihm gingen allmählich die Ausreden aus. Laura nahm ihm die vorgeschobenen Abendbesprechungen in der Bank nicht mehr ab. Neuerdings rief sie ständig unter irgendeinem Vorwand in der Abteilung an. Hagen seufzte und rang um Fassung. Dann überquerte er gemessenen Schrittes, nicht ohne sich umzusehen, die Straße und bog an der nächsten Ecke in die Gasse ein, in der Natalies Luxusappartement lag.

Der Hausflur empfing ihn mit jenem undefinierbaren Geruch, den er, seit er dieses Haus erstmalig betreten hatte, unweigerlich mit Sünde und Verrat in Verbindung brachte. Er war betrunken gewesen, zudem total benebelt von dem erotischen Duft, der Natalie Soltau umgab. Bereits auf der ersten Stufe in die obere Etage hatte er gewusst, dass er etwas Falsches tat, ehe ihre Zunge seinen Verstand vollends in seine Genitalien lutschte. Seither fand er sich immer wieder in diesem Gang. Geplagt von Gewissensbissen und voller Begierde.

Er fasste an das chromglänzende Geländer und zögerte. Heute erwartete ihn kein appetitlicher Körper in Spitzenunterwäsche. Er tat gleich in zweifacher Hinsicht Unerlaubtes. Natalie hätte ihm niemals den Schlüssel zu ihren heiligen vier Wänden überlassen, sondern ihn auf den Abend vertröstet, damit man gemeinsam nach dem fatalen Schmuckstück suchte. Doch eine diffuse Ahnung sagte ihm, dass Laura zu Feierabend unter einem fadenscheinigen Vorwand im Büro auftauchen würde. Nicht auszudenken, stünde er mit leeren Händen da!

Hagen nahm drei Stufen auf einmal. Atemlos gelangte er in den vierten Stock und steckte den Schlüssel ins Schloss. Er erübrigte keinen Blick für die aufgeräumte Umgebung, eine Spur zu minimalistisch eingerichtet, um sich darin heimisch zu fühlen. Natalie besaß eine Vorliebe für Metall und Glas und beschränkte sich farblich auf unschuldiges Weiß, was er nach wie vor nicht mit den schmutzigen Dingen in Verbindung bringen konnte, die sie in der Waagrechten praktizierte. Eilig durchquerte er das Wohnzimmer und steuerte den einzigen vertrauten Raum der Wohnung an. Im

Schlafzimmer sank er auf die Knie. Selbst in dem flauschigen Läufer hing Natalies Parfum, so dass er die unvermeidliche Erektion bezwingen musste. Also atmete er durch den Mund, während er den Boden absuchte.

Kurz darauf ging er zum Doppelbett über. Allmählich überfiel ihn Panik. Er riss die Laken auseinander und betastete das Kissen. Schließlich gelangte er an das Kopfteil und hob die Federkernmatratze an. Womöglich klemmte der Manschettenknopf im Rost oder versteckte sich in einem Spalt. Verzweifelt rüttelte er nach weiteren erfolglosen Minuten an dem Metallgestell. Zwischen Kopfseite und Wand rührte sich etwas. Er schüttelte das Bettgestell erneut. Ein Gegenstand rutschte an der Tapete entlang und polterte auf den Teppich. Als er bäuchlings über die Matratze robbte, spürte er die winzige Erhebung. Mit einem erleichterten Aufschrei zog er den Bettbezug beiseite. Tatsächlich hatte sich der Bügel des Knopfes in den Schaumstoff gebohrt, so dass Natalie ihn beim Neubeziehen übersehen haben musste. Anstandshalber sah er nach dem Objekt unter dem Bett. Nichts lag ihm ferner, als im Privatleben seiner Geliebten herumzuwühlen. Je weniger er von ihr wusste, desto besser. Am besten deponierte er das Ding ungesehen dort, wo es hergekommen war.

Unschlüssig drehte er das schlichte, schwarze Notizbuch in den Händen. Andererseits ... sie würde kaum davon erfahren, wenn er einen kurzen Blick in ihr Tagebuch riskierte. Es interessierte ihn brennend, ob er darin vorkam.

Beinahe enttäuscht ließ er das Heft sinken. Er wurde eindeutig nicht erwähnt. Stattdessen durchblätterte er eine seitenlange Auflistung aus unverständlichen Symbolen, Zahlen und Eurobeträgen, die ihn vage an eine Buchhaltungsaufstellung erinnerte. Er runzelte die Stirn und kaute abwesend auf seinen Gaumeninnenseiten herum.

Hagen Schneider gehörte nicht zu den Menschen, die mit einer überdurchschnittlichen Auffassungsgabe gesegnet waren. Aber er verstand etwas von seinem Metier. Was er hier sah, handelte sich um eine penible Aufstellung alphabetisch codierter Konten, vermutlich mit jeweils dazugehörenden Pin-Nummern. Angesichts der aufgeführten Summen stockte ihm der Atem. Es dauerte Minuten, ehe ihm aufging, was er in den Händen hielt. Seine Gedanken überschlugen sich und spielten jede andere Erklärung für seinen Fund durch. Doch keine der Alternativen erschien ihm plausibel.

Beinahe dankbar klappte er das Notizbuch zu. Er bekam eine zweite Chance. Diesmal würde er das Richtige tun, egal was das für ihn und seine Ehe mit Laura bedeutete. Er sprang auf und rannte aus dem Zimmer, ohne sich noch einmal umzusehen.

Auf dem Bettüberwurf lag vergessen der Manschettenknopf.

*

Auch mit viel gutem Willen konnte man ein Polizeirevier nicht als gemütlichen Ort bezeichnen. Schon gar nicht, wenn man es durch den Haupteingang mit Handschellen an den Handgelenken betrat. Die ganze Fahrt über hatte Paulina reglos aus dem Fenster gesehen, die Stirn an die Scheibe gepresst, während die Stadt an ihr vorbeiflog. Einmal wagte sie einen Blick auf den breitschultrigen Rücken des Fahrers, begegnete durchdringenden Augen im Rückspiegel und wandte rasch den Kopf ab. Sie musste sich geirrt haben, als sie für einen kurzen Moment glaubte, den Polizeibeamten zu erkennen. Sachlich und ohne ihr ins Gesicht zu sehen, hatte dieser sich als Kommissar Felden vorgestellt und ihre Personalien aufgenommen, ehe der Verschuss der Handschellen zuschnappte.

Er fuhr mit Blaulicht und zu schnell, zunächst dem Krankenwagen hinterher, bis der an der übernächsten Kreuzung abbog, während das Polizeiauto geradeaus rauschte. Wenig später durchfuhren sie den steinernen Portalbogen mit dem eingemeißelten „Polizeipräsidium Köln". Ihre Knie waren butterweich, als sie ausstieg, beharrlich die helfende Hand ignorierend, die der Polizeibeamte ihr entgegen streckte.

Erhobenen Hauptes durchschritt sie die Schwingtür mit der Aufschrift „Anzeigenaufnahme", bemüht, die neugierigen Blicke zu übersehen. Sie fühlte sich wie im Zoo, allerdings befand sie sich definitiv auf der falschen Seite des Käfigs. Paulina atmete auf, als sich der Wartebereich hinter ihr schloss.

Das winzige Büro bediente jedes Klischee zweitklassiger Polizeiserien. Über den furnierten Möbeln lag der Geruch kalter Zigarettenasche. Leere Becher standen auf dem Schreibtisch, der von angetrockneten Kaffeerändern übersät war und vor Akten überquoll. Sie setzte sich auf die äußerste Kante des Holzstuhls und presste die Schenkel aneinander. Nur mühsam beherrschte sie das Zittern.

„Möchten Sie einen Kaffee?"

Überrascht sah sie ihr Gegenüber an. Kommissar Felden schälte sich soeben aus seiner Lederjacke und fläzte sich auf seinen Rollenstuhl. Sie schüttelte schweigend den Kopf.

„Einen Tee lieber? Oder eine Zigarette?" Felden hielt ihr ein zerdrücktes Marlboro-Päckchen entgegen.

„Nein danke, ich rauche nicht", wehrte Paulina höflich ab und spürte, dass sie errötete. Seine Augen besaßen ein leuchtendes Blau, das im Neonlicht Türkis schimmerte. Viel mehr verwirrte sie jedoch seine Stimme. Plötzlich war sie sicher, keinen Unbekannten vor sich zu haben. Er räusperte sich und wühlte geschäftig in irgendwelchen Unterlagen.

„Sind wir ... uns schon einmal begegnet?"

Er lachte eine Spur zu laut und wühlte noch intensiver, ohne auf ihre Frage einzugehen. Scheinbar fündig geworden, zog er ein Formular aus einer Klarsichtfolie und sah sich suchend auf dem überfüllten Schreibtisch um.

„Haben Sie vielleicht ... einen Kugelschreiber?"

Paulina griff nach dem Stift, der zwischen zwei Heftern hervor lugte. Felden zuckte, als sie seinen Finger berührte, während der Kuli seinen Besitzer wechselte. Auf ihren argwöhnischen Blick antwortete seine Stirn mit einer steilen Falte.

„Nun, Frau Jacoby. Erzählen Sie mir doch mal, was genau Sie bei den Schließfächern zu suchen hatten."

„Eigentlich wollte ich ein paar Unterlagen aus dem Archiv nebenan holen. Derzeit ist das mein Aufgabenbereich. Akten ablegen, meine ich."

„Hm hm. Und da haben Sie sich zufällig in den Tresorraum verlaufen."

Mit unbewegter Miene notierte er VERLAUFEN in Großbuchstaben auf dem Formularbogen. Er glaubte ihr kein Wort.

„Und Ihre Freundinnen kamen auch nur zufälligerweise zur selben Zeit auf die Idee, mit Spielzeugpistolen ein Picknick in der Bank zu veranstalten?"

„Sind sie hier?! Geht es Ihnen gut?"

Er antwortete nicht. Stattdessen malte er einen Revolver auf das Blatt. Sie schluckte. Die Wahrheit nähme er ihr sowieso nicht ab, also konnte sie ebenso gut mit der Märchenstunde fortfahren. Unwillkürlich kreuzte sie rücklings Mittel- und Zeigefinger.

„Ich hörte ein Geräusch. Und als ich nachsehen wollte, fiel die Tür hinter mir zu."

Immerhin nur zur Hälfte gelogen.

„Bohrt man Akten neuerdings auf?"

Verständnislos blickte sie in sein finsteres Gesicht. Er beugte sich unvermittelt über den Tisch, so dass sie erschrocken zurückwich. Seine Stimme senkte sich beschwörend.

„Paulina, wozu der Bohrer?"

Ups. Den hatte sie völlig vergessen. Sie spürte, wie ihr das Blut in die Wangen schoss.

„Keine Ahnung. Der lag da schon."

Kommissar Felden lachte lauthals auf. Er wippte mit seinem Stuhl und verlor dabei fast das Gleichgewicht. Geistesgegenwärtig fasste er an die Tischkante. Seine Miene versteinerte, als die Tür sich öffnete.

„Felden, haben Sie den Haftantrag für den Richter ausgestellt?"

„Sie wollen die Damen in U-Haft stecken? Ist das Ihr Ernst, Chef?"

Jetzt schob sich ein uniformierter Bauch in Paulinas Blickfeld, der zu einem Polizeibeamten gehörte. Merkwürdigerweise schien Felden wenig begeistert davon, sie im Gefängnis zu sehen.

„Ach, und wieso sollte das nicht mein Ernst sein? Flucht- und Verdunkelungsgefahr, solange die Verhöre nicht abgeschlossen sind."

Die Plauze waberte auf Paulinas Sichthöhe, so dass es ihr nicht gelang, einen Blick auf das Gesicht des kurzatmigen Vorgesetzten zu erhaschen.

„Soweit ich weiß, gibt es derzeit in der JVA Unterbringungsprobleme. Modernisierung des Frauentraktes."

„Soll das heißen, ich soll die mutmaßlichen Mittäterinnen laufen lassen, weil die dort die Damenklos renovieren?!"

Der dicke Mann bellte so unvermittelt los, dass sogar der Kommissar zögerte, ganz abgesehen davon, dass Paulina vor Schreck beinahe vom Stuhl fiel.

„Natürlich nicht. Ich gebe nur zu bedenken, dass Frau von Dahlen weit über siebzig ist. Wir sollten das Trio in unseren Ausnüchterungszellen festsetzen. Bis die Beweisaufnahmen und Befragungen durch sind."

Der Bauch stand still. Bitte, bitte nicht ins Gefängnis! Bitte, bitte nicht! Nach einem kurzen Moment, der endlos dauerte, wogte der Leib erneut auf und ab.

„Meinetwegen."

Der Dienststellenleiter schnaufte zur Tür, hielt aber inne, die Klinke in der Hand.

„Übrigens Felden?"

„Chef?"

„Gute Arbeit."

„Danke, Chef."

Endlich fiel die Tür mit einem lauten Knall ins Schloss. Der Kommissar starrte einige Augenblicke auf die abblätternde Lackschicht der Sperrholzfläche. Paulina kaute nervös auf ihrer Unterlippe. Plötzlich erhellte sich seine Miene.

„Sie haben eine halbe Stunde Zeit, sich an die Wahrheit zu erinnern, und ich rate Ihnen, denken Sie genauestens über das nach, was Sie mir erzählen werden, wenn ich zurückkomme."

Behäbig erhob er sich und schob das Zigarettenpäckchen in seine Brusttasche. Erstaunt registrierte sie, dass sie ihn anziehend fand, schalt sich aber sogleich für ihre Torheit. Zuerst hatte sie sich eingebildet, ihn zu kennen, und jetzt hegte sie romantische Gefühle? Was war nur mit ihr los?

Wie beiläufig drehte er sich noch einmal zu ihr um und schnippte mit den Fingern.

„Übrigens ... sind sie eigentlich schon mal straffällig geworden? In Bezug auf Ladendiebstahl zum Beispiel?"

*

Hagen zögerte, als er das Vorzimmer Dr. Grünebergs betrat. Sofort trat Gertrude Müller hinter ihrem Schreibtisch hervor. Ihr unfreundlicher Unterton erlaubte keinen Zweifel. Die Sekretärin konnte ihn nicht leiden.

„Was kann ich für Sie tun, Herr ...?"

Das machte sie dauernd. Tat, als hätte sie vergessen, wer er war. Demonstrativ versperrte sie ihm mit ihrem ausladenden Busen den Weg zum Vorstandsbüro. Sein Blick flog von ihren gehobenen Brauen zur Bürotür.

„Ich muss Herrn Dr. Grüneberg sprechen. Dringend!"

„Herr Dr. Grüneberg befindet sich in einer Vorstandsbesprechung."

Grüneberg befand sich grundsätzlich in Besprechungen. Vor allem dann, wenn er ihn verlangte. Seine gute Laune verpuffte. Ärgerlich wippte er auf der Stelle und überlegte ernsthaft, den Drachen einfach beiseite zu schieben. Leider blieb es beim Gedankenspiel. Hagen Schneider gehörte auch nicht zu den Menschen, denen man Durchsetzungsvermögen nachsagte.

„Er möchte nicht gestört werden", bekräftigte sie ihre Abwehr schmallippig und trat noch einen Schritt auf ihn zu, so dass er automatisch zurückwich.

„Kann ich ihm etwas ausrichten?"

Es lag auf der Hand, dass das Gespräch für Frau Müller hier endete. Er nestelte nervös an dem Einlegebändchen des schwarzen Notizbuches.

„Nein ... das muss ich ihm schon persönlich mitteilen", murmelte er. Der Portier hatte ihm gesteckt, dass Paulina Jacoby verhaftet wurde. Offenbar hatte es einen Banküberfall samt Schießerei und Toten gegeben, während er in Natalies Laken umhergekrochen war. Wie sollte er bloß dem Chef seine Abwesenheit erklären, geschweige denn, woher sein Beweisstück stammte? Und was zum Henker hatte die Jacoby jetzt mit Bankraub am Hut? Ging es nicht um Anlagebetrug? Oder irrte er sich in dem Mädchen und sie war gar nicht so unschuldig, wie er annahm?

„War das dann alles?"

Die frostige Stimme katapultierte ihn unsanft in das Vorzimmer zurück. Frau Feldmarschall fixierte ihn noch immer über den Rand ihrer goldgefassten Brille. Kurzfristig erwog er, sie mit ihrem Metallkettchen zu erwürgen. Zum Teufel mit dieser frigiden Kuh! Irgendwie hatten es sämtliche Weiber innerhalb seines Dunstkreises auf ihn abgesehen. Er starrte eine Weile in die unbewegte Miene. Plötzlich fiel ihm eine andere Person ein, die ihm vielleicht mehr Gehör schenkte. Wortlos drehte er sich auf dem Absatz um und knallte die Glastür hinter sich zu, so dass die daumendicke Scheibe klirrte.

Gertrude Müller zuckte die Achseln und kehrte an ihren Schreibtisch zurück. Dem hatte sie es gegeben! Die gesamte Belegschaft wusste, dass der Mistkerl seine nette Ehefrau mit der Schnepfe aus der Anlageberatung betrog. Sie konnte sich ein zufriedenes Lächeln nicht verkneifen, ehe sie den Kopfhörer aufsetzte, um das Diktat zu Ende zu schreiben. Hagen Schneiders Besuch hatte sie schon Minuten später vergessen.

*

„Sie können Tabea Hüsch-Schlemmer entlassen. Es war allein meine Idee!"

Lukas nickte ernst.

„Bei allem Respekt, verehrte Frau von Dahlen. Wieso sollte ich Ihnen das abkaufen?"

„Ich habe ein Motiv vorzuweisen."

Die alte Dame nestelte in ihrer Handtasche und zog eine goldene Mastercard aus einem Etui hervor.

„Wie viel muss ich bezahlen, damit Sie Ihre Ermittlungen ausschließlich auf meine Person konzentrieren?"

Fassungslos starrte Kommissar Felden die Karte an.

„Sie wollen mich bestechen?!" Er lachte ungläubig.

„Aber nein. Ich verleihe meiner Bitte Nachdruck", die Ironie tropfte förmlich von ihren Lippen. Lukas beugte sich vor und musterte interessiert die Goldprägung auf der Kreditkarte.

„Hm. Ist die überhaupt gedeckt? Da steht Blau & Cie. drauf."

Drei weitere Plastikkarten klatschten auf den Schreibtisch.

„Suchen Sie sich eine aus!"

Er rang nach Luft und biss sich auf die Unterlippe, um nicht loszuplatzen. Diese Frau war wirklich eine Nummer. Unter anderen Umständen fände er die alte Dame großartig. Er hob die Brauen, als zöge er ihr unerhörtes Angebot in Erwägung. Doch dann huschte ein kummervoller Ausdruck über seine Miene.

„Bezahlen Sie auch für die Freilassung der Jacoby?"

„Paulina ist hier?!"

Entsetzt schlug sie sich auf den Mund. Zu spät. Ein Punkt für ihn. Lukas grinste wissend, zog den Stuhl heran und setzte sich ganz nah neben Edith, so dass sein Hosenbein fast ihr Knie berührte. Erwartungsgemäß rutschte sie von ihm weg. Er rückte nach. Behelfsweise bog sie den Oberkörper zurück und musterte ihn grantig. Er lächelte charmant.

„Sie kennen Paulina Jacoby also? Aber natürlich ...", er klatschte mit seiner flachen Hand auf die Stirn, „ich vergaß ... Sie haben den Überfall ja gemeinsam geplant! Arbeiten Sie schon lange mit der Salchevbande zusammen? Und um nochmal auf Ihr Motiv zu sprechen zu kommen ..."

„Junger Mann, ich habe keine Ahnung, wovon Sie da reden. Mit dieser Familie Slachev verkehre ich nicht, oder wie auch immer die sich nennen. Ich wollte mir lediglich mein Eigentum zurückholen. Frau Hüsch-Schlemmer traf ich dabei rein zufällig in der Schalterhalle!"

Finster taxierte er die hochmütige Miene und spürte, wie sich seine Belustigung in Hilflosigkeit verwandelte.

„Das können Sie dem Weihnachtsmann erzählen!", brüllte er, so dass Edith von Dahlen tatsächlich zusammenzuckte. Er bedauerte seinen Ausbruch sofort.

„Sie sind observiert worden. Die ganze Zeit", setzte er milder hinzu.

„Was haben Sie schon beobachtet ...", murmelte sie, „eine harmlose Laienspielgruppe bei der Probe eines Kriminalstücks. Sie können uns überhaupt nichts nachweisen. Wir haben nämlich nichts verbrochen."

Lukas nickte langsam. „Da haben Sie recht. Was Sie und Frau Hüsch-Schlemmer angeht, meine ich ..." Ihre Nase vibrierte leicht. Gleich hatte er sie am Rockzipfel.

„In Frau Jacobys Fall allerdings sieht es da finster aus. Immerhin befand sie sich mit Einbruchswerkzeug im Tresorraum."

„Falls ich Ihnen ein Geständnis unterschreibe, dass ich einen Überfall geplant habe, meinetwegen auch darüber, dass ich mit diesen ... Salicnichevs kooperiert habe ... lassen Sie Paulina dann gehen?" Ediths Stimme klang heiser.

Lukas Felden seufzte. Es war zwecklos, er kam ihr nicht bei.

„Frau von Dahlen ... Ich habe zwei Bankräuber im Leichenschauhaus und einen Dritten in Untersuchungshaft, der soeben auspackt. Ich schicke Sie alle drei zum Abendessen nach Hause und zahle den Pizzaboten, wenn Sie mir die Wahrheit sagen. Mir ist durchaus klar, dass Sie nicht mit der Russenmafia arbeiten. Aber was zum Teufel hatten Sie dort in der Blau & Cie. vor und warum das Ganze?"

Er hatte Erfolg. Ihr Blick driftete nachdenklich aus dem Fenster.

„Paulina ...", zunächst verdunkelte sich ihre Miene, doch plötzlich spielte ein Lächeln um ihren Mund. Endlich rückte sie mit der Sprache raus! Eine Weile schwieg sie. Eigentlich sogar eine lange Weile. Bis Lukas ungeduldig mit den Füßen scharrte.

„Frau von Dahlen ..."

„Habe ich Ihnen schon von meiner Tochter erzählt?"

Überrascht ließ er die Hände in den Schoß fallen. Noch immer waren ihre Augen in die Ferne gerichtet und schimmerten tränenfeucht.

„Wie bitte?"

„Sie hieß Marie und war vier Jahre alt, als sie starb."

*

Tabea hob den Kopf, doch die Schritte gingen draußen vorbei. Diese enge, fensterlose Kammer besaß die Gemütlichkeit einer Einzelhaftzelle. Allmählich bekam sie klaustrophobische Beklemmungen. Sie hatte an der Tür gelauscht und aufgeschnappt, dass auch Paulina verhaftet wurde. Offenbar war ihr Plan auf der ganzen Linie gescheitert. Und ihre Ehe hatte sie damit völlig umsonst aufs Spiel gesetzt. Sie rutschte auf dem harten Holzsitz herum und bekämpfte die Übelkeit, die sie heute besonders hartnäckig heimsuchte. Nur zur Sicherheit sah sie sich nach einem Gefäß um, falls sie sich übergeben musste. Leider war das quadratische Verhörzimmer leer - bis auf den Tisch und zwei Stühle. Sie zwang sich, aufrecht zu sitzen, und stellte sich hilfsweise vor, wie eine Marionette von unsichtbaren Fäden in die Höhe gezogen zu werden. Sie seufzte. Das Bild einer lenkbaren Puppe passte exakt zu ihr und ihrem gesamten, verfluchten Leben.

Diesmal bemerkte sie kaum, dass jemand den Raum betrat. Erst als sich ein markantes Kinn in ihr Sichtfeld schob, realisierte sie, dass der attraktive Polizist ihr gegenüber Platz nahm. Er sah traurig aus, so dass sie unwillkürlich lächelte und sich vorbeugte. Dann erbrach sie sich auf den Fliesen.

*

„Es geht schon ... danke, nein, ich sagte, es geht schon!" Ungehalten wehrte sie die Hand ab, „ich will mit dem Kommissar reden!"

Sie zeigte mit dem Finger auf ihn, so dass er überrascht auf seine Brust tippte. Tabea nickte der Polizeibeamtin zu, die sie zur Toilette begleitet hatte, und ging Lukas voran in den Verhörraum zurück.

„Also Frau Hüsch-Schlemmer, was haben Sie mir zu sagen?"

Lukas hüstelte und zückte das Befragungsformular. Tatsächlich fand er auf Anhieb einen Stift. Er grinste. Endlich bekam er eine brauchbare Stellungnahme.

„Ich möchte mitteilen, dass alles meine Schuld ist und ich allein auf die Idee gekommen bin, die Bank zu überfallen."

Lukas stöhnte und knallte mit der Stirn auf seinen Schreibtisch.

„Wachtmeister Felden? Alles in Ordnung?"

„Kommissar."

„Wie bitte?"

„Egal. Nichts ist in Ordnung", murmelte er, noch immer auf der Tischplatte liegend, fuhr aber fort: „Und warum ist das alles Ihre alleinige Schuld?"

„Nun ... mir war langweilig."

„Ihnen war langweilig!", echote der Kommissar und hob den Kopf.

„Sehen Sie ... ich hatte einen Laden ... einen Bioladen, um genau zu sein ..."

Nicht zu fassen. Die Märchenstunde ging weiter. Er starrte in Tabeas eifrige Miene und auf den plappernden Mund, ohne zu kapieren, was daraus hervorsprudelte. Unvermittelt drängte sich ihm die Frage auf, ob er jemals solche Freunde hatte. Ihm fiel nur Jochen ein, der nicht zählte, weil er sein Partner war.

„... und seit mein Mann in Dubai ist, fühlt sich mein ganzes Leben wie Kaugummi an, verstehen Sie, Herr Kriminalinspektor, wie enorm zäher Kaugummi, meine ich ..."

„Frau Hüsch-Schlemmer ... Tabea!"

Er war der Verzweiflung nahe. Doch die dralle Rothaarige kam gerade erst in Fahrt.

„... dann sagte ich mir, Tabea, warum bringst du nicht mal ein bisschen Spannung in deinen Kaugummialltag ...",

„... und raubst eine Bank aus, " ergänzte Lukas ergeben.

Sie sah überrascht auf.

„Genau! Woher wissen Sie das? Bin ich schon aktenkundig? Bestimmt wegen der vielen Geschwindigkeits- und Parkverstöße ..."

Er winkte ab. „Okay, ich nehme das so auf. Sonst noch irgendwas?"

Sie lächelte schüchtern und riss die Augen auf, zugegeben sehr schöne hellblaue Augen, und wirkte plötzlich wie ein junges Mädchen. Tatsächlich zog sie alle Register. Sie flirtete mit ihm.

„Da Sie nun eine Hauptverdächtige haben ... Lassen Sie jetzt Edith von Dahlen und Paulina Jacoby frei?"

*

„Frau Jacoby ... hat ein bisschen länger gedauert. Ich musste mir einige erstaunlich phantasievolle Geschichten anhören."

Er verfluchte sich selbst dafür, dass er den verzweifelten Unterton in seiner Stimme nicht verbergen konnte. Noch im Hereinkommen zog Lukas einen Stuhl heran, drehte ihn verkehrt herum und verschränkte seine Arme auf der Lehne. Blöderweise merkte er zu spät, dass er sich automatisch so dicht neben der Verdächtigen niedergelassen hatte, dass er den schwachen Duft ihres Körpers vernahm. Und sie roch zweifellos anziehender als Frau von Dahlen.

Leider zeigte sie sich von seiner Verhörtaktik nicht sonderlich beeindruckt. Sie sah ihn nur von der Seite an und machte keinerlei Anstalten, von ihm abzurücken. Behelfsweise wandt er den Kopf und bohrte seinen Blick in die Fahndungsfotos auf der Wandkarte. Mit dem Ergebnis, dass er schielte.

Plötzlich blitzte Verstehen in ihren Pupillen auf, sie weiteten sich den Bruchteil eines Augenblicks, um zu winzigen Perlen zusammenzuschrumpfen. Sie besaß wunderbare Augen.

„Ich weiß, woher ich Sie kenne! Sie sind der Mann mit dem Mantel!"

„Na, das hat ja gedauert."

Der Versuch zu scherzen misslang ihm gründlich, aber das war jetzt eh schnuppe. Er würde nie herausfinden, was das Kaffeekränzchen im Schilde geführt hatte. Die hielten zusammen wie Kleister und Tapete.

Paulina blieb noch immer stumm, doch ihre Körperhaltung schien weniger defensiv. Ihre Hände falteten sich in ihrem Schoß. Vielleicht befand er sich auf dem richtigen Weg.

„Ich sage es ganz ehrlich. Ich bin ratlos, und das heißt was."

Sie sah ihm konzentriert ins Gesicht, so dass er sich weiter vorwagte.

„Nebenan sitzen zwei Damen in Verhörräumen, die sich wie Löwinnen gebärden, um sie zu schützen." Ihre Miene wurde weich.

„Edith von Dahlen und Tabea Hüsch-Schlemmer geben sich bewundernswerte Mühe, sich selbst zu belasten, um Sie aus der Sache rauszuprügeln. Ich glaube, mir sind in meiner Beamtenlaufbahn nie derart haarsträubende Ich-will-in-den-Knast-Motive untergekommen. Ehrlicherweise hat sich der Fall ohnehin erledigt, da ich Ihnen und ihren Freundinnen keine Straftat nachweisen kann. Trotzdem werde ich das Gefühl nicht los, dass Sie - alle drei - Hilfe brauchen."

Er hielt den Atem an.

„Ich hätte auf Jo hören sollen."

Ihre Stimme war ein Wispern, so dass er im ersten Moment an Einbildung glaubte.

„Wer ist Jo?"

„Johannes Kepler, ein lieber Kollege und ... Freund. Er meinte, die Angelegenheit sei eine Nummer zu groß für mich. Ich glaube, er hatte Recht."

Eine Alarmglocke schrillte in seinem Hinterkopf. Der Name rief eine diffuse Erinnerung in im wach, die er nicht greifen konnte.

„Versprechen Sie mir etwas?"

Beinahe ängstlich richteten sich ihre Rehaugen auf ihn. Er bejahte stumm und verfluchte sich dafür, so anfällig in Bezug auf Paulina Jacoby zu sein. Wie ein verknallter Pennäler benahm er sich.

„Lassen Sie Edith und Tabea gehen, wenn ich Ihnen die Wahrheit sage?"

Lukas lächelte und nickte erneut. Endlich.

„Gut", sie holte Luft, „dann fange ich am besten von vorne an. Haben Sie Zeit mitgebracht?"

*

„Wo ist meine Frau!?"

Der schlaksige, blonde Mann flog förmlich durch die Schwingtür, so dass die Klappen beim Zurückschnellen seinen dunkelhaarigen Begleiter am Eintreten hinderten. Er beugte sich erregt über die Anzeigenaufnahme, ungeachtet der Tatsache, dass er seinen Anzugärmel in eine Kaffeelache tunkte. Der Beamte am Schreibtisch tippte konzentriert weiter. Die Brille des Blonden beschlug vom Wechsel aus der Kälte in die stickige Heizungsluft im Polizeirevier.

„Heda ... Sie!", raunzte er. Sein Zeigefinger zielte wie eine Lanzenspitze auf den Polizisten, der nicht mal aufsah. Nach wie vor haderte Otto mit der Tastatur seines Computers. Er brauchte ewig, um das Q zu finden.

„Ihr Name?", murmelte der Angesprochene, während seine Miene aufleuchtete. Er hatte den Buchstaben entdeckt. Zufrieden zog er den Formularbogen aus der Maschine und rieb seinen Bauch. Mittlerweile hatte der Zweite die Schwingtür bezwungen und trat neben seinen Freund.

„Dr. Stefan Schlemmer wünscht seine Gattin, Tabea Hüsch-Schlemmer zu sehen", sagte er ruhig und legte seine Hand auf die Schulter des anderen. Dieser bemühte sich sichtlich um Fassung. Hilfsweise fuhr er sich durchs Haar, doch die dünnen Flusen dachten nicht daran, sich zu glätten.

„Und wer sind Sie?"

Otto erhob sich gemächlich und sah sich suchend um. Wo verflucht hatte Felden schon wieder seine Briefkuverts versteckt? Kaum fiel er mal ein paar Tage aus, fand er hier ein Chaos vor. Er betastete die kahle Stelle an seinem Hinterkopf.

„Dr. Leyendecker, Rechtsanwalt. Wären Sie so freundlich ..."

Otto nickte abwesend. Stefan Schlemmer platzte der Kragen.

„Himmelherrgottsakrament! Kommen Sie in die Hufe, Sie Sesselheinz!", spie er sein Missfallen in das Beamtengesicht. Ottos linke Augenbraue schoss in die Höhe.

„Sachte, sachte, der Herr. Sie wollen bestimmt nicht wegen Beamtenbeleidigung ...", doch er wurde unterbrochen. Kommissar Felden streckte seinen Kopf aus dem Verhörraum.

„Gibt´s ein Problem?"

Schlemmers Faust sauste auf die Theke hernieder, einige Informationsblätter flatterten zu Boden. Erst jetzt bemerkte Otto, dass dieser Doktor offenbar echt sauer war.

„Meine Frau wird hier unberechtigt festgehalten, während Ihre Beamten mit einem gegenstandslosen Hausdurchsuchungsbefehl in meiner Unterwäsche wühlen! Wenn jemand Probleme hat, dann die Kölner Polizei und zwar gewaltig! Sie haben keine Ahnung, wozu ich ..."

Der Rechtsbeistand krallte seine Finger in den Unterarm seines Klienten und flüsterte. Lukas und der Wachtmeister wechselten einen Blick. Zu Ottos Erstaunen eilte sein Kollege beflissen auf die beiden Männer zu.

„Ich entlasse die drei Damen sofort, nachdem ich mit meinem Partner gesprochen habe."

„Drei?!"

Verständnislos sahen Dr. Leyendecker und sein Mandant einander an. Fast unmerklich schüttelte der Justiziar den Kopf und nickte höflich, derweil Schlemmer sich knurrend abwandte.

„Wir warten. Danke."

*

Lukas zog die Tür sachte hinter sich zu. Noch während die Zentrale die Verbindung zum KK 3 im Nebengebäude herstellte, musterte er Paulina, die ihm abgewandt am Fenster stand.

„Alles in Ordnung, Frau Jacoby?"

„Ja."

Sie hielt die Hände zu Fäusten geballt und umschlang ihren Oberkörper mit beiden Armen, als gehöre diese Geste zu ihr. Wie zerbrechlich sie wirkte...

„Friedmann?"

„Jochen, wie weit bist du mit dem Kossilic?"

„Vollumfängliches Geständnis. Zehn Jahre Bau schätze ich, wenn er Glück hat. Der kleine Drecksack ist so auf Entzug, dass er vermutlich mildernde Umstände bekommt. Sie haben die Banksache nur zu dritt abgezogen, schwört er."

„Das dachte ich mir schon. Danke, Kumpel, gute Arbeit."

Lukas legte den Hörer auf die Gabel und erwiderte Paulinas fragenden Blick mit einem Lächeln.

„Sie können gehen."

Tatsächlich zögerte sie. Trat auf ihn zu und öffnete schüchtern die Faust. Verblüfft sah er auf das schwarze Spielzeugpferd.

„Würden Sie das bitte zurückgeben?"

*

Tabea hatte Wahnvorstellungen. Kommissar Felden holte sie wortlos aus dem Verhörzimmer und führte sie zum Ausgang. Der Boden unter ihr fühlte sich wie eine wabernde Fläche aus Wackelpudding an. Beinahe hätte sie aufgelacht, wäre ihr nicht so schummrig. Sie presste die Hand auf den Mund, einmal, weil ihr wieder schlecht wurde, und zum anderen, weil sie ihren Mann sah. Ihre grausame Phantasie gaukelte ihr vor, dass er erleichtert aussah und Anstalten machte, sie in die Arme zu schließen.

Sogar Stimmen vernahm sie, undeutlich und von einem seltsamen Rauschen unterspült. Paulinas sanfter Singsang war darunter und Edith schnarrte: „Dr. Leyendecker, was machen Sie denn hier?!" Sie klang nicht erfreut. Wer zum Teufel war Dr. Leyendecker? Doch sie konnte nicht länger darüber nachdenken. Das Brausen schwoll zur Brandung an. Eine Welle schwappte durch sie hindurch und spann einen sepiafarbenen Schleier über ihre Halluzinationen. Schade aber auch. Es wäre zu nett gewesen, ihre Lieben beieinander zu haben. Warum wurde es bloß so dunkel?

„TABEA!"

Sie hörte Paulinas spitzen Schrei nicht mehr. Lautlos sackte sie in die Knie und knallte mit dem Kopf auf die Steinfliesen.

13. Kapitel

*„Und wenn du denkst, es geht nicht mehr,
kommt irgendwo ein Lichtlein her."*
Garantiert nicht von Murphy

Lukas stand noch lange am Fenster, nachdem der Krankenwagen mit Blaulicht an der Kreuzung abgebogen war. Die schweigende Gesellschaft hatte den schwarzen BMW Stefan Schlemmers bestiegen, wobei er einen Blick auf Paulinas schlanke Beine riskiert hatte. Beiläufig fragte er sich, ob er die falsche Berufswahl getroffen hatte, als das schnittige Gefährt seinem Blickfeld entschwand. Nicht dass er neidisch wäre, beileibe nicht ... Das Gummipferd in seiner Hand wieherte und schnaubte, es mochte nicht auf dem Kopf stehen. Er wunderte sich über seine kindische Anwandlung und stellte die Figur auf seinen Schreibtisch. Von dort guckte es ihn vorwurfsvoll an und erinnerte ihn an den Abschlussbericht, den er tippen musste. Seufzend griff er nach der Lehne seines Bürosessels und schaltete den Computer an. Während das Gerät hochfuhr, starrte er auf den schwarzen Monitor, bis sich das Fenster des Zentralrechners öffnete. Er tippte sein Passwort ein und betrachtete das leere Suchfeld, das vor ihm aufpoppte. Seine Finger gaben die Buchstaben ein, bevor er den Gedanken zu Ende gedacht hatte.

Johannes Kepler.

Gespannt beugte er sich vor, als das Programm den Suchlauf durch sämtliche Polizeidaten startete. Wenige Sekunden später lehnte er sich nachdenklich zurück.

Zugriff verweigert.

Lukas schielte auf seine Formularbögen und dachte an Paulina. Wieder musterte er den Bildschirm, löschte jedoch die aufgerufene Seite und nahm einen Bogen. Was das Mädchen ihm erzählt hatte, war zwar bedauerlich, aber definitiv nicht seine Materie. Es musste genügen, wenn er die Kollegen vom Dezernat für Wirtschaftskriminalität verständigte. Er legte das Formular auf den Stapel zurück. Andererseits ... Sein Kopf wackelte hin und her, als wöge er ein Für und Wider körperlich ab. Dann sprang er auf und griff im Laufen nach seiner Lederjacke.

Hauptkommissar Felden hatte sich noch nie um Vorschriften

geschert. Aus welchem Grund sollte er also ausgerechnet heute damit anfangen?

*

Paulina hasste Krankenhäuser. Sie hasste das Weiß und die keimfreien Flächen, den Geruch nach Desinfektionsmitteln und das Geräusch der Rollwägen auf dem Linoleumboden. Sie verabscheute die Mienen der Wartenden und die bekittelten Menschen, die durch die Gänge eilten und dabei andauernd so aussahen, als wäre soeben jemand gestorben. Sogar der Kaffee kam als durchsichtige, lauwarme Brühe daher. Dennoch klammerte sie sich an den Becher, als hinge ihr eigenes Leben wie ein brüchiger Faden daran, obwohl nicht sie, sondern ihre Freundin auf der Intensivstation lag. Tabeas bleiches Gesicht hatte sich kaum von den Kissen abgehoben und selbst, als sie sich ein mattes Lächeln abrang, glaubte Paulina, vor Angst zu sterben. Immerhin gewährte man Stefan Einlass, so dass Tabea nicht alleine war.

„Ich hasse Krankenhäuser! Die haben hier nicht mal eine anständige Cafeteria."

Edith ließ sich geräuschvoll neben ihr nieder und nestelte an einem vakuumierten Sandwich. Paulina fixierte weiterhin die Uhr über dem Stationseingang. Sie musste defekt sein, der Minutenzeiger rührte sich nicht.

„Wie kannst du jetzt ans Essen denken ...", murmelte sie.

„Ich denke ja nicht daran. Ich tue es."

Edith biss herzhaft in das Weißbrot und kaute gedankenvoll. Sie klappte die Toastseiten auf und betrachtete misstrauisch den Belag.

„Schmeckt nach überhaupt nichts", nuschelte sie und spülte den Mund mit Kaffeewasser. Prompt verzog sich ihr Gesicht.

„Widerlich!"

„Warum haben wir nicht gemerkt, dass sie krank war?!"

„Sie ist nicht krank."

„Na, sie sah jedenfalls nicht gesund aus! Was, wenn sie etwas Schlimmes hat?! Krebs oder ein Blutgerinnsel oder ...", Oh Gott, sie durfte gar nicht darüber nachdenken! Stöhnend barg sie ihr Gesicht in den Händen.

„Tabea sieht höchstens ziemlich schwanger aus, falls du mich fragst. Willst du den Rest von meinem Getränk, das behauptet, ein Kaffee zu sein?"

„WAS?!"

„Diese fade Plörre meine ich ...", lächelnd hielt Edith ihr den Becher entgegen.

„Nein ... ja ... was hast du eben gesagt?"

Edith warf achselzuckend das halbvolle Behältnis in den Mülleimer. Paulina sah dem Poltern wie betäubt hinterher und hob den Kopf. Stefan trat aus der Tür und eilte auf sie zu. Er grinste wie ein Honigkuchenpferd.

*

Zur selben Zeit betrat Kommissar Felden das Personalbüro der Blau und Cie. Bank in der Marienstraße, zückte seine Dienstmarke und fragte nach einem Angestellten namens Johannes Kepler. Der Sachbearbeiter zögerte und griff zum Telefon. Er lauschte einige Sekunden der quäkenden Antwort und legte mit einem „Okay" den Hörer auf die Gabel.

„Gehen Sie bitte in die dritte Etage, dann den Gang hinunter zum Vorstandssekretariat. Der Eingang ist nicht zu übersehen. Frau Müller erwartet Sie dort."

Lukas nickte verwundert, bedankte sich und folgte der Richtungsangabe des ausgestreckten Arms. Im Fahrstuhl nach oben lächelte er eine attraktive Blondine an, die ein paar hellblaue Akten an ihren Busen presste und ihn durch halbgeschlossene Lider musterte. Ihr Rock kam ihm etliche Zentimeter zu kurz vor und er bezwang die ungewollte Hitzewallung, als ihr Blick sich in seinen Schritt bohrte. Zu seiner Erleichterung verkündete das typische „Pling", dass sie den Dritten erreicht hatten, noch bevor die Langbeinige den rotbemalten Mund öffnete. Mit einem knappen Gruß flüchtete er aus der Aufzugskabine, den betörenden Geruch nach Sex in der Nase.

Die Vorstandssekretärin begrüßte ihn bereits an der opulenten Glastür mit Goldeinfassung und er grinste unwillkürlich. Diese Tür konnte man de facto nicht übersehen, aber Frau Müllers korpulente Erscheinung beeindruckte ihn nicht weniger. Sie führte ihn in ein großzügiges Besprechungszimmer und schloss nach einem reservierten „Herr Kepler kommt gleich zu Ihnen" die Tür.

Lukas sah sich unschlüssig um. Das Vorstandszimmer lag am gegenüberliegenden Ende des Vorzimmers, es handelte sich also eindeutig nicht um das Vorstandsbüro. Wer arbeitete hier? Und in welcher Funktion? Sein Blick streifte den Gründerzeittisch, der fast den gesamten Raum einnahm, und verfing sich in der technischen Anlage mit unzähligen Bildschirmen und Steuerelementen. Merkwürdig. Hatte die Geschäftsleitung die Sicherheitszentrale hierher verlegt?

Er schlenderte zu dem Spitzbogenfenster, das westwärts zur Marienstraße zeigte. Über den Dächern flimmerte die Abendsonne. Sie verkupferte die Spitzen des Doms und verwandelte den Rhein in eine silberne Pulsader. Eine atemberaubende Aussicht, gab er neidisch zu und dachte an den Hinterhof samt Mülltonnenpanorama, den er von seinem Schreibtisch aus sah.

Er überhörte das geräuschlose Öffnen und Schließen der Tür. Erst als jemand an seine Seite trat, erwachte er aus seinen Tagträumen.

„Hallo Lukas."

*

Tabea war blass und erschöpft, aber wohlauf. Die Diagnose des Arztes lautete Kreislaufkollaps infolge von Dehydrierung und Unterzuckerung.

„Ihr fehlt Schlaf und eine ausgewogene Mahlzeit, dann sind Mutter und Kind bald wieder auf dem Damm", hatte der junge Doktor geschmunzelt und seine Patientin entlassen. Sie hatte sich bei Paulina eingehakt, die Lippen zu einem missglückten Lächeln verzogen und sofort den Ausgang angesteuert. Schweigend hatten sie das Krankenhaus verlassen, Ediths Absatzklackern im Rücken und gefolgt von Stefan Schlemmer, der mit unbewegter Miene die Handtasche seiner Frau trug. Maximilian hatte aus Langeweile die Rückenlehne des Beifahrersitzes angeknabbert, was Tabeas Ehemann kommentarlos zur Kenntnis nahm. Nur eine winzige Bewegung seines Wangenmuskels verriet, was die Bissspuren im Seidennappabezug in ihm auslösten.

Die Fahrt dauerte ewig und belohnte sie mit dem Anblick eines verwüsteten Hauses. Paulina schlug entsetzt die Hand vor den Mund. Der Flur war von Zeitungen und Illustrierten übersät. Im Wohnzimmer wurde das Altpapier durch den verstreuten Inhalt der Schränke und Regale ergänzt. Die Kripobeamten hatten Schubladen und Schranktüren aufgerissen, Gegenstände und Unterlagen herausgenommen und an Ort und Stelle fallengelassen. Es gelang ihr nur mühsam, die aufkeimende Wut zu unterdrücken, während Edith ein indigniertes „Heiliger Bimbam" entfuhr. Tabea stieg mit leerem Blick über das Chaos, zertrat einen Bilderrahmen und wendete sich sofort den Stufen in das obere Stockwerk zu. Stefan verließ das Arbeitszimmer, bückte sich nach dem zerbrochenen Hochzeitsfoto und folgte seiner Gattin. Nach einem Wimpernschlag unheilvoller Stille purzelten zornige Wortfetzen die Treppe hinunter.

„Willst du einen Kaffee, bevor wir aufräumen?"

Paulina fragte nur aus Höflichkeit und fuhr zusammen, als ein entrüsteter Schrei ertönte.

„Du hast keine Ahnung ... Dubai ... einsam ... Herr Superingenieur!"

„Ach ja?! ... Unterstützung ... Tag und Nacht denke ich ... tu ich nur für uns!"

Edith seufzte und schüttelte den Kopf.

„Ein Kamillentee käme mir angesichts dieser Schweinerei passender vor ... oder gleich ein Gläschen Portwein."

Paulina zuckte die Achseln und wies mit dem Kinn zum Wohnzimmerschrank.

„Rücksichtslos ..." - „ ICH?! Rücksichtslos?! ... Du bist ja nicht bei Sinnen!"

„Ich glaube, die Bar ist da drin ... falls die was übriggelassen haben."

Oben steigerte sich das Crescendo der erregten Stimmen, sie duckte sich unwillkürlich. Arme Tabea.

„Der arme Kerl", raunte Edith, während sie eine kirschrote Flüssigkeit in zwei Cognacschwenker goss.

„Madame-ich-schaffe-alles-allein ... Schnapsidee von wegen Banküberfall! Dir gehts einfach zu gut!"- „Na dann, geh doch!" - „Mach ich auch!"

Schweigend nippten sie an ihren Gläsern. Im Schlafzimmer polterte ein Gegenstand zu Boden, das Scheppern folgte unmittelbar.

„Sie schmeißt mit irgendwelchen Dingen."

„Das macht sie immer, wenn sie wütend ist ... Schmeckt gut, das Zeug."

Einvernehmlich knieten sie auf dem Teppich und sammelten

Papiere, Fotos und verstreuten Hausrat ein. Paulina angelte bäuchlings nach einer Silbergabel, die unter dem Sofa lag. Von oben kroch Stille die Stufen herab.

„Du erinnerst mich an meine Tochter."

„Hm hm ... was?"

Edith klopfte ein Kissen aus und sprach hastig weiter, als fürchte sie, den glitschigen Faden zu verlieren, ehe sie ihn aufgenommen hatte.

„Marie war vier, als sie entführt wurde. Wir haben alles versucht, um sie zurückzubekommen. Walther hatte sogar darauf bestanden, die Geldübergabe selbst durchzuführen. Die Polizei ...", ihre Stimme brach.

Paulina fasste nach den adrigen Händen, wagte jedoch nichts zu erwidern. Diesmal entzog sich Edith ihr nicht. Ihre Finger umklammerten haltsuchend Paulinas Handgelenk.

„... das Einsatzkommando griff während der Übergabe des Geldkoffers zu. Aber es war zu spät. Marie war längst tot. Sie ...", mühsam presste sie die Wörter aus der Brust, die sich krampfartig nach innen bog. Paulina musste näher rücken, um die Sätze zu verstehen, die aus Ediths Mund bröckelten.

„... Sie trieb im Rhein wie ... wie ein Stück Holz ... die Entführer hatten niemals vor, sie leben zu lassen ... ich ... Oh Gott!" Nun rannen Tränen über ihre Wangen.

Paulina schlang die Arme um den mageren Leib. Obwohl die alte Frau weinte, blieb ihr Körper ebenso stumm wie ihre Trauer. Weder gab sie einen Laut von sich, noch rührte sie einen Muskel. Nur ihre Stimme klang heiser.

„Ich ließ sie nur einen Augenblick auf der Schaukel zurück ... nur Minuten ... es war meine Schuld."

„Du weißt, das ist Unsinn. Es war bestimmt nicht deine Schuld!"

Nicht deine. Und auch nicht meine.

Sie umarmte Edith fester, als sei sie selbst diejenige, die Trost benötigte. Maximilian gähnte, sprang auf und lief zur Tür. Artig setzte er sich auf die Schwelle, grunzte und schaute die beiden auffordernd an.

„Ich denke, wir sollten einen Spaziergang machen. Die Luft ist ganz schön dick hier."

„Ich denke, das ist eine gute Idee."

*

„Nach zwei Jahren Speichellecken im hiesigen Betrugsdezernat habe ich mich in Frankfurt beim Dezernat für Wirtschaftskriminalität beworben, eigentlich nur spaßeshalber und wegen der Kohle. Die suchten zu dem Zeitpunkt VEs für eine verdeckte Ermittlung bei einem namhaften Autohersteller, dessen gehütete Neuentwicklungen plötzlich von einem Konkurrenzunternehmen in Korea gegen harte Dollars getauscht wurden. Damit fing es an." Michael Berger, alias Jo Kepler, zuckte die Schultern und grinste.

„Werd das Gesicht des Arschlochs aus der sogenannten höheren Führungsetage nie vergessen, als ich ihm Handschellen anlegen und seinen Porsche beschlagnahmen durfte. Kaum verschwand der miese Kerl von der Bildfläche, flatterte der nächste Auftrag auf meinem Tisch. Was soll ich sagen ... ich hatte Blut geleckt. Der Spionagejob gefiel mir, war irre spannend. Außerdem konnte man mein Talent für Zahlen gut gebrauchen. Also zog ich nach Frankfurt und schnipp ... fünf Jahre rum."

Lukas lachte auf. Nicht zu fassen. Der Pechvogel Berger, den alle während der Ausbildung belächelt hatten, war zum größten Wirtschaftsfahndungsdezernat aufgestiegen. Nur zu genau erinnerte er sich an den schüchternen Jungen, der bei Observationen über Zahlenrätseln oder Sudoku-Heftchen brütete und nonstop mit sich selbst redete. Wahrhaftig, leicht hatte es die tumbe Polizistenriege dem Außenseiter nie gemacht. Ständig wurde er gehänselt, sogar gemobbt. Deshalb gönnte Lukas ihm die Beförderung, sofern man sich bei dem mageren Beamtengehalt traute, von Karriere zu sprechen. Jede Kellnerin verdiente mehr als Staatsdiener ihres Kalibers.

„Ich hätte gleich wissen müssen, wer hinter diesem Decknamen steckt! Johannes Kepler, der Mathematiker. He he, warst schon immer ein wandelnder Taschenrechner, Kleiner!"

Michael verzog das Gesicht, als sein ehemaliger Dienstvorgesetzter ihm die Pranke in die Rippen donnerte, und duckte sich zum Gegenschlag. Doch ein Hüsteln an der Tür unterbrach ihre kollegiale Kabbelei. Sofort straffte Berger den Rücken und reckte das Kinn, so dass er Lukas plötzlich an einen Raubvogel erinnerte. Zu seinem Erstaunen wirkte der schmächtige Mann überhaupt nicht mehr amüsiert, sondern reichlich autoritär. Finster musterte sein Kollege den bebrillten Anzugträger, der von einem Bein aufs andere trat. Es gelang ihm mühelos, vom Kumpel zum Polizeibeamten zu mutieren.

„Kommissar Felden, kommen wir zur Sache Jacoby ... oder besser: zum Betrugsfall Soltau. Darf ich vorstellen: Hagen Schneider, Abteilungsleiter der Anlageberatung."

Bei der Erwähnung Paulinas fiel Lukas schlagartig ein, weshalb er hier stand.

„Du bist auf dem Laufenden?" Eine rein rhetorische Frage, die Michael wie erwartet abnickte. Also hatte sich das Betrugsdezernat Köln in Berger einen Spezialisten aus Frankfurt gezogen.

„Paulina Jacoby ist da über äußerst merkwürdige Dinge gestolpert. Die leider erst seit heute ein vollständiges Bild abgeben. Das hier ...", ein schwarzes Heft klatschte auf die Schreibtischplatte, „... hat mir Herr Schneider netterweise zukommen lassen."

„Ich verstehe nicht ..."

Lukas schlug verwundert das Notizbuch auf.

„Was ist das?"

Dem Abteilungschef hatte es offenkundig die Sprache verschlagen. Er öffnete den Mund, es entwich bloß ein Seufzen. Konnte auch ein Stöhnen sein.

„Das hat er in Natalie Soltaus Wohnung gefunden. Man erspare ihm zu erklären, wie er in die vorteilhafte Lage kam. Im wahrsten Sinn des Wortes, nicht wahr Herr Schneider?" Bergers ätzender Unterton ließ kaum Zweifel daran, welche Art von Position er meinte. Der Krawatten-Lulatsch lief hochrot an.

Felden blätterte verständnislos durch die dichtbeschriebenen Seiten. Ihm kamen die Symbole wie willkürliche Kritzeleien vor.

„Wir nehmen an, es handelt sich um eine Auflistung von Konten. Allerdings sind die Daten codiert."

„Willst du damit andeuten, dass wir einen Beweis gegen Natalie Soltau in den Händen halten, der keiner ist?!" Lukas runzelte die Stirn.

„Sozusagen. Das Weib taucht seine manikürten Finger in Weihwasser. Nach außen hin trägt sie die sprichwörtliche weiße Weste, dabei spielt sie jeden gegen jeden aus. Zuerst dachte ich tatsächlich, dass Paulina Jacoby die krummen Geschäfte betreibt. Aber dank ihrer Hinweise kam ich erst auf die richtige Spur. Blöderweise ...", jetzt machte der verdeckte Ermittler ein bekümmertes Gesicht.

„... reicht es nicht", beendete Lukas düster.

Seine Kiefer malmten und er spürte, wie seine Halsschlagader anschwoll. Der Abteilungsleiter wippte auf den Ballen auf und ab und schielte nach der Türklinke. Unverkennbar fluchtgefährdet. Diesmal gelang ihm eine Äußerung, auch wenn ihn diese sichtlich anstrengte. Sein Daumen zeigte zur Tür.

„Ich hätte da noch eine private Angelegenheit zu..."

Berger kniff die Augen zu Habichtsschlitzen zusammen, der

Hohn troff förmlich von seinen Lippen: „In Ordnung, Herr Schneider, gehen Sie ruhig. Grüßen Sie Ihre Frau von mir."

Der Angesprochene erbleichte. Felden konnte sich ein Grinsen nicht verkneifen. Er winkte sein Okay nur ab, woraufhin sich sacht die Tür hinter dem Ehebrecher schloss.

„Und jetzt?" Michael setzte sich neben ihn und nestelte eine Zigarettenpackung aus der Jackentasche.

„Darf man hier rauchen?"

„Mit Sicherheit nicht." Er schüttelte das Päckchen auffordernd.

Lukas steckte die Zigarette in den Mundwinkel, ohne sie anzuzünden. Unverwandt starrte er auf die Seiten, bis die Handschrift vor seinen Augen tanzte.

„Wie geht es Friedmann? Hält seine bezaubernde Freundin es noch mit ihm aus?"

„Simona und Jochen haben geheiratet", murmelte er abwesend und hob jäh den Kopf. Ihm war ein völlig verrückter Einfall gekommen, der so absurd war, dass er allenfalls für einen Hollywoodthriller taugte.

„Ich glaube, ich weiß, wie wir die Soltau kriegen."

„Schieß los!"

Berger beugte sich gespannt vor, doch Lukas presste bereits sein Mobiltelefon ans Ohr.

„Jochen? Kommst du bitte zur Blau & Cie. Bank, Marienstraße. Ich brauche dich hier. Und nimm deinen Laptop mit."

Als er auflegte, verabschiedete Kommissar Felden sich zeitlebens von dem Gedanken an hausgemachte Semmelknödel. Simona würde ihn nach dieser Aktion nie wieder zum Essen einladen.

*

Die Gesprächspause wuchs sich allmählich zu einem verbissenen Schweigewettkampf aus. Stefan tigerte erregt im Schlafzimmer auf und ab, während Tabea mit trotzig vorgeschobener Unterlippe auf dem Bett lag und an die Decke stierte. Da ihrem Göttergatten kurzfristig die Vorwürfe ausgegangen waren, versuchte sie, die verletzenden Worte, die ihr auf der Zunge lagen, mit dem Gedanken an ein Nutella-Brot zu überlisten. Was gründlich misslang, da nun ihr Magen knurrte.

„Ich gehe."

Überrascht setzte sie sich auf. Er lehnte am Fenster und schaute in den Vorgarten hinaus. Die kahle Stelle auf seinem Hinterkopf war ihr vorher nie aufgefallen. Plötzlich klopfte ihr Herz schneller.

„Die Hecke sollte geschnitten werden", sagte er nachdenklich.

„Was ...?" Ihre Stimme zitterte.

„Sie wächst auf das Nachbargrundstück."

„Was heißt das, du gehst? Wohin denn?!"

Wie in Zeitlupe drehte er sich um. Seine Augen sahen unendlich traurig aus. Sie suchte nach versöhnlichen Worten, doch ihr Hirn arbeitete langsam. Er bückte sich bereits nach seinem Rolli, der unberührt mitten im Raum stand.

„Ich gehe ins Radisson-Hotel. Mir ist nach einer Dusche und jeder Menge Alkohol."

„Ich bin schwanger!"

„Eben deshalb."

Plötzlich klang er ganz ruhig. Viel zu ruhig. Tabea schluckte die aufsteigenden Tränen hinunter. Noch immer konnte sie sich nicht zu einer einfachen Entschuldigung durchringen, geschweige denn ihn mit Liebesbekenntnissen milde stimmen. Sie wusste ja selbst nicht, was sie fühlte.

„Tabi, ich liebe dich über alles. Ich bezweifle nur, ob du genauso empfindest. In den letzten Monaten hatte ich den Eindruck, dass dir unsere Ehe nicht mehr sonderlich wichtig ist."

Sie öffnete den Mund, um zu protestieren, aber Stefan hob die Hand, so dass sie verstummte.

„Seit heute bin ich mir dessen sogar sicher. Ich möchte deinem Glück nicht im Weg stehen. Ein Kind sollte nicht der Grund dafür sein, dass du dich für mich entscheidest. Mein Rückflug nach Dubai geht in 48 Stunden. Bis dahin hast du ausreichend Zeit, dir zu überlegen, wohin dein Leben führen soll und ob ich mit an Bord bin oder nicht. Wie auch immer deine Wahl aussieht, ich sorge für dich ... für Euch."

Er fasste nach der Klinke, zögerte jedoch und betrachtete sie nachdenklich, als wolle er einlenken. Tabea hielt den Atem an. Doch dann schenkte er seiner Frau nur ein schmallippiges Lächeln und zog die Tür hinter sich zu.

Draußen steckte Paulina soeben den Schlüssel ins Schloss, als jemand von innen öffnete und ihren klammen Fingern den Knauf entriss. Schlemmer schoss grußlos an ihnen vorbei und hastete die Treppe herunter. Fluchend angelte er nach seinem Koffer, der aus seinen Händen geglitten war und die Stufen herab polterte. Sie schnappte nach Luft, allerdings kam ihr die Dahlensche Unverfrorenheit zuvor.

„Sind Sie sich sicher, junger Mann?"

Er schaute nicht mal auf, sondern wies zum Schlafzimmerfenster im oberen Stock, während er bereits ins Auto stieg.

„Fragen Sie meine Frau!"

Paulina eilte schon die Stufen hinauf. Edith hob eine Augenbraue, als Stefan die 330 Pferdestärken aufheulen ließ und an der Schaltung riss. Nur Maximilian gab seiner Empörung eine Stimme. Sein Bellen jagte den BMW die Straße hinunter, bis er mit quietschenden Reifen um die Ecke bog.

„Was ist heutzutage nur mit den Männern los?"

Edith schnalzte missbilligend, beugte sich herab und streichelte den Hund. Erst als das wütende Motorengeräusch verklungen war, folgte sie Paulina ins Haus.

*

Hinlänglich getröstet von Paulinas Zuspruch und Ediths widerwärtigem Ingwertee, den sie nur trank, um die Gefühle der alten Dame nicht zu verletzen, dämmerte Tabea in einem merkwürdigen Gefühlsvakuum dahin. Zwischendurch musste sie eingeschlafen sein, denn sie hatte von Bankräubern und Flugzeugen geträumt und endlose Kaugummitage in einer arabischen Gefängniszelle verbracht. Als sie zitternd aufgewacht war, hatte sie sich vorerst gegen den Schlaf und seine Gespenster entschieden.

Nun suchten ihre Augen seit Stunden in den Ornamenten der Tapete nach einer fortlaufenden Linie. Ständig verlor sie ihre Blütenranke in den Schatten der Dämmerung und musste von vorne anfangen. Irgendwo in ihrer Brust wummerte ein dumpfes Etwas. Aber ehe sie die Regung verstehen lernte, katapultierte die Türschelle sie zurück in die Realität. Stefan kam, um sie um Verzeihung zu bitten! Bestimmt hatte er seinen Schlüssel verlegt, wie so oft.

Tabea rappelte sich auf, sprang aus dem Bett und rannte barfuß die Stiegen herunter. Sie flog durch den Gang und riss die Haustür auf.

„Stefan, ich ..."

Doch auf der Veranda stand kein reuiger Ehemann. Stattdessen fiel der Lichtschein auf das verblüffte Gesicht Kommissar Feldens. Und der war nicht allein gekommen. Enttäuscht trat sie einen Schritt beiseite, um die drei Herren eintreten zu lassen.

„Paulina! Ich glaube, du hast Besuch!"

*

Die Kripo hatte ihren Job wirklich über Gebühr ernst genommen. Im gesamten Haus gab es nicht eine Ecke, die von der polizeilichen Gründlichkeit verschont worden war. Sogar Tabeas geheiligte Büchersammlung sah aus, als hätten die Beamten das Standregal kurzerhand in den Raum gekippt und anschließend wieder aufgerichtet. Die Titel lagen kreuz und quer übereinander, teils mit geknickten oder zerfledderten Seiten. Manche hatten sich beim Sturz die empfindlichen Rücken gebrochen. Auf dem Leinencover der Erstausgabe von Ernst Jandls „Andere Augen" prangten deutliche Profilabdrücke. Paulina kniete auf dem Boden, glättete Knicke, wischte über Einbände und leistete Abbitte, ehe sie die Bücher alphabetisch einsortierte. Mehr als einmal verfing sie sich in einem Text, also legte sie sich bäuchlings auf den Teppich, um zu schmökern.

Überrascht schaute sie auf, als Tabea in Begleitung ins Wohnzimmer schlurfte. Etwas rumorte in ihrem Bauch. Feldens Hemd zierten dunkle Schweißflecke und die Haare standen ihm zu Berge, trotzdem sah er unverschämt gut aus. Den schlanken Mann, der behutsam seine Laptoptasche abstellte und sich neugierig umsah, kannte sie nicht. Sein Gesicht wirkte sympathisch, nicht so kantig wie Feldens, sondern eher weich, doch mit einem Ausdruck wacher Intelligenz. Sie konnte dennoch nicht verhindern, dass ihr Blick sich wie ein Magnet an den Kommissar haftete. Aber die Schmetterlinge unterließen das Flügelschlagen in ihrer Magengegend, als Jo hinter seinem Rücken hervortrat. Die Hände hatte er tief in den Hosentaschen vergraben und er lächelte sie an. Beschämt. Alarmiert klappte sie das Buch zu und setzte sich auf.

„Jo? Was machst du denn hier? Hast du Schwierigkeiten mit der Polizei?"

„Paulina ... Frau Jacoby, ich möchte Ihnen meinen Partner Jochen Friedmann und meinen Kollegen vom Frankfurter Betrugsdezernat, Michael Berger, vorstellen ...", ergriff Felden das Wort, ohne auf ihre Frage einzugehen. Seine Stimme klang belegt. Verständnislos sah sie von einem zum anderen. Waren jetzt alle verrückt geworden?

Jo grinste verlegen. „Tut mir leid, Paulina. Ich fürchte, ich hab dich angelogen."

„Du ... Jo? Michael? Wieso ...", - „Können wir das später klären?", unterbrach Lukas und bedeutete Jo, alias Michael, zu schweigen.

„Na, wir sind gespannt", echote Edith aus der Eckbank und starrte die Polizeibeamten feindselig an.

„Guten Abend, Frau von Dahlen ... wie geht es Ihnen?"

„Ersparen Sie mir die Redeblumen, Herr Kommissar. Womit verdienen wir Ihre unverhoffte Visite? Haben Ihre Lakaien irgendeine Schublade übersehen?", kanzelte die alte Dame ihn ab, woraufhin er sich schuldbewusst im Zimmer umsah. Paulina verschränkte die Arme und beäugte ihn misstrauisch. Seine Brust hob und senkte sich rasch und gab ein Pfeifen von sich. Zu viele Zigaretten. Wenn sie genauer darüber nachdachte, fand sie ihn gar nicht so anziehend. Auch die Gänsehaut auf ihrem Oberarm war reine Einbildung.

„Wir haben einen Plan, wie wir Natalie Soltau dingfest machen können. Aber dazu brauchen wir Paulinas Hilfe."

Berger schob sich an Felden vorbei, ohne dessen Einwand zu beachten, und ließ sich auf Augenhöhe zu ihr nieder. Seine Finger umschlossen ihr Handgelenk so fest, dass es beinahe wehtat.

„Bitte Paulina, du musst mir vertrauen!"

Ihr Blick flog zu Edith, die hochaufgerichtet auf Antworten wartete, weiter zu Tabea, die mit rotgeränderten Augen in der Küchentür lehnte. Jochen Friedmann lernte den Stammbaum der Familie Schlemmer auswendig, der gerahmt an der Wand hing. Sie schielte zu dem Kommissar, den sie trotz aller gegenteiligen Bemühungen viel zu sehr mochte, und musterte Jo, der jetzt Michael hieß. Ihr fiel auf, dass sie nach wie vor im Schneidersitz auf dem Teppich saß. Edith holte Luft, um garantiert wenig Schmeichelhaftes über die Polizisten zu schütten. Die alte Paulina hätte sie dankbar gewähren lassen. Die Neue aber hob die Hand, woraufhin Edith geräuschvoll ausatmete.

„Was muss ich tun?"

14. Kapitel

„Mutter Natur ist ein böses Weib."
Letzte Erkenntnis aus Murphys Gesetzen

Ein Trojanisches Pferd (Trojaner) ist ein Programm, das bei seiner Ausführung Schaden »von innen« anrichtet. Dabei werden Datenbestände und Passwörter ausspioniert und über das Internet versendet, ebenso aber auch Systemkonfigurationen verändert oder gelöscht (...).

Natalie Soltau war schlecht gelaunt. In der Nacht hatte sie kein Auge zugetan, weil das Nachbarsbalg fast stündlich nach Futter plärrte. Den Rest besorgten die Wiegenlieder im Anschluss. Bei Tagesanbruch hasste Natalie Kinder und Eltern im Allgemeinen, deutsche Volksweisen im Besonderen und hegte konkrete Mordgedanken. Die Tatsache, dass Hagen Schneider seit Tagen nicht nur sie, sondern vor allem ihr Bett mied, bescherte ihr zudem eine gewisse physiologische Unausgeglichenheit, die sie aggressiv machte. So beging sie ihren Arbeitstag mit dem festen Vorsatz, ihren Chef auf der Toilette zu beglücken, wenn nötig, mit roher Gewalt. Den erschreckend kurzen Wollrock hatte sie mit erschreckend hohen Stiefeln wettgemacht, ihre Mähne floss verführerisch über ihren Rücken. Hagen liebte ihre Haare und würde bereits kommen, bevor sie ihm Zugang in ihr Allerheiligstes gewährte. Daher spielte schon jetzt ein triumphierendes Lächeln um ihren erdbeerroten Lippenstiftmund, als sie die Tür zur Anlageabteilung aufstieß. Und abrupt stehenblieb.

„Guten Morgen, Na-ta-lie!"

Das konnte nicht wahr sein. Sie spürte die eiskalte Wut, noch ehe ihr die Sinnestäuschung fröhlich zuwinkte. Tatsächlich saß Paulina Jacoby an ihrem alten Schreibtisch. Die Beine lässig auf der Tischkante abgelegt, wippte sie in ihrem Bürostuhl ... und aß einen Joghurt. Natalie marschierte auf ihre ehemalige Kollegin zu und knallte ihre Prada-Tasche auf die Tischplatte. Sorgsam achtete sie darauf, dass sie dabei den Bilderrahmen umwarf.

„Was machst du hier? Hast du vergessen, wo dein Kellerloch ist?"

Die Angesprochene schob ungerührt ihre Tasche beiseite, stellte den Rahmen auf und sank in ihren Stuhl zurück, um sich den nächsten Löffel zu genehmigen. Dabei wich das freundliche Lächeln nicht von ihrem Gesicht. Natalie kniff die Augen zusammen. Die Joghurtsorte kam ihr bekannt vor. Paulina folgte ihrer Blickrichtung und grinste noch breiter. Dann kratzte sie den letzten Rest aus dem Becher.

„Der ist echt lecker. Hab ihn in deinem Kühlfach gefunden."

„Du bist tot, Jacoby!"

Natalie ballte die Hände zu Fäusten. Erst jetzt ließ die Jacoby ihre Füße zu Boden und erhob sich. Betont langsam. Das grüne Etuikleid reichte ihr knapp über die Knie und schmiegte sich wie eine zweite Haut an ihren gertenschlanken Körper, als sie auf sie zuging. Ohne Brille wirkten ihre Unschuldsaugen übergroß. Irritiert trat Natalie beiseite, doch Paulina schlenderte an ihr vorbei. So nah, dass der Hauch eines exquisiten Parfums in ihre Nase stieg. Tatsächlich besaß das Miststück die Frechheit, den Plastikbecher auf ihrer Designermappe abzustellen.

„Ich glaube nicht."

Sie schien vollkommen unbeeindruckt. Und noch etwas anderes gesellte sich der triefenden Ironie in ihrer Stimme hinzu. Schadenfreude? Paulina zwirbelte gedankenverloren eine hellbraune Haarsträhne um ihren Zeigefinger.

„Aber ich fürchte, für dich sieht es ziemlich finster aus."

Seufzend machte sie kehrt und zog im Vorbeigehen eine Mappe aus dem Regal. Blätterte darin, schüttelte bedauernd den Kopf und schnalzte mit der Zunge. Das klickende Geräusch erinnerte an den Laut einer kleinen, grünen Viper. Aus einem ihr unerfindlichen Grund verunsicherte die Jacoby sie. Dann streckte Paulina ihr die Akte entgegen.

Sie hielt den Atem an, registrierte jedoch befriedigt das deutliche Zittern der Spinnenfinger, als Natalie ihr die Hegemannakte entriss. Die ganze Nacht hatte sie über die Worte gegrübelt, welche ihre Kollegin aus der Rolle schubsen würden. Es stand minus eins zu zweihundert, dass Giraffennatalie nach dem Köder schnappte.

Zunächst passte sich die Gesichtsfarbe der Soltau ihrer pastellgelben Seidenbluse an, als sie den Kundennamen auf dem Deckblatt las. Um allmählich den Ton ihres Lippenstiftes anzunehmen. Ihr Kinn schoss nach vorne, die Augen feuerten Blitze. Ihre Stimme wackelte, und das eindeutig nicht nur aus unterdrückter Wut.

„Beweise erst mal, dass da drin nicht dein Kürzel steht!"

Paulina neigte bekümmert den Kopf. „Ja, da hast du wohl recht ..."

Den Trumpf hielt sie in der anderen Hand. Beim Anblick des schwarzen Notizbuches weiteten Natalies Pupillen sich für den Bruchteil einer Sekunde. Ein heiseres Lachen, das wie ein Husten klang, drang aus ihrer Kehle.

„Damit kannst du nicht das Geringste anfangen. Davon abgesehen, habe ich das Ding da noch nie gesehen." Es klappte nicht. Natalie durchschaute ihren Bluff.

„Bist. Du. Dir. Da. Ganz. Sicher. Na-ta-lie? Greenpeace jedenfalls dankt für deine großzügige Spende ... oder sollte ich dich lieber Marlies nennen?"

Kaum hatte sie den Satz ausgespuckt, als die Giraffe mit einem Schrei an ihren Rechner sprang und fieberhaft die Tastatur bearbeitete. In ihrer Panik übersah sie, dass ihr Computer betriebsbereit war, obwohl sie das Gerät an diesem Morgen nicht angefasst hatte. Paulina sank erleichtert auf ihren Stuhl.

Felden grinste und signalisierte seinem Partner ein stummes Siegeszeichen. Die beiden Beamten saßen nur wenige Meter entfernt von den Kontrahentinnen im Schutz eines leeren Abteils. Während Lukas durch den Spalt im Paravent linste, beugte Jochen sich konzentriert über seinen Laptop und tippte lautlos unverständliche Befehle ein. Dem Kommissar stockte der Atem, als der Monitor sich schwarz färbte. Kurz darauf zeigte er eine violette Benutzeroberfläche an. Natalies Bildschirm. Friedmanns Miene leuchtete auf. Wie erwartet, überprüfte die ahnungslose Soltau ihre fiktiven Konten. Und hatte dabei interessierte Zuschauer.

Der Plan war simpel. Eigentlich zu simpel, um zu funktionieren. Und nur durchführbar dank Jochens EDV-Spleen, der sich in diesem Fall in einem kleinen, aber giftigen Codeknacker-Programm manifestierte. Michael Bergers Beziehungen zur Vorstandsetage stellten die Aktion auf legalen Boden. Dr. Grüneberg hatte sich zwar nicht sonderlich begeistert von der Idee gezeigt, einen Virus in einen Rechner einzuschleusen, der immerhin an dem äußerst sensiblen Bankennetzwerk hing. Zudem schien dem Vorstand Paulinas Rolle in dem Spiel zutiefst suspekt. Doch nachdem Kommissar Felden versichert hatte, dass die „Spenden" an Greenpeace reiner Bluff seien und das Geld selbstverständlich an die Blau & Cie. und deren geschädigte Kunden flöße, und Friedmann beschwor, dass der Trojaner keinen Millionenschaden anrichtete, hatte der Direktor zähneknirschend sein Einverständnis erteilt. Was blieb ihm auch anderes übrig. Schließlich hatte er die Untersuchung des Anlagebetrugs bereits vor Wochen vertrauensvoll in die Hände des Spezialisten Berger gelegt.

So hatten die beiden Kölner Ermittler am frühen Morgen, vor offiziellem Dienstbeginn, Zugang zu Natalie Soltaus Personalcomputer erhalten und nach Installation des Störprogramms nebenan Posten bezogen. Michael hatte sich kurzfristig entschuldigt, da ihn ein überraschender Anruf ins Dezernat beorderte. Er würde später zu ihnen stoßen.

Tatsächlich sah es so aus, als habe Paulina den passenden Köder ausgeworfen. Unverkennbar ging der Betrügerin der hübsche Hintern auf Grundeis. Mit ihrem Kontoabruf aktivierte sich das installierte Keylogger-Progamm, welches zunächst das eingegebene Passwort entschlüsselte. Synchron glich eine zweite Software die decodierten Zeichen mit den Symbolen des schwarzen Notizbuches ab. Die Lücken füllte die Anwendung mittels einer Art unfehlbarer Wahrscheinlichkeitsrechnung, die umso genauer ausfiel, je mehr Konten die Soltau einspeiste.

Nach Eingabe des dritten Kennworts poppte das ersehnte Fenster am Bildschirmrand auf: *Codierung erfolgt*. Wenige Augenblicke später ratterte eine seitenlange Matrix mit dechiffrierten Daten über den Monitor.

Lukas atmete aus, Jochen nickte grinsend. Der Trojaner übertrug fein säuberlich Natalies Konten zugriffsbereit auf den Polizeirechner. Der Kommissar zog seine Dienstmarke aus der Brusttasche und richtete sich zu voller Größe auf. Er bezwang seine Schadenfreude und trat mit bierernster Miene hinter dem Abteil hervor.

„Polizei! Natalie Soltau, Sie sind wegen Anlagebetrugs und Geldwäscherei vorläufig festgenommen!"

Im selben Moment weiteten sich Friedmanns Augen ungläubig. „Lukas, warte ..."

Ein spitzer Schrei ertönte. Ungeachtet der Polizeipräsenz und ehe der Ermittler reagieren konnte, stürzte sich Natalie auf die überraschte Paulina.

„WO IST MEIN GELD, du dämliche Nuss?!"

*

Auch wenn Köln-Bonn nicht gerade zu den Airports von Welt gehörte und gemessen an Frankfurt oder Berlin nur von unbedeutender Größe war, besaß er doch das, was alle Flughäfen einte: den verlockenden Duft der Freiheit. Die Luft in der Halle flirrte in einem internationalen Gemisch aus Sprachen und Gerüchen, das seinen Puls beschleunigte. Von hier aus befand sich jeder Ort des Planeten nur einen Sprung entfernt. Schon als Kind hatte er dieses Aroma der Unabhängigkeit begierig eingesogen, die Nase fest an die Scheibe der Abflughalle gepresst, sehnsüchtig den abhebenden Jumbos nachsehend. Sein Leben lang wollte er dieser fiesen Gesellschaft mit all ihren Vorurteilen und ständigen Ellbogenstößen entfliehen. Heute verwirklichte sich sein Traum. In Brasilien würde er ein Anderer sein, nicht nur auf dem Papier, sondern auf der ganzen Linie.

Michael Berger, alias Johannes Kepler, schulterte seinen Rucksack und trat an den Schalter, wo ihm eine hübsche Stewardess die Ausweispapiere abnahm. Sie tippte seine Buchungsnummer ein und musterte prüfend sein einziges Gepäckstück.

„Fensterplatz oder lieber am Gang, Herr Hartmann?" Die Brünette lächelte zuvorkommend, während sie flink die Daten seines gefälschten Reisepasses in die Boardingliste eintrug.

„Fenster bitte. Ich möchte keinesfalls den letzten Blick auf den Kölner Dom verpassen", grinste er.

*

Indes trommelten Fäuste auf Paulina herab, die schützend ihre Arme über den Kopf hob. Hände rissen grob an ihren Haaren und kratzten Striemen in ihre Haut. Natalie war außer sich und Paulina losgelöst von sich selbst. Sie spürte die Schläge kaum. Ihr Körper fühlte sich weich und biegsam an. Es war vorbei. Für sie und vor allem für Natalie Soltau.

Unvermittelt ließ ihre Kontrahentin von ihr ab. Schwer atmend ragte sie vor ihr auf, das Gesicht zu einer Fratze verzerrt. Plötzlich empfand Paulina beinahe Mitleid, als sie das zornige Mädchen hinter der Maske erkannte. Doch der Moment währte nur einen Atemzug. Dann schlich sich ein sanftes Lächeln auf ihre Lippen. Ihr Flüstern hallte durch den Raum, prallte von den Wänden und traf als imaginäre Backpfeife sein Ziel.

„Heul doch."

Natalie schrie wie ein waidwundes Tier und taumelte. Jemand stieß sie rüde zur Seite und stellte sich schützend vor Paulina. Natalie reagierte sekundenschnell. Entwand sich Lukas' Griff, tauchte unter seinem Ellbogen hindurch und riss das Notizbuch aus Paulinas Händen. Wirbelte herum, schlug einen Kaninchenhaken und rannte los. Der Kommissar fasste an ihrer Brust vorbei ins Leere.

„Das ist sie!"

Sie kam exakt bis ans Ende des Ganges. An der Eingangstür hatte sich ein Pulk aus Kolleginnen und Banksekretärinnen gebildet, die die Köpfe zusammensteckten und flüsterten. Gertrud Müller an der Spitze hob alarmiert ihre Dauerwelle. Ihre Miene wirkte ausgesprochen feindselig, als ihr Finger anklagend in Natalies Richtung zeigte. Wie angewurzelt blieb Natalie stehen, warf einen panischen Blick über die Schulter und einen irritierten vor sich. Das fehlte ihr gerade noch! Ihr Verfolger spurtete soeben um die Ecke. Indes löste sich eine fremde Frau in einem beigefarbenen Kostüm aus der Ansammlung, die eindeutig keine Bankangestellte war. Die Dunkelhaarige schritt resolut auf sie zu, ihre Mandelaugen brannten hinter den ziselierenden Gläsern ihrer Designerbrille. Das Erkennen durchfuhr Natalie in dem Augenblick, als ihr klar wurde, dass der einzige Fluchtweg mitten durch die Menschentraube führte. Sie hob das Kinn und marschierte los. Im selben Moment holte Laura Schneider aus.

Der gezielte Faustschlag streckte Natalie sofort zu Boden.

„Lass die Finger von meinem Ehemann, du Schlampe!", sagte

eine schneidende Stimme unter Johlen und Klatschen, ehe sie das Bewusstsein verlor.

*

„Was heißt das, die Konten sind leer?!"

Jochen hob hilflos die Hände, während Lukas wütend vor ihm auf und ab schritt. Sein Partner drehte den Bildschirm so, dass er die Kontodaten sah und tippte auf den Finanzstatus. Zweifellos prangte dort die Ziffer Null. Seine linke Braue krümmte sich steil nach oben, als er auf die nicht unerhebliche Summe eine Buchungszeile darüber zeigte.

„Ist es das, was ich glaube?"

Jochen nickte und öffnete per Mausklick mehrere Fenster.

„Jemand hat heute Morgen sämtliche Konten abgeräumt. Alle auf einmal, zur selben Zeit, in kleinen Beträgen und per telegrafischer Überweisung."

„Wohin?"

„Zypern, Liechtenstein, Costa Rica, … Belize, Grenada, Guatemala … und so weiter und so fort … such's dir aus. Wenn ich mich nicht täusche, handelt es sich ausschließlich um Länder, die nicht kooperativ in Bezug auf den internationalen Geldwäschekampf eingestellt sind. Würd' sagen … die Kohle ist übern See", murmelte Jochen fast anerkennend.

Lukas' Faust donnerte auf die Tischplatte. Er starrte vor sich hin, warf dann einen kurzen Blick in Paulinas käseweißes Gesicht und einen nachdenklichen zu Natalie, die mit verkniffener Miene an der Heizung kniete. Ihm war nichts anderes übrig geblieben, als die Tobende kurzfristig mittels Handschellen am Heizungsrohr festzuketten, ehe sie ihnen erneut entwischte.

Wie er aus ihrer schlechten Laune schlussfolgerte, hatte das

Biest keinen blassen Schimmer, was mit den Geldern passiert war, beziehungsweise, wer sich den Schotter unter den Nagel gerissen hatte. Einen Partner konnte man angesichts ihres egozentrischen Wesens ausschließen. Hagen Schneider traute er einen Betrug dieses Kalibers kaum zu, zumal dieser das schwarze Notizbuch direkt an den Kollegen Berger ... er stutzte. Überschlug die Gesamtsumme und fixierte die Zeitangaben des Geldtransfers. Grob geschätzt rund zwei Millionen Euro. Offenbar hatte da jemand schneller reagiert, als die Polizei erlaubte, oder...

Hektisch kramte er sein Mobiltelefon aus der Jackentasche. Er lauschte, während sein Apparat Michaels Anschluss anwählte, und hoffte inbrünstig, dass er sich irrte.

„Diese Nummer ist nicht vergeben", höhnte die monotone Computerstimme.

Natürlich. Lukas musste sich setzen. Er war ein verdammter, vertrauensseliger Idiot.

15. Kapitel

„Optimisten sind nicht davon überzeugt,
dass alles gutgehen wird.
Aber sie glauben,
dass nicht alles schiefgehen wird."
Unbekannt

Gertrud Müller erlebte ein Déjà-vu. Sie schielte zum Besucherstuhl, auf dem eine blasse Paulina Jacoby hin und her rutschte. Die Tür zum Büro Dr. Grünebergs hatte sich vor einer Stunde hinter den Vorständen, Hagen Schneider, dem mürrischen Kommissar und seinem Kollegen geschlossen. Seither drang lediglich erregtes Murmeln hinaus. Gertrud seufzte und nahm den Kopfhörer ab. Sie konnte sich sowieso nicht auf die schleppende Stimme auf dem Band konzentrieren. Also erhob sie sich von ihrem Schreibtisch und begab sich in die Teeküche. Die Tasse klirrte auf dem Unterteller, als sie diese zu der Wartenden balancierte und sich neben sie setzte.

„Es wird schon wieder, Mädchen", lächelnd sah sie zu, wie Paulina in kleinen Schlucken trank. Diese riesigen Augen waren wirklich rührend. Sie widerstand der spontanen Anwandlung, die zarten Hände zu ergreifen, stattdessen hob sie alarmiert den Kopf, als eilige Schritte durch den Gang trippelten.

„Wo sind dieser nichtsnutzige Kommissar und sein Kompagnon?!"

Die Empfangstür schwang auf. Die Vorstandssekretärin zuckte unwillkürlich zusammen. Das Gesicht der alten Dame war furchterregend, ihre Rechte umklammerte einen Regenschirm, mit dessen Metallspitze sie die Tür aufgestoßen hatte, in der Linken hielt sie eine Leine, an deren anderem Ende ein keuchender Mops watschelte. Die schwarzgekleidete Vogelscheuche vollzog eine Vollbremsung, als sie die beiden Wartenden erspähte. Ihr Ausdruck wechselte augenblicklich, wurde nahezu mütterlich. Der Hund bellte und wackelte mit dem Ringelschwänzchen.

„Paulina!"

Überrascht erhob sich die Angesprochene.

„Edith! Was machst du denn hier?"

„Dieser Felden hat angerufen und gesagt, du bräuchtest moralische Unterstützung. Also, was haben diese Polizeiversager angestellt? Und wer sind Sie?!" Gertruds Grinsen gefror, als die Regenschirmspitze auf ihre Brust zeigte.

„Ich? Ähm ... nun ..."

„Das ist Frau Müller, die Assistentin von Dr. Grüneberg, sie hat mir netterweise mit Tee das Warten verkürzt ...", beeilte sich Paulina zu versichern und die Sekretärin atmete erleichtert aus. Fehlte nicht viel und das Metall hätte sich in ihren Bauch gebohrt. Die Alte ließ ihre Waffe sinken und nickte ihr gnädig zu. Dann verfinsterte sich ihre Miene, ihr Kinn wies anklagend zur geschlossenen Vorstandstür.

„Sind die da drin?"

Edith von Dahlen hob den Busen und rückte ihr Schleierhütchen zurecht. Resolut zog sie Paulina in die Höhe und zerrte sie mit sich. Ehe die Vorzimmerdame reagieren konnte, hielt sie die Leine inklusive Mops in der Hand. Mit offenem Mund blieb sie zurück, als die Bürotür hinter den beiden ins Schloss fiel. So etwas hatte sie ja noch nie erlebt!

*

„Soll das heißen, der Kerl hat nur vorgetäuscht, bei der Kripo zu sein?!"

Dr. Grüneberg riss entsetzt die Augen auf. Die Herrschaften, die den Vorstandsvorsitzenden beidseitig flankierten und aussahen wie eineiige Zwillinge, steckten hinter seinem Rücken wispernd die Glatzen zusammen, während Jochen ausdruckslos die Wand anstarrte. Lukas schüttelte den Kopf.

„Michael Berger ist Kriminalkommissar, sogar ein recht verdienter. Laut Auskunft seines Dienstvorgesetzten hat er etliche Betrüger hinter Schloss und Riegel gebracht und sich bis dato fast übertrieben an die Vorschriften gehalten. Er galt zwar als Einzelgänger, hat sich aber nie krumme Dinger geleistet. Sein psychologisches Gutachten ist einwandfrei, es findet sich lediglich ein Vermerk auf ein überdurchschnittliches Unrechtsempfinden, gepaart mit einem leichten Minderwertigkeitskomplex. Also an sich nichts, was darauf schließen lässt ..."

„Kommen Sie zur Sache, Felden. Keiner will hier ein Plädoyer für die Gutartigkeit eines korrupten Polizeibeamten hören, der sich mit knapp zwei Millionen unseres Bankvermögens aus dem Staub gemacht hat!" Dr. Grüneberg verzog das Gesicht, als habe er Zahnschmerzen. Lukas nickte und fing einen mitleidigen Blick von Jochen auf.

„Davon abgesehen, frage ich mich, wie er diese angeblich verschlüsselten Kontendaten knacken konnte", fuhr der Vorstandsvorsitzende schnaufend fort.

„Nun, aus demselben Grund, weshalb man ihn mit Ihrem Fall betraut hat."

„Ich verstehe nicht ..."

„Michael Berger besitzt ein außergewöhnliches Talent für Zahlen. Wie außergewöhnlich wurde mir leider erst heute Morgen telefonisch in seinem Frankfurter Dezernat mitgeteilt. Die Personalakte stand unter Verschluss, deshalb musste ich die Auskunft vom Polizeipräsidium einholen. Bergers Karriere gründet darauf, dass man dort seinerzeit Spezialisten für eine regierungsgestützte SOKO im Wirtschaftsspionagebereich suchte. Um wen es da ging, ist irrelevant. Jedenfalls landeten hochsensible Forschungsergebnisse mittels Datenklau in Korea, und zwar chiffriert. Berger entschlüsselte sämtliche Informationen, der Verantwortliche wanderte in den Bau."

Friedmann schnalzte anerkennend, woraufhin ihm Felden einen wütenden Blick zuwarf. Dr. Grünebergs Gesicht färbte sich rot.

„Wollen Sie mir gerade weismachen, dass die Kripo uns einen menschlichen Codeknacker untergejubelt hat?!"

Lukas zögerte, Jochen biss sich auf die Lippen.

„Sozusagen", antwortete er lahm. Der Vorstand sprang auf, so behände es ihm sein korpulenter Körper gestattete. Vorwurfsvoll wedelte er mit Natalies Heft vor Hagens bleicher Hakennase herum.

„Und was haben Sie damit zu tun, Schneider?!", herrschte Grüneberg, doch Lukas kam der gestammelten Rechtfertigung des Bankangestellten zuvor.

„Als Ihr Abteilungsleiter die Notizen an Kommissar Berger übergab - zweifellos in gutem Glauben, die Informationen seien dort in den richtigen Händen -, war es diesem vermutlich ein Leichtes, die Codierung zu entschlüsseln. Den Rest der Geschichte kennen Sie. Er gab vor, zu kooperieren, und brachte währenddessen seelenruhig das Kapital in Sicherheit, in relativ kleinen Summen auf mehrere Konten verteilt. Was so viel heißt, ihre Millionen sind in alle Himmelsrichtungen verstreut." Er verstummte und blinzelte Hagen zu.

„Michael Berger wurde selbstverständlich zur Großfahndung ausgesetzt. Aller Voraussicht nach gabeln ihn die Kollegen innerhalb der nächsten Stunden auf irgendeinem Flughafen auf, oder ..."

„... wenn er überhaupt noch in Deutschland weilt", kicherte Jochen, woraufhin ihn ein zweiter Blick unter gefurchten Brauen maßregelte. „Ist doch wahr!", nuschelte Friedmann und schwieg beleidigt.

„Und was ist mit dem Geld? Ihnen ist klar, dass wir die Verluste der stümperhaften Polizeiarbeit zu Lasten legen werden?!" Grüneberg schnaufte. Gleich erlitt der dicke Mann einen Herzinfarkt.

„Tun Sie das, verehrter Dr. Grüneberg.", Lukas hob die Schultern und gab sich gelassen. Er hoffte zutiefst, dass nur sein Partner das Zucken seines linken Unterlids bemerkte.

„Vergessen Sie aber nicht, dass die Staatsanwaltschaft genauestens überprüfen wird, wie weit es mit den Sicherheitsvorkehrungen Ihres Instituts zum Zeitpunkt der Geldwäsche stand. Immerhin ging der Betrug über einen Zeitraum von mehreren Jahren unbemerkt vonstatten. Natürlich wird man Ihnen unangenehme Fragen stellen. Beispielsweise, inwiefern Ihre Personalpolitik auf sorgfältige Auswahl und Kontrolle Ihrer Mitarbeiter achtet. Nach meinen Recherchen war Frau Soltau bereits einschlägig vorbestraft, ehe Sie ihr eine Generalvollmacht für millionenschwere Anlagegeschäfte übertragen haben."

Das saß. Jochen grinste. Okay, Letzteres war gelogen, erzielte jedoch die erwünschte Wirkung. Der schwitzende Vorstandsvorsitzende schwieg betroffen und sah hilfesuchend zu den Glatzenzwillingen, die nach einem kurzen Blickwechsel einvernehmlich nickten.

„Nicht zu vergessen, was Frau Soltau just in diesem Moment im Revier vom Stapel lässt. Sie wissen ja, Mutter Natur ist ein böses Weib. Und wie ich dieses Exemplar so einschätze ... Junge, Junge." Friedmann gab ihm Rückendeckung. Gleich hatte er den schmierigen Kerl dort, wo er ihn haben wollte.

„Nun gut", der Bankier zögerte, sichtlich verunsichert, „wie wird es also weitergehen?"

„Das interessiert mich allerdings auch! Brennend!"

Überrascht drehten sich sämtliche Köpfe. Edith von Dahlen erschien wie eine schwarze Rachegöttin am Kopfende des Konferenztisches und schwenkte ihren Regenschirm, bis die Spitze direkt auf Grünebergs gewölbten Bauch zielte. Trotz ihrer grazilen Gestalt wirkte sie ziemlich furchteinflößend. Ihr Schleierhütchen zitterte erregt. Lukas stöhnte. Die hatte ihm gerade noch gefehlt.

„Zuerst aber verlange ich eine Entschuldigung!", raunzte sie.

Eine graue Mappe klatschte auf den Tisch. Lukas kniff die Augen zusammen, bemüht, den handschriftlichen Titel, der erschwerenderweise auf dem Kopf stand, zu entziffern. Wo hatte die Alte jetzt bloß die Dahlendruckakte aufgetrieben? Kommissar Felden registrierte, dass der Vorstandsvorsitzende aschfahl wurde. Höchst interessant. Wusste dieser mehr, als er vorgab?

„Mein Walther hat die Anlage, die Dahlendruck in den Ruin getrieben hat, niemals getätigt. Das hier ist das Original der von meinem Mann in Auftrag gegebenen Vermögensanlage. Die Akte lag heute Morgen in meinem Briefkasten, Absender ist ein gewisser M. Berger, was insofern alle Fragen beantwortet. Offensichtlich befand sich die Wahrheit bereits seit geraumer Zeit in Ihrem Institut, nicht wahr, Herr Dr. Grüneberg?"

Sie lächelte dünn, der Angesprochene betrachtete seine Schuhspitzen und hüstelte.

„Und diese junge Dame gehört belobigt und befördert, da sie ebenfalls zur Klärung dieser ... Ferkelei beigetragen hat!"

Flammende Röte überzog Paulinas Wangen, beschwichtigend fasste sie nach Ediths Schulter. Aber deren Erregung war nicht zu bremsen. Die Schirmspitze umschrieb einen Bogen, der sämtliche Anwesenden mit einschloss.

„JEDER in diesem Raum schuldet Frau Jacoby eine Entschuldigung!"

Ihre Adleraugen bohrten sich in die Hagen Schneiders, der beschämt zu Boden sah. Friedmann grinste von einem Ohr zum anderen.

„Wir bedauern Ihre Unannehmlichkeiten zutiefst, Frau von Dahlen ... und natürlich Frau Jacoby. Sprechen wir doch beizeiten über die Neubesetzung von Frau Soltaus Posten", ergeben streckte Dr. Grüneberg mit einem Seitenblick auf die wippende Metallspitze seine Rechte aus. Die Paulina lächelnd ergriff.

„Entschuldigung", echoten die Zwillinge und Hagen Schneider im Chor. Lukas schmunzelte in sich hinein. Als er aufsah, traf ihn Paulinas Bernsteinblick bis ins Mark. Irrte er sich oder las er darin ... ein seltsames Ziehen dehnte seinen Brustkorb.

Edith nickte zufrieden und zog umständlich eine zerknitterte

Zeitschrift aus ihrer Henkeltasche. Die sie sorgsam auf dem Tisch glättete.

„Das Haus auf Seite 26 würde mir gefallen. Da es sich in dem verpatzten Anlagegeschäft meiner Firma um einen Fehler Ihrerseits handelt, dürfte es der Versicherung Ihres Kreditinstituts ein Leichtes sein, eine angemessene Entschädigung zu zahlen. Mein Anwalt, Dr. Leyendecker, wird die Formalitäten erledigen. Mit ihm dürfen Sie außerdem die monatliche Abfindung aushandeln, die meinem bisherigen Lebensstandard entspricht. Anschließend werde ich darüber nachdenken, ob ich meine Klage gegen Ihre Bankgesellschaft zurückziehe."

*

Das Radisson-Hotel war ein kastenförmiger, moderner Bau, der vor einigen Jahren in der Nähe des Messegeländes einen bevorteilten Platz ergattert hatte. Sah man von den Baustellen ringsherum ab, die immerhin die Übernachtungskosten auf ein erträgliches Maß senkten. Tabea stand vor der Flügeltür mit aufgeklebtem Emblem, dem Großbuchstaben R, und bastelte sich eine Rede zusammen. Erfolglos. Zitternd vor Kälte wanderte sie zwischen zwei Limousinen hin und her und murmelte vor sich hin, misstrauisch beäugt von dem livrierten Pförtner. Was gäbe sie für eine Kippe, schwanger hin, schwanger her!

„Kann ich Ihnen behilflich sein?"

„Nein ... Ja ... Vielleicht? Hätten Sie netterweise eine Zigarette für mich?"

Ein älterer Herr im Pelzmantel blieb interessiert stehen.

„Das Obdachlosenwohnheim befindet sich am Deutzer Bahnhof!"

Der Portier musterte sie kühl. Überrascht sah sie in das hochnäsige Konterfei. Beim Zähneputzen heute Morgen hatte ihr die Selbsterkenntnis im Spiegel eine saftige Ohrfeige verpasst. Völlig kopflos hatte sie die Zahnbürste ins Waschbecken geworfen, war in die nächstbeste Jacke geschlüpft und ins Auto gesprungen. Erst jetzt wurde ihr bewusst, dass sie in einem verwaschenen Jogginganzug und in Pantoffeln vor einem der schicksten Hotels der Stadt stand.

„Oh. Das ist ein sehr freundlicher Hinweis, aber ...", verunsichert schloss sie den Reißverschluss ihres Anoraks. Beim Versuch, ihre Haare zu ordnen, verhakten sich ihre Finger in den ungekämmten Locken. Der Livrierte blickte sich rasch um und kam näher.

„Husch, husch, Sie dürfen hier nicht rumlungern."

Sie spürte, wie ihre Wangen brannten. Doch sie war zu verzweifelt, um klein beizugeben. Trotzig reckte sie ihre Nase in die Höhe.

„Ja, aber ich bin keine ..."

„Hören Sie schlecht?! Bringen Sie Ihren Hintern um die Ecke, sonst hole ich den Sicherheitsdienst!" Offensichtlich war seine nicht vorhandene Geduld am Ende. Er fuchtelte mit den Armen, als verscheuchte er einen streunenden Hund. Tränen stiegen in ihre Kehle, die sie tapfer herunterschluckte.

„Sie sind nicht sehr nett ..." Was sagte sie da bloß? Sie sind nicht sehr NETT? Sie benahm sich wie eine erbärmliche Heulsuse. Sie schniefte und fühlte etwas Nasses auf ihrem Handrücken. Okay. Sie war eine Heulsuse. Was den arroganten Aushilfstürsteher nicht im Mindesten berührte. Sein ausgestreckter Arm zeigte unbeirrt Richtung Hauptstraße.

„Portier!"

Tabea war kein gläubiger Mensch. Doch die tiefe, dröhnende Stimme kam ihr vor, wie schnurstracks vom Himmel gesandt. Der Ton klang, als sei er es gewohnt, Befehle zu erteilen, eine Tatsache, die den Angesprochenen dementsprechend zusammenfahren ließ.

Überrascht drehte sie sich um. Der ältere Herr stand noch immer an derselben Stelle und lehnte verärgert auf seinem Koffer. Er musste weit über siebzig sein, die silberweißen Brauen umwölkten in einem steilen Bogen seine Augen, die zornig auf dem Livrierten ruhten. In seiner Hand baumelte ein Autoschlüssel.

„Die reizende Lady gehört zu mir. Zur Abwechslung dürfen Sie das tun, wofür Sie bezahlt werden!" Der Fremde erhob sich und wies auf seinen Reisekoffer.

„Selbstverständlich, Mr. Stevenson, verzeihen Sie vielmals ... Sie verlassen uns schon?" Dem Portier wuchs ein Katzenbuckel, mit dem er plötzlich wie ein unterwürfiges Wiesel aussah.

„Well, ich glaube, ich sollte mir einen Abschieds-Cappuccino gönnen. Darf ich Sie auf ein Tässchen einladen, Verehrteste?"

Tabea war viel zu überrumpelt, um abzuwehren, als der Herr ihr galant den Arm bot. Davon abgesehen, wäre sie sich sehr unhöflich vorgekommen. Dieser Mr. Stevenson schien nicht nur nett, sondern vor allem harmlos zu sein. Zumindest wirkte er nicht gerade wie ein Serienkiller, der aus Frauenhäuten Mäntel nähte. Außerdem musste sie zugeben, dass sie sich an seinem Arm weitaus wohler fühlte. Zudem löste das fassungslose Mardergesicht des Pförtners eine gewisse Genugtuung in ihr aus. Also bedankte sie sich mit belegter Zunge und ließ sich von ihrem Retter ins Foyer geleiten.

*

In der Hotelbar sank Tabea erleichtert in einen roten Ledersessel, wohlweislich vis á vis der Lobby. Sie widerstand der Versuchung, die Pantoffeln abzustreifen und ihre tiefgekühlten Füße zu massieren. Behelfsweise wackelte sie mit den Zehen, die unangenehm prickelten. Mr. Stevenson nahm ihr gegenüber auf der Chaiselongue Platz. Während sie sich bereits im Geiste einen heißen Grog genehmigte, bestellte er ihr einen Kräutertee und einen Cappuccino für sich. Ihr enttäuschtes Seufzen überhörte er geflissentlich. Seiner Order fügte er einen Teller Gebäck hinzu und bedankte sich bei dem Kellner. Dann lehnte er sich entspannt zurück und schlug die Beine übereinander.

„Well, my Dear ... erzählen Sie mir eine gute Geschichte."

Tabea stöhnte innerlich auf. Natürlich hatte seine Freundlichkeit einen Haken. Nun war sie aus Dankbarkeit für einen widerlichen Kamillentee gezwungen, sich eine heitere Anekdote aus den Fingern zu saugen. Dabei war sie mit ihren Gedanken ganz woanders. Aus dem Augenwinkel sah sie, wie der Portier sich mit einem Koffer in Sarggröße abmühte. Immerhin konnte man darauf zählen, dass wer auch immer die kleinen Sünden auf der Stelle bestrafte. Vielleicht sollte sie dem lieben Gott eine zweite Chance einräumen. Mr. Stevenson räusperte sich. Er erwartete wahrhaftig einen Schwank aus ihrem Leben.

„Ehrlich gesagt ... habe ich derzeit nichts Erfreuliches zu erzählen", versuchte sie, den Kelch an sich vorbeiziehen zu lassen. Doch der Fremde nippte nur an seiner Tasse und lächelte sie charmant an. Tabea senkte ergeben die Schultern.

„Also, ich besaß vor einiger Zeit einen Bioladen, der pleite ging. Seitdem bügele ich täglich Hemden, obwohl ich gar nicht bügeln kann. Mein Ehemann baut seit Monaten Bewässerungsanlagen in Dubai und hat mich verlassen, als er herausfand, dass ich eine Bank ausrauben wollte. Also eigentlich wollten wir sie gar nicht ausrauben, sondern einer Freundin helfen ... jedenfalls haben Edith und Paulina ... übrigens wunderbare Frauen, und mein Mann hatte keine Ahnung, dass ich die alte Dame einquartiert habe ... ihr Hund, der ist soo süß, dabei fand ich Möpse immer ziemlich albern, ich meine natürlich die Hunderasse und nicht die ... egal, Paulina musste an dieses Schließfach von Giraffennatalie und die

Polizei hat uns verhaftet und ins Gefängnis ... naja, nur so halb, war eher ein Verhör ... durchsuchte die Kripo das ganze Haus und ich in die Klinik ... sie glauben nicht, wie's da aussah, eine Razzia ist Kinderdisko dagegen! ... Schwanger! ... Und dann haben sie diesen genialen Plan mit dem Computervirus ... Apropos, ich bin mir sicher, dieser Kommissar und Paulina ... ich hoffe, die haben Natalie erwischt ... hilft mir sowieso nicht weiter, weil Stefan ausgezogen ist, aber ich weiß jetzt, dass ich ihn auch ... Oh, er ist so ... so ... SPIESSIG! Übrigens finde ich, Sie sollten keinen Pelz tragen ... ich meine, der ist bestimmt echt und denken Sie doch mal an die armen Tiere ..."

Mr. Stevenson starrte sie mit offenem Mund an, die Cappuchinotasse schwebte vergessen in seiner erhobenen Hand. Sein Lid zuckte, rasch stellte er die Tasse auf den Untertasse. Und begann zu lachen. Lauthals.

„Und Sie wollten mir ernsthaft weismachen, Sie hätten nichts Pläsierliches zu erzählen?! Junge Lady, ich finde Sie äußerst unterhaltsam. Am Bügelbrett oder zwischen Gemüseregalen sind Sie vollkommen fehl am Platz! Sie gehören unbedingt unter Menschen!"

Er kicherte in sich hinein. Tabea schaute ihn ungläubig an. Machte er sich über sie lustig oder war er einfach nur senil? Unvermittelt füllten sich ihre Augen mit Tränen. Schon wieder!

„Ich bin eine verlassene, arbeitslose Schwangere, die sich nicht traut, ihrem Ehegatten zu sagen, dass sie ihn braucht. Das mag drollig klingen, aber ich weiß nicht mal seine Zimmernummer, können Sie sich das vorstellen?!"

Mr. Stevenson nickte, sichtlich bemüht, ein ernstes Gesicht aufzusetzen und reichte ihr ein Taschentuch. Natürlich kein billiges aus Papier, sondern ein Baumwolltuch, wie es ältere Herren gemeinhin benutzten. Statt Initialen war ein silbernes R hinein gestickt.

„Well, zugegeben, das hört sich nicht gut an. Sie müssen ihn schleunigst aufsuchen. Nummer 462. Ich bin mir sicher, er wird Sie anhören, Tabea. Ich darf Sie doch bei Ihrem Vornamen nennen?"

Ruckartig hob sie ihre Nase aus dem Schnäuztuch und blinzelte ihn entgeistert an.

„Woher kennen Sie meinen Namen?"

„Zimmer Nr. 462", wiederholte er, ohne auf ihre Frage einzugehen, „dort jedenfalls lieferte ich Herrn Schlemmer gestern Nacht ab. Sturzbetrunken, will ich meinen, Ihr Mann verträgt erstaunlich viel. Raten Sie mal, was oder besser *wer* der Grund für seinen Kummer war ..."

„Wie meinen Sie das? Wieso ... Wer sind Sie?"

Tabea war platt. Misstrauisch musterte sie den Alten, dessen Augen wohlwollend auf ihr ruhten. Er reichte ihr eine Visitenkarte, schlug lässig die Beine übereinander und lehnte sich zurück.

„Edward Stevenson. Mir gehört die Radisson-Kette. Sagen wir, seit gerade eben bin ich ein gemeinsamer Bekannter. Ich würde mich freuen, beizeiten von Ihnen zu hören, wenn Sie wissen, wohin Ihr Weg Sie führt. Und jetzt dürfen Sie keine Zeit mehr verlieren."

*

„Es ist nicht so, dass ich dir verzeihe, dass du dich sang- und klanglos aus dem Staub gemacht hast, mein Lieber."

Es bereitete ihr Mühe, sich zu bücken. Das Alter verschonte sie nicht mit seinen Gebrechlichkeiten. Sie sollte umgehend ihre Yoga-Übungen wieder aufnehmen. Edith wischte die Schneedecke von dem Grabdenkmal und schob Maximilian beiseite, der ein Loch in die Erde buddeln wollte. Die Blumenarrangements hatte man schon lange durch Pflanzen ersetzt, die im kommenden Frühling ihre Knospen treiben würden. Ihr Finger folgte bedächtig der Gravur im Stein.

„Vergib mir, dass ich glaubte, du hättest Unsinn mit der Firma veranstaltet. Ich weiß jetzt, dass du nichts Unrechtes getan hast", flüsterte sie und versetzte dem Grabstein einen gutmütigen Klaps.

„Letztlich muss ich dir wohl danken, Walther. Ohne diese blödsinnigen Anlagegeschäfte gäbe es weder Paulina noch Tabea in meinem Leben. Und trotz des ganzen Ärgers gebe ich zu ... ich hatte eine äußerst spannende Zeit."

Sie wusste genau, dass Walther sich dort oben prächtig über sie amüsierte. Wenn sie die Augen schloss, sah sie die gezwirbelten Enden seines Spitzbartes vibrieren. Edith von Dahlen erhob sich. Ein merkwürdiges Gefühl von Frieden umfing sie, als sie die Engelsstatue auf dem kleinen Grab daneben betrachtete. Das Marmormädchen lächelte sie milde an, die Hände zum Gebet gefaltet. Zeit, Abschied zu nehmen.

„Ich habe euch beide sehr geliebt."

Sie fasste an ihre Stirn und presste die Lippen zusammen. Wischte rasch die unerwünschte Träne von ihrer Wange. Genug der Rührseligkeiten! Noch einmal richtete sie den Blick auf Walthers Grabmal und reckte das Kinn nach vorne.

„Übrigens wollte ich dir sagen, dass es eine Schnapsidee war, das Rauchen aufzugeben. Ich finde, in meinem Alter sollte man nicht auf Dinge verzichten, die man gern tut."

Sie nickte knapp, rückte ihren grünen Schleifenhut gerade und rief nach Maximilian, der sich in einer anderen Begräbnisstätte vergnügte. Im Auto warteten Paulina und Lukas, die hoffentlich ihre Abwesenheit genutzt hatten, um die Sprache wiederzufinden. Selbst ein Blinder sah die Zuneigung, die die beiden füreinander hegten. Zudem befiel sie eine unbändige Lust auf Kaffee und ein Stück Sahnetorte. Zeit für die erfreulichen Seiten des Lebens.

*

Sie traute sich nicht. Es war zum Haare raufen. Tabea stand wie paralysiert im weitläufigen Flur, starrte das rechteckige Schild mit der Nummer 462 an und tat ... nichts. Über ihr klickte es und das Licht erlosch. Na, prima. Sie tappte sprichwörtlich im Dunkeln. Ihre Stirn stieß gegen das kühle Holz der Tür. „Tock, tock", machte es.

Stefan, ich liebe dich. Nein, das war allzu bühnenreif. Stefan ... ich brauche dich. Viel zu larmoyant. Stefan! Ich bin eine dämliche, eifersüchtige Ziege. Schon besser. Und entsprach der Wahrheit.

Die Tür gab nach. Sie schloss die Augen und ihre Lungen füllten sich mit Luft.

„Stefan, ich ..."

„Ja, bitte?"

Die dunkelgelockte Frau sah sie erstaunt an. Ihre Haare ringelten sich feucht in das rehäugige Gesicht und außer einem Frotteebademantel trug sie ... nichts. Tabea schluckte trocken. Sie befand sich eindeutig in einem Paralleluniversum. In Wirklichkeit stand da gar keine nackte Zwanzigjährige. Nicht im Zimmer ihres Ehemannes!

„Ist alles in Ordnung? Sind Sie der Zimmerservice? Ich hatte eine Flasche Champagner mit zwei Gläsern ..."

„Wo ist er!?"

Die schwarzen Augen kniffen sich argwöhnisch zusammen und die Südländerin verschränkte ihre Arme über dem halb entblößten Busen. Ein ziemlich hübscher Busen, zugegeben. Prompt wurde ihr übel.

„Pardon, wo ist ... wer?"

„Mein Mann, dieses treulose Aas!"

Die perfekt geschwungene Augenbraue der Frau schoss nach oben.

„Ich verstehe nicht ..."

„Tabea?"

Sie war viel zu aufgelöst, um erleichtert darüber zu sein, dass die vertraute Stimme hinter und nicht vor ihr ertönte. Zornig fuhr sie herum. Stefan sah müde und abgezehrt aus.

„Was macht DIE DA in deinem Zimmer?!"

Er stellte seinen Rollkoffer ab und musterte sie schweigend. Dann huschte ein verstehendes Lächeln über sein Gesicht.

„Das ist nicht mein Zimmer, Schatz."

*

„Ist Ihnen warm genug? Ich kann die Heizung höher schalten …"

Paulina schüttelte rasch den Kopf. Inzwischen siedelte die Temperatur in äquatorialen Hitzegraden, sie bekam kaum noch Luft im Auto. Obwohl ihre Wangen glühten, waren ihre Füße und Hände eiskalt. Nervös schaute sie durch die beschlagenen Scheiben zum Friedhofseingang. Edith ließ sich verdammt viel Zeit.

Sie war hin- und hergerissen. Einerseits fühlte sie sich merkwürdig aufgekratzt, andererseits brachte sie die Nähe zu Lukas Felden vollkommen durcheinander. Dabei war er ausgesprochen wortkarg. Was man von Edith von Dahlen nicht behaupten konnte. Während sie sich durch den Kölner Feierabendverkehr gequält hatten, hatte sie wie ein munterer Wasserfall dahingespudelt und plötzlich den Wunsch geäußert, Walther und Marie zu sehen. Lukas hatte nach einem kurzen Seitenblick auf Paulina den Wagen gewendet und auf dem halbstündigen Weg zum Melatenfriedhof konzentriert auf die Straße gestarrt.

Nun harrten sie mit laufendem Motor auf dem Parkstreifen und stolperten durch einen höflichen, aber knappen Austausch von Belanglosigkeiten.

„Es ist ziemlich kalt für Dezember."

„Ja, die Winter werden immer länger."

„Hm hm."

Er griff ins Handschuhfach. Ungläubig sah sie die wohlbekannte Smarties-Rolle in seiner Hand. Das war ja beinahe unheimlich! Sie schluckte. Doch die Beklemmung blieb aus.

„Möchten Sie auch? Ich mag die Roten am liebsten."

Bunte Schokodrops kullerten in seine geöffnete Handfläche. Zögernd nahm sie eine braune Linse, betrachtete sie eingehend ... und steckte sie in ihren Mund.

Schweigen. Wieder strömte dieser Geruch an ihre Nase, der ein indifferentes Kribbeln in ihrem Unterleib verursachte. Ein typisch männlicher Duft aus Tabak und etwas Süßlich-Herbem, wie Muskat und Karamell. Sie schloss die Augen, während der Zuckerüberzug in ihrem Mund schmolz und sich süßer Schokoladengeschmack auf ihrer Zunge entfaltete. Es schmeckte ... großartig!

„Haben Sie ..." Himmelherrgottnochmal! Es wurde wirklich Zeit, die alte Paulina hinter sich zu lassen! Ruckartig fuhr sie in die Höhe und drehte ihm ihren Oberkörper zu. Lukas sah sie erstaunt an und ließ seinen Satz unvollendet. Ihre Stimme klang schrill, sie sprach viel zu schnell. Raus damit, ehe sie sich verhaspelte!

„Der Fall ist doch jetzt beendet?"

„Worauf wollen Sie hinaus?" Irrte sie sich, oder klang seine Stimme heiser?

„Naja ... ich ... also ..."

Er beugte sich leicht nach vorne, einen konzentrierten Ausdruck auf dem Gesicht. Ihre Wangen brannten. Egal. Was hatte sie schon zu verlieren?

„Da sich unsere beruflichen Wege nun trennen ... würden Sie dann einmal mit mir essen gehen?"

Sie hielt die Luft an. Lukas' Miene blieb völlig ausdruckslos, lediglich sein Kiefermuskel zuckte. Okay, sie war zu weit gegangen. Wie konnte sie nur auf die blödsinnige Idee kommen ... als ob jemand wie er ... bestimmt war er vergeben ... Paulina, du einfältiges Huhn!

„Das würde ich sehr gerne tun, Paulina."

„Oh, Sie müssen nicht ... war nur ... so eine blöde Idee ... Was haben Sie gesagt?!"

„Du." Sehr sanft.

„Wie bitte?" Sie hatte sich eindeutig verhört.

Er rückte näher. Ein Ausdruck lag in seinen Augen, den sie zwar nicht deuten konnte, den sie aber mochte. Warmer Atem streichelte über ihr Gesicht.

„Ich würde furchtbar gern mit dir essen gehen."

Epilog

Eineinhalb Jahre später.

Lukas hockte im Schneidersitz auf den Stufen der Veranda und las die Zeitung, die der Postbote heute Morgen eingeworfen hatte. Vom Küchenfenster aus sah sie seinen gebeugten Rücken unter dem fruchtschweren Zweig des Kirschbaums, der beinahe die kahlwerdende Stelle an seinem Hinterkopf berührte. Ben, der Labrador, döste ausgestreckt neben ihm in der Sonne. Seine Pfoten zuckten, offensichtlich träumte er.

Edith lag mit geschlossenen Augen im Schatten in einem Liegestuhl, flankiert von Max, der hingebungsvoll an einem Kauknochen lutschte. Die alte Dame hatte für dieses Wochenende eines der Gästezimmer bezogen. Das andere Zimmer wartete mit frischbezogenen Betten auf weitere Besucher. Heute Abend würden sie gemeinsam zum Frankfurter Flughafen fahren, um Tabea, Stefan und die kleine Marisa abzuholen. Die frischgebackene Hotelmanagerin hatte ihren Jahresurlaub im Radisson Dubai eingereicht und die Familie wollte die Zeit in Deutschland bei ihren Freunden verbringen.

Paulina schmunzelte und goss den Eistee in drei Gläser, wobei die Eiswürfel leise knisterten. Sie stellte die Getränke auf ein Tablett, erst dann nahm sie den noch ungeöffneten Luftpostbrief. Das Kuvert war fleckig und ließ sich nur schwer öffnen. Ihr Atem stockte, als sich die vertraute Schrift auf dem pergamentartigen Papier vor ihr entfaltete:

Parajuru, im August 2010

Meine liebe Paulina,

ich hoffe, Du wirst mir irgendwann verzeihen, dass ich mich nicht von Dir verabschieden konnte. Wie du weißt, lag mein überstürzter Aufbruch in der Natur des Umstands.

Neben meiner Hoffnung, dass sich Frau von Dahlens Angelegenheiten geklärt haben, bin ich sicher, dass Kommissar Felden den Fall zu einem positiven Abschluss gebracht hat und Natalie Soltau ihre Profilneurose an ihren neuen Zellengenossinnen austoben darf. Soweit ich weiß, ist die Bankgesellschaft hervorragend versichert, so dass der Schaden für Dritte sich gewiss in Grenzen gehalten hat. Lukas ist ein guter Mann und ich könnte mir vorstellen, dass Du ihn zwischenzeitlich etwas besser kennengelernt hast. Ansonsten möge er mir vergeben, wenn ich Dir verrate, dass er Dich wirklich sehr mag. So wie ich.

In Anbetracht der Tatsache, dass wir einander recht ähnlich sind, wirst Du verstehen, warum ich so handeln musste. In unserer Gesellschaft liegen Genie und Wahnsinn deshalb so nah beieinander, weil es kaum Menschen gibt, die einen so annehmen, wie man eben ist. Mein Talent war ein Fluch, der mich zu einem Außenseiter, einem verschrobenen Kuriosum gemacht hat. Du wirst Deinen Weg gehen, hundertprozentig, und sicher nicht allein. Dagegen träumte ich immer von einem Neuanfang, an einem Ort, der mir Chancen lässt. Mit meinen Möglichkeiten war das Projekt, das mir vorschwebte, jedoch nicht realisierbar.

Nun habe ich diesen Platz gefunden. Möglicherweise mildert es mein Vergehen, wenn ich Dir versichere, dass die gestohlenen Gelder einer guten Sache dienen. Der Nordosten zählt zu den ärmsten Regionen Brasiliens. Ich lebe recht bescheiden in einer Hütte in Parajuru, einem Dorf mit einfachen, aber wunderbaren Menschen. Dort habe ich eine Schule gebaut, in der ich unterrichte und überall dort Hand anlege, wo ich helfen kann. Ein angesehenes Mitglied einer Gemeinschaft zu sein, ist nach wie vor ein ungewohntes Gefühl und ich kann kaum beschreiben, wie gut es mir geht, obwohl ich an manchen Tagen weder über Strom noch fließendes Wasser verfüge. Sogar ein Mädchen habe ich kennengelernt, das mich mag und wer weiß...

Ich denke oft an Dich und wünsche Dir von Herzen, dass Du Dein Glück findest. Vielleicht führt Dich das Schicksal einmal nach Parajuru, es wäre mir eine Ehre, dir mein neues Zuhause zu zeigen.

Dein Freund Jo (Michael Berger).

Paulina strich mit dem Daumen über das Papier. Es fühlte sich rau an und zart zugleich. Bedächtig faltete sie den Brief zusammen, dabei atmete sie aus, als ob sie zwanzig Jahre lang die Luft angehalten hätte. Dann riss sie das kleine Päckchen in unzählige Stücke.

„Parajuru", flüsterte sie, legte die flache Hand auf ihren gewölbten Bauch und hob den Kopf. Lukas' Blick begegnete ihr im Fensterglas. Er lächelte und warf ihr eine Kusshand zu.

Quellenangaben und Hinweise

Die Autorin möchte darauf hinweisen, dass Angaben bezüglich der im Roman beschriebenen Polizeiarbeit nur teilweise dem korrekten Prozedere der Behörden in Deutschland entsprechen. Man möge mir verzeihen, dass ich die Geschehnisse der fiktiven Handlung angepasst bzw. frei erfunden habe. Dasselbe gilt für Vorgänge in der Blau & Cie. Bank, auch diese sind nicht exemplarisch für die Arbeit deutscher Kreditinstitute, ebenso ist der Inhaber der Hotelgruppe Radisson reine Fiktion.

Die den Kapiteln vorangestellten Zitate und Ableitungen aus Murphys Law entstammen Anregungen der Internetseite der Deutschen TCP/IP und Securityseiten:
www.tcp-ip-info.de/fun/murphy.html, Stand: 20. April 2010

Der zitierte Liedtextauszug im Roman stammt von dem inspirierenden Titel „Heul doch" der Sängerin La Fee aus dem Album „Jetzt erst recht" aus dem Jahr 2007, EMI Records (http://www.emimusic.de/lafee)

Claudia Winter

ist Diplom-Sozialpädagogin an einer Schule. Die Tochter gehörloser Eltern schrieb schon als Kind Gedichte und Kurzgeschichten und veröffentlichte im Januar 2010 ihr genußvolles Romandebüt „Ausgerechnet Soufflé!" im AAVAA Verlag, Berlin.
„Heul doch!" ist ihr Folgewerk.
Im Frühjahr 2011 erscheint darüber hinaus ein Beitrag in der Anthologie des Wortkuss Verlages:„Die Welt im Wasserglas". http://wortkussverlag.wordpress.com

Es sind vor allem die starken Frauen, denen Claudia Winter sich verschrieben hat, Persönlichkeiten, die wachsen, sich aus ihrem unerfüllten Alltag befreien und ihrem Schicksal trotzen. Ihre Protagonistin ist die sympathische Frau von nebenan, ein Mensch mit etlichen Schwächen, aber auch Stärken. Die Autorin verleiht ihr Flügel und schickt sie mit der Leserin auf eine besondere Reise: eine zu sich selbst.
Die Autorin lebt mit ihrem Lebensgefährten und zwei Hunden in Limburg an der Lahn. Derzeit schreibt sie an der Fortsetzung von „Ausgerechnet Soufflé".

Homepage: www.c-winter.de

Danksagung

Mein Dank gebührt an erster Stelle meiner treuen Verlagsfamilie, dem AAVAA Verlag, der nicht nur mit Engagement, sondern vor allem mit jeder Menge Herz aufwartet. Besonders Tatjana Meletzky, meine Lektorin, ist ein Segen für mein sensibles Künstlerseelchen. Es ist eine Ehre, mit Euch zu arbeiten. Die Geschichte entstand unter dem professionellen Coaching des Schriftstellers Rainer Wekwerth, der mir handwerkliche Kniffe der Textarbeit gezeigt und das Romankonzept mit mir erarbeitet hat: (http://www.kreatives-schreiben.net).

Verantwortlich für mein Durchhaltevermögen zeigt sich an vorderster Front meine Freundin Christina, die mich jeden Tag dazu ermutigt, weiterzuschreiben. Ein besonderes Dankeschön meinen kritischen Erstleserinnen Jutta, Kirsten und der Thrillerautorin Eva Lirot (http://www.eva-lirot.de), die das Geschriebene auch ohne Schmiergeld als öffentlichkeitstauglich befanden, sowie all den begeisterten Leserinnen, die diesen Roman sehnsüchtig erwartet haben. Und natürlich Michael, Kim und Luna, die der Hafen sind, in den mein unstetes Schreiberherz immer wieder zurückkehren darf. Ich liebe Euch.

Sämtliche Bücher des AAVAA E-Book Verlages, Berlin können
auch als ebooks bezogen werden
www.aavaa.de
oder als Taschenbücher unter: E-Mail:
verlag@aavaa.de

Auf den nächsten Seiten eine kleine Vorstellung weiterer
Romane, die im AAVAA-Verlag erschienen sind:

"Ich führe das ganz und gar durchschnittliche Leben einer Singlefrau in Köln. Mit dem Gros meiner Leidensgefährtinnen habe ich vor allem eines gemein: Ich habe mein langweiliges Dasein ordentlich satt. Tagein, tagaus ertrage ich in einer renom-mierten Anwaltskanzlei einen übellaunigen Boss, lecke Klebestreifen von Briefumschlägen an, koche sagenhaft schlechten Kaffee und vertröste die Gattin des Chefs am Telefon auf nirgend wann. Die Höhepunkte des Tages bestehen im Feierabendstempeln und in haltlosen Bollywood-Kochgelagen mit meiner Freundin Britta. Beides tue ich täglich.

Claudia Winter

Cook & Chill

Ausgerechnet Soufflé!

Irgendwann geht die Sache schief. Eigentlich geht nur eine Akte schief. Doch das ist sauteuer und sozusagen wegweisend. Ich halte die Türklinke des Büros in der Hand. Und zwar von außen. Da stehe ich nun, Katharina Lehner. Ohne Job, ohne Mann, ohne Plan. Mein unwiderstehlicher Nachbar zählt nicht - den traue ich mich nicht mal anzusprechen.

Aber ich habe ja das, was ich manchem nicht unbedingt vorbehaltlos wünschen würde: Ein Rezept für jede Lebenslage, ein paar Flaschen sündhaft teuren Wein und eine durchgeknallte Busenfreundin. Wir ertränken meinen Kummer gemeinsam und hecken einen genialen Plan aus: Wir eröffnen einen Kochbuchladen nebst Bistro und Kochstudio."

"Himmelherrgott nochmal! Hätte mich nicht mal jemand vorwarnen können?!"

Claudia Winter: „Ausgerechnet Soufflé!" ISBN 978-3-941839-27-4

KLOLEKTÜRE
VON GERMAINE ANGÉLIQUE WITTEMANN

Elsa Rieger
Ein Mann wie Papa

Astrid Thomsen
Bettenwechsel

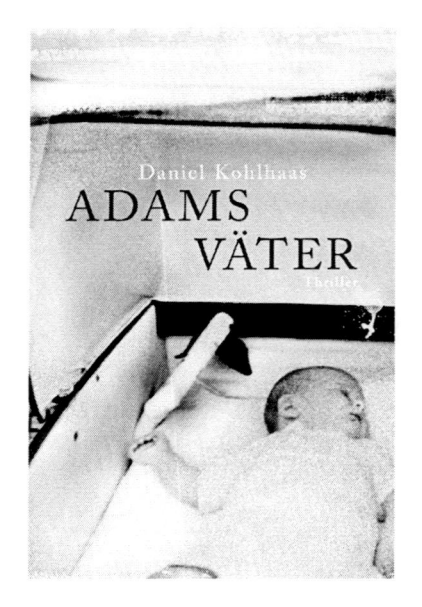

Daniel Kohlhaas
ADAMS VÄTER
Thriller

AAVAA
VERLAG

www.aavaa.de